ALICE in DREAMS

高野達也

現代書館

Alice in Dreams

〔目次〕

作品中の名称について

この小説の舞台はいまから五十年ほど前、一九七五年頃の東京近郊の精神科病院の中での話をモデルにしています。したがって作品はその当時に使用されていた名称をそのまま使用しています。具体的に言えば、精神科病院を精神病院、統合失調症を精神分裂病、看護師を看護婦などです。この言葉をあえて現在の言葉で表現しようとすると、異なった小説空間になり、あえて当時のままで使用させてもらうことにしました。

プロローグ

あれはもうずいぶん昔のこと。書かれた新聞記事が薄茶色に変色しているくらいの恐らく誰しもが思い出せないような遠い出来事……。

ベトナム戦争が終結し、中国の文化大革命の熱もほとぼりが冷め、鄧小平が旗を振りはじめた頃だったか。日本では全共闘でヘルメットをかぶった学生たちの多くがネクタイを締め、二十五時間戦う企業戦士になっていた。まだ国電も電電公社も存在し、もちろんＰＣも携帯電話・スマホもなかった頃だ。

テレビのブラウン管にはキャンディーズやピンク・レディーという女の子たちが、毎日セクシーな振り付けで歌を歌いながら踊っていた……そう、そうエルビス・プレスリーがチョコレートの食べすぎで死んだということも妙に覚えている。僕が二十七歳、ある精神病院に勤めていた一九七五年頃の話だ。

その病院は東京近郊の丘陵地帯にあり、戦後建てられたとき、周りは雑木林だったという。言うならば街のはずれの丘にひっそりと遠慮がちに建てられたのが、いつの間にかマンションや一般住宅などが押し寄せてくるようになり、自分の居場所に困惑しているという感じだった。それでも遠くには微かに港が見え、時おり潮の匂いが鼻をかすめることもあった。そしてまだ近くには畑が広がり、病院の裏手には若干の雑木林が昔の面影を残していた。

空は青く高かった。遠く光る戦闘機と思しきジュラルミンの一点が青いキャンパスに白い線を描き、いつしか一本の飛行機雲になっていった。その空の下、病院の中庭では、閉鎖病棟の患者たちが看護士と輪になり、バレーボールに興じていた。

僕は閉鎖病棟の患者に付き添い、病棟寄りの片隅にあるベンチで、庭で遊んでいる連中をぼんやりと眺めていた。

隣にいる患者は松ちゃんという呼び名の僕と同い年の男だ。坊主頭、表情の乏しい顔をしている。精神分裂病と診断され、言葉による意思の疎通はまったくない。かれこれもう十年近くは入院しているらしい。彼とは二年前、閉鎖病棟に初めて勤務した頃、主治医からときどき散歩に連れ出すようにと頼まれ、それがつづいていた。

松ちゃんは独り沈黙の中に棲み、ときどきその底から泡のような言葉を浮き上がらせることがあるが、僕にはまったく理解できないものだった。たまに「時間が、時間が……」というような現実的な言葉を発することもあるが「時間が、どうしたの?」と尋ねても、そのあとは淡い笑みを浮かべて再び沈黙の世界に沈んでいく。それでも目が合い、僕が微笑むと彼もふぉあと笑うような顔になることもある。

そんな松ちゃんに、僕は自分の愚痴や悩みごとなんかをときどき独り言のように愚痴ることがあった。彼はそれにはニヤッと反応を見せたりすることもあったが、もちろん応答もなく、いつものように自分の世界に戻っていった。

突然「ボール、たのむー」という声が聞こえ、僕の足許にボールが転がってきた。僕はそれを拾い、サークルめがけてサーブで返した。ボールはうまく山なりになって彼らの中に飛び込んだ。

「ナイス・サーブ」

輪の中の誰かが声を出すと、再びソーレッというかけ声とともにボールがパスされる。

と、その輪の中からランニングシャツを着た顔の浅黒い坊主頭の獰猛な感じの男が、閉鎖病棟から中庭に通じるドアへ向かって走りだした。その先には看護婦に伴われてドアから出てきた小柄な水色のパジャマ姿の患者がいた。患者は男か女かよくわからないが、男はその患者に向かって走っていくようだ。男に捕まえられまいとし、患者はその場に身をすくませた。その仕草はどうやら女のようだ。

男はその女に摑みかかろうとした。付き添いの看護婦が「やめなさい！」と男の腕を取ったが振り払われ、その弾みで男の拳を顔面に受けてその場にうずくまった。

咄嗟に男が僕のほうに逃げてくる少女のようにも見える女に飛びついた。女は体を捻り、無言のまま男から逃れようと必死にもがいた。男は女を逃がすまいと腕を伸ばし、女の水色のパジャマの上着の裾を摑んだ。パジャマのボタンが一つ二つ三つとはじけ飛んだ。

「えっ」思わず僕は声をあげた。少女のような女はパジャマを男の手に残したまま、上半身の白い肌をさらし薄い胸を露わにしながら僕のほうに逃げてきた。

唖然としている僕の目を見つめ、女は僕の胸に飛び込んできた。その女の細い裸体を抱えるしかなかった。女は息遣いが荒く、体を小刻みに震わせている。

唸り声とともに男は目を血走らせて僕に殴りかかってきた。咄嗟に女を庇おうとしたとき、男の拳が僕の鼻柱を打った。痛みが走り、血が飛んだ。

女が「ひっ」と息を飲むように小さく悲鳴を上げた。彼女の白い小さな胸に僕の赤い飛沫が走った。

「どうしたんだ！　いったい」駆けつけた年配の看護士たちが大声で怒鳴りつけながら僕に組みつこうとする男を強引に引き離した。

「こいつは淫売だ！　梅毒が移るぞ」男は暴れながら僕が庇っている女を指さし、「こいつを退治しないとみんなやられるぞ」とわめいた。

二人の看護士に引き連れられていく間も、男は息荒く僕を睨みつけて叫んでいた。

先ほどまで僕と一緒にベンチにいた松ちゃんは目の前で起きたことに関心もなさそうに、ぼんやりと空を見上げていた。


なにごともなかったようにバレーボールがまた始まった。

投げ出された女のパジャマを金子看護婦が拾い足を引き摺りながら持ってくると、僕の腕の中にいる両腕で胸を隠している女に羽織らせてボタンを留めた。

「大丈夫かい？　ケガはない？」僕は女に声をかけた。彼女は金子看護婦にパジャマの前を合わせてもらいながら黙って僕を見つめた。背は小柄であり、女性の顔には鼻のまわりや目の下に沢山のそばかすがあった。髪も短く茶色で、昔読んだフランスの作家ルナールの「にんじん」の挿絵の少年に似ていた。美人というのではないが印象深い顔をしている。しかし顔色が悪く、目が怯え、なにかを訴えているような顔つきだった。

「高島さんこそ大丈夫ですか。鼻血出ていますよ」金子看護婦が心配そうに言うと、女がパジャマの胸ポケットからハンカチを出して、僕に差し出した。

「ありがとう」そのハンカチを鼻に当てると、薄いブルーの布地に鼻血が染みた。

「ハンカチ汚してしまった」僕が謝ると、女は僕の半袖の白衣に付いている血を指で触った。か細い指先が僕の半袖白衣の胸にしばらく置かれた。その右の薬指に青いリングが嵌めてあった。女の哀し気な眼差しは、僕の胸をざわめかせた。

僕は閉鎖病棟の勤務室で治療を受けた。

少女のような若い女を襲った男は向井といい、本人や家族の同意がなくても強制的に入院させられる措置入院患者だった。精神分裂病と診断されており、歳は僕より少し下だった。

男の妄想では、あの女を退治しないと彼は危うかったのだろうか。きっと女の存在が彼を性的に刺激したのかもしれない。いや、彼は襲った相手が女と知っていたのだろうか。彼の鷹のように観察する目の鋭さに怖さを感じた。

治療を施してくれている看護婦の清水さんに彼女のことを尋ねた。

「男の子みたいな女性？　どの子よ？」

「看護婦の金子さんと一緒にいて向井にやられた子。初めて見たんだけど、病院では見かけたことがなかった」

「ああ、彼女？　あの子に興味あるの？　男ってすぐ鼻の下を長くするんだからね」清水さんがオキシフルで僕の鼻血を拭き取りながら笑った。「鼻血流しながらちゃんとオトコしているんだから立派なものよ。彼女は子どもじゃないれっきとした女性よ」

「えっ、高校生くらいかと思った……」特別女性として興味を持ったわけではないが、僕が絵描きだったらなにか描いてみたいような顔立ちをしている女性だった。

「彼女はなかなか難しい人みたい。入院して一週間めで、外に出すのはまだ早いんだけど、ずっと個室に閉じこもっているのも体によくないからって、金子さんが連れ出したの」

「どんな症状なの？」

「いまは抑鬱状態ね。ずっと個室で寝ているのよ。食事も摂らないし」

「名まえは？」

「私の？」

「違うよ、彼女の名まえだよ」

「やあね」大声で笑いながら僕の肩を何度も叩いた。「クリモトレオさんよ」

「レオ？」

「そう王へんに命令のレイ。オウは中央のオウ」

「玲央……歳は?」

「もうやだあ。高島さんはああいう人が趣味なの?」

「なに言ってるの。そんな意味じゃないよ」

「口説くなら私を口説きなさい。まだ独身なんだから私は」

会話を耳にした看護婦連中が「ミッちゃんたら、よく言うねえ」と笑いあった。

鼻血が止まるまで勤務室のベッドで横になっているように指示され、僕は身を横たえた。

栗本玲央……はじめて玲央の存在を知った日だった。

第一章　僕はカンゴニン

僕はこの病院で二年前から看護人をしていた。正式名称は看護助手。半袖のケーシー白衣と呼ばれるユニフォームを着ている。

この病院に来るまでにはいろんなアルバイトをしてきた。レストランの皿洗い、ピンク映画の男優、道路測量のアシスタント、露天のたこ焼き屋、土木作業員、ラジオの構成台本書きなどなどだ。いろんな職種を変えたのは僕が飽きっぽい性格だったからではなく、劇団の稽古のスケジュールを優先したためそうなったのだ。

僕は東京赤坂にある小さな劇団の役者だった（世間などではアングラ劇団と呼称されていた）。とはいえ僕は自分で思っているほどには劇団の主宰者から役者として評価されず、いつも科白の少ない役回りだった。それでも悶々としながらも役者を辞めなかったのはいつか主役を張れる役者になり、戯曲も書ける演出家になる夢があったからだ。しかし、いつまでも自分を騙していけるものでもない。

当然のように貧乏だった。安い居酒屋にたむろしては酩酊した頭の中で僕は華のある役者であり、鬼才の演出家だった。僕は劇団の主宰者の影響をどっぷりと受けていたので、自分の感性でものを考えることができなくなっていた。情けないことにどんな芝居が自分の目指すものなのかわからなくなってさえいた。世間ではつかこうへいのような同世代の演劇人が新たな時代の旗手として、活躍しはじめてきていた。僕は焦っていた。

夜ごとアルコールが切れなかった。一緒に暮らしていた蓉子ともうまくいかなくなり生活は荒れていった。僕は真剣に生活のことを考え、定期的な安定した仕事をしなければと思っていたが、グズグズと過ごしてしまい、蓉子に愛想をつかされ、彼女はアパートに帰らなくなった。彼女は新しい男と付き合っていると聞き、僕は悔しい思いを募らせていた。

僕はさらに飲んだくれ、見知らぬ女と安ホテルに泊まったり、あげく新宿などの公園のベンチで寝過ごすなど、荒む日々を送っていた。思い出したくもない二十五歳の頃だ。

「カンゴニンの仕事だけど、やってみないか」と声をかけてくれたのが友人の島崎という医学生だった。僕の演劇活動を理解しながらも現実をもっと見ろ、とハッパをかけてくれる友人だった。彼がたまたまある精神医療の研究会で、T病院の副院長の十見医師と繋がりがあり、そこから転がってきた話らしい。

「カンゴニン？　なにそれ」仕事のイメージが湧かなかった。

「精神病院の宿直だよ。勤務室で寝てればいいんだ。寝ていて金になるんだから文句はないだろう?」と島崎は笑った。

「寝ているだけでいい？　そんな甘い話があるわけないだろう。だいいち資格はいらないのか?」

「看護士というのは看護婦と同じで資格はいるけど、看護人というのは言ってみれば看護士見習いということだな。資格はいらない」

「看護士でも看護人でもどっちでもいいけど、ほんとうに寝ていればいいんだな」と念を押した。

「まあ、そんなもんだよ。おまえにはいい経験になると思うよ。人生はベケットの舞台以上の不条理劇だってことがわかるさ」

彼の確信めいた言葉に釣られて「考えてみるか」と返事をした。なによりも「寝ているだけでいい」という甘い言葉に魅かれたせいもあるが、それよりも自分の逼迫した気持ちを鎮めるためにも、なぜか精神病院での仕事は自分にはうってつけなのではないかと思ったのだ。つまりいまでこそ言えるのだが、精神を病んだ人を知ること、あるいは心が病むという状態を観察することで、自分を客観視する目を養える場所かもしれないという気がした。きっと島崎もそんな含みをもって誘ってくれたのだろう。


きっかけはそういうことだった。この看護人というのはあとで知ったのだが、従来の精神病院ではヤクザと同じくらいに恐れられる存在だったらしい。要は病院の用心棒兼鍵番のような存在だったようだ。なにしろ木刀を持って夜の病棟を闊歩していたというのだ。というのも日本の精神病院というのは鉄格子の嵌る暗い部屋に何人もの患者が収容され、自由もなく、ただじっと閉じ込められている施設であるといっても間違いのないところだった。治療も年に数回あればいいほうで、ところによっては作業療法といって考えられないくらいの安い賃金で単純作業を強いて、病院の収益にすることとなどよくあることだった。

斎藤茂吉が若いころ発表した「狂人守」という短歌集のタイトルに象徴されるように、精神病院に収容されている患者は、つまり「狂人」だったのだ。この環境は古い時代のものではなくつい最近までおおよそ日本の精神病院というものは、木刀をもった看護人に恐れをなしてしまう環境だったらしい。

もっとも僕が働くことになったT病院は精神病院の先駆的な開放化運動の渦中にあったので、そんな様子とは無縁のところだった。簡単にいえば鉄格子のない精神病院を目指すことを推し進めていた。従来の収容所のような劣悪な環境そのものが精神病の症状を悪化させているという考えに基づいて、その弊害を取り除こうという画期的な運動だった。それ故に治療現場はきめ細かい対応に追われ、忙しく人手の足りない状態になっていた。そういうことをまったく知らずに僕は足を踏み入れようとしていたのだ。


津田沼の駅からバスに揺られ二十分ほどの終点で降りた。

道沿いの桜の花が風に舞い、辺り一面に春の匂いを漂わせていた。そのときの僕の胸にはなんとも言えない漠然とした不安が募っていた。自分が入院するわけでもないのに、なにか途方もなく暗い世界に入っていくような気持ちになっていた。ためらいがちな気分をなんとかふり切り、僕は病院の門をくぐった。

丸い眼鏡をかけた年配の人のよさそうな総婦長が応接室で病院の概要を笑顔で説明してくれた。病院のベッド数は約三百床。医師は九人。精神病院としては中規模だという。施錠された一階の閉鎖病棟、錠のない開放病棟は二階（女子二病棟）、三階（男子三病棟）、別棟の男子五病棟、女子六病棟に分かれていると説明は続いた（病院の開放病棟率は六〇％だという）。応接室からテニスコートが五面ほど取れそうな大きな庭が見えた。その庭の道路沿いには何の樹木かわからないが敷地に沿って生垣になっていた。病院の説明に僕は上の空だった。

病棟の見学に移り、総婦長のあとについておずおずとした足取りで廻った。病棟の中は世間の時間が忘れられた古いアルバムのような匂いを漂わせ、その澱のような時間の中を患者たちがひっそりと呼吸していた。患者はたいがい十人くらいの畳の部屋か六人ほどのベッドの部屋にいた。彼らにじっと見つめられているような気がした。

僕は見てはならないものを見ているようないたたまれない気持ちで総婦長のあとに従っていた。なるべく彼らと目が合わないように歩いた。普通の病院では感じられない患者のもの言いたげな視線をどう受けとめていいのか戸惑っていたのだ。

一通り見て廻り、施錠された一階の閉鎖病棟に入った。それまで錠のない開放病棟を廻っているときも胸の鼓動は早まっていたが、外から鍵を開けて男子病棟と女子病棟に挟まれたナースステーションに入ったとき、ここに勤めようと思ったことを後悔し、帰りたくなった。

閉鎖病棟は症状が極度に悪化していたり、日常生活が困難になっている患者用の病棟だと聞かされていた。

ナースステーション（勤務室）は男子と女子の閉鎖病棟に挟まれていて、部屋から両方の患者たちの姿が窓越しに窺える。総婦長は病棟婦長、看護婦や看護士たちに僕を紹介し、鍵で男子病棟のドアを開けてホールの中に入っていった。僕は緊張して底が見えない深い海に飛び込むような気持ちだった。ホールはテーブルと椅子が並んでおり食堂にもなっていた。小便と消毒液の混じったような匂いが鼻についた。

突然、眼鏡をかけた太った男が髪を振り立てて僕に近づいてくると、いきなり投薬用のカップの水を僕の顔に引っ掛け、ニヤッとしたかと思うと、今度はホールの椅子を持ち上げて天井の蛍光灯をバリバリと壊し始めたのだ。他の患者たちは彼の行動を別に驚く様子もなくそれぞれ自分の時間の中に佇んでいるようだった。蛍光灯を割った男は勤務室から飛び出てきた看護士たちに押さえれ、へらへら笑っておとなしくなった。僕はなにくわぬ顔で立っていたが、実際は恐怖で足がすくんでいた。

「あなたに対する挨拶ですよ。きっと気に入られたのね」

総婦長が笑顔でそう言ったとき、返す言葉もなく、唾を飲み込んだだけだった。僕の傍にはパンツを脱いだ青年がぼっーとした顔で僕を見つめていた。

すべてが緊張の連続だった。院長室で面談の際、僕は正直にショックを受けた感想を話した。「そうか、彼から歓迎の儀をうけたか。そりゃ、よかった」三十半ば過ぎで茫洋とした感じの十見副院長がニヤリとした顔で言った。

僕の勤務は閉鎖病棟から始まった。

一階の閉鎖病棟は男女に分かれ、それぞれが四十人ほどの患者がいた。看護スタッフはやはり男子が多かった。というのも緊急事態の発生が多かったからだ。患者の暴力的発露や発作時の行動を抑えるにはやはり男手が必要なのだ。

ここは世の中の多くの精神病院と比べれば清潔で開放的だとは聞いていたが、閉鎖病棟は出入り口すべてに鍵が施錠されて、窓は完全に開けることができないように工夫されている。言ってみれば保護されているというより、やはり収容されているという感じは否めなかった（閉鎖病棟は病院の四〇％）。

患者の悲鳴に近いような叫び、意味不明な独語。自分の幻聴に怒り声で反応する患者や、奇妙に笑い声を立てる女、妄想で突如暴れ出す男などを見るにつけ、なにをどう考えていいのか僕の思考は停止状態になっていた。

深夜、保護室に入っていくときは、映画で観るベトコンの襲撃にビクつく米軍の新兵のように僕は緊張していた。相手が得体の知れないものという恐怖心からだった。

昼間は始終うなだれているような姿しか見せない青年が、深夜になるとその眼が昼間とは異なった光を帯び、まるで獣が獲物を狙うような目つきでシャドーボクシングを始めるのだ。そんなときはホールに出ないようにと先任の看護人から注意を受けた。青年は四回戦ボクサーだったらしい。ボクサーとして頂点に立つことを夢見ていた時期があったのだろう。真夜中の孤独なシャドーボクシングは復活への執念のように思えた。背広にネクタイをしっかりと締め、空手の組み手を演じる中年のサラリーマンもいた。きっと社会復帰への熱い気持ちに溢れていたにちがいなかった。

夜は人間の精神活動を激しくうごめかすのか、昼間の光では見えない魂の世界は饒舌だった。

「なにが寝ていればいいだと？　まったく……」この仕事を紹介してくれた島崎を勝手に恨めしくさえ思ったものだ。確かに多くの精神病院の夜勤は、患者に睡眠薬を多量に与えてから看護人はぐっすり眠りにつくというのが通常のようだ。友人はこの病院がそのような旧来の精神病院ではないことを当然知っていて紹介したのだ。

「カンゴニンさん、タバコください」深夜、暗くなっているホールの隅からのっそりとナースステーションのプラスティックの窓を叩いて要求してくる不気味な患者。

「もうこれが最後だよ。早く寝ようよ。おやすみ」と何度対応したことか。そのたびに「わかりました」と患者は答えるが、ものの三十分もすると「カンゴニンさん、すいません。タバコください」とまたやってくる。深夜の要求は規則違反だからノーと強く断れば済むことなのに僕はどこかで患者を怖がっていたのだ。

子どもの頃、精神病院はキチガイ病院とか脳病院とか呼ばれ、狂暴な男たちやわけの分からない連中がいるところだと教えられていた。そのイメージを払拭しないまま、精神病院で働こうとしたのだから幼い頃の恐怖感覚が蘇えるのは当然だった。もっとも表現に携わる仕事を始めようとした頃には、僕も狂気というイメージに一種の芸術的ロマンを求めたりする鈍感な神経の輩のひとりにちがいなかった。

徐々に仕事に慣れていった。

朝は八時四十五分、仕事開始。病棟担当医と八人ほどの看護婦と夜勤者からの引き継ぎを終えると検温と投薬。それから病棟のモップがけ。十一時半昼食準備そのあと職員食堂で食事。午後は患者と話をしたり、三時、看護婦たちのお茶タイム。そのあと外で患者と遊んだり、雑用をこなしたりして四時四十五分、夕食配膳準備。五時終業。引き続き七時四十五分までの準夜勤、深夜勤務も週四日ほど勤めた。

当初、一年ほど深夜勤務を中心に劇団とかけもちで仕事をしていたが、芝居を諦めることにした。複雑な思いはあったが、正直役者で評価されることもなく、しかも自分が目指したい芝居がわからなくなってしまっていたというのが本音だ。

才能がないと諦めた。いや、芝居では飯が食えないからと自分に言い訳した。芝居をやめることは悔しかったが、病院の仕事以外のことを考えないようにし、医療の世界で生きていくことも考えた。看護学校に六年間通うか、それとも中退した大学に復学してなんらかの資格を取るか……そんなことを考えながら津田沼駅近くの居酒屋で焼酎を飲みながら放心することがたびたびだった。

そんな折、思いがけないことを院長から頼まれた。「患者たちの演劇同好会の世話をしてくれないか」と。この同好会は演劇好きな患者たちがクリスマスやなにかの行事の折に、寸劇のようなものをやっていると聞いた。劇団「ゆうがお」という。これまで劇団の面倒を見ていたのは医師の朝倉先生。大学時代演劇部に在籍し、台本作りや演出を手がけた経験があるという。つまり僕に朝倉先生のあとを引き継いでほしいということだった。僕が芝居をやっていた男だと耳にして、世話人としては最適だと思ったのだろう。演劇のことを頭から追い払おうとしていた時期なのに、よりによってド素人の芝居に付き合わなくてはならない皮肉に言いようもない腹立ちと情けなさを覚えた。しかし、患者のレクリエーション活動の面倒をみてほしいと言われたら断るわけにもいかず不承不承、「わかりました」と答えるしかなかった。

＊

その年のクリスマス会に発表する芝居の話し合いをするので、僕も参加するように要請された。会合は管理棟寄りのところに建てられたばかりの患者の家「ひまわりハウス」で行われ、団員七、八人くらいが集まっていた。彼らは開放病棟の患者で日常生活にとりあえず差し障りのない人たちだった。いわば劇団の中心メンバーということになる。

演劇顧問の朝倉医師も出席していて、僕はみんなに自分にどんなことをしてほしいかを尋ねると、「演技が上手になりたいので、指導してほしい」という。おかしかった。その答えを一番聞きたかったのが、ほんというと昔の僕だったのだ。

「それはね、うまくなろうと思わないことなんだよ」というような言い方で、期待された指導者を装った顔をしようと思ったが、「実はね、僕もずいぶんそれで苦しんだんだ。僕は売れないダイコン役者だったんだ。でもその経験で考えたことを教えるよ」と正直に言うと、みんなが笑いながら得心した顔をした。この頃僕は患者に対して緊張せず対応をすることができるようになっていた。

「要はね、簡単な話、自分をうまく探せるかどうかにつきるんだ」とサービスする僕。

「なんだか哲学的な見解だな」国立大学休学中だという二宮君が高笑いをした。

「言っていることがよくわからない」中堂さんという中年女性が不満そうな顔をした。

「なかなか意味深な言葉です。さすが、いやあ、楽しみだ」朝倉先生が僕のわかったようなわからない話をそう繕った。

彼らがやりたいお芝居はどんなものかと聞くと、「金色夜叉」だとか「婦系図・湯島の白梅」「瞼の母」「一本刀土俵入り」など新派系の演目などを口にした。さすが大学生の二宮君は「ハムレット」と言っていたが。

「それなら、その名場面集の主人公の一人芝居でもやったらどう?」と提案し、その科白を用意してくるから、稽古はそれからぼちぼちやろうということにした。いったいそのお芝居がどんなふうになるかわからなかったが、その実験劇の稽古に付き合いはじめたのだった。稽古は六病棟の上の三階の舞台がある体育館で行われた。

週に二、三回ほど稽古につきあっていると、「湯島の白梅」のお蔦を演じていた中堂さんという二病棟の女性の演技がまるでなにかに取り憑かれはじめたような現れ方をした。僕は彼女にリンゴをかじりながら演技をしたらと提案すると本性剥き出しのお蔦という女の悔しさがユーモアをもちながらも十分に伝わる表現になったのだ。これには驚いた。僕は彼女を保護室の老婆という設定にして、老婆の妄想の中にそれぞれ患者の一人芝居を絡ませた。その老婆がほかの演者の一人芝居にときどき相手役として現れると奇妙な関係が生まれ、老婆の妄想として面白く見えてきたのだ。

この芝居のテーマは老婆が病院の外で暮らしたいという妄想の話にまとめた（舞台の美術などを手伝ってくれたのは劇団で知り合った天野という女性美術家だった）。

参加した患者はいままでとは異なった芝居の作り方に戸惑いながらも結構遊べたようでもあったし、舞台を観てくれた患者や職員も「変な芝居だったけど面白かった」とそれなりに楽しんでくれた。中には老婆役の中堂さんの演技に自分の境遇を重ね合わせたのか、涙する人もいた。

院長は玄人が手伝ってくれるとやはり「芝居になるものだね」と感心してくれ、とりあえず元演劇青年の面目を施して僕はほっとしたのだった。

その舞台がはねたあとに行われた慰労会の席で、とんでもない話が持ち上がった。

来年は本格的に街の劇場でやってみたいと、通称マスターと呼ばれる四十半ば過ぎの田所さんが冗談のように言い出した。みんなも勢いづいて口々にぜひやってみたいと言った。野球をやるならユニホームを着て野球場で試合をしたいように、演劇だったら劇場でやりたいというのが理屈だった。発表会後の興奮冷めやらぬうちの発言だろうと、笑いながら話半分に聞いていた。

「ねえ、トリさん」僕の名前は高島で、みんなからトリさんと呼ばれていた。「正直言って私たちが外で芝居をしたら、通用しますか？」主役を演じた鰓の張った顔の中堂さんが真剣な顔付きで訊いてきた。彼女は三十歳半ばの患者で、当時精神分裂病と診断されていた。

「通用というのはどういう意味？」

「一般の人たちが面白いと思うでしょうか？」

「まあ思わないだろうね」と正直に答えた。

「そうだよな……」長期入院患者で患者の家「ひまわり」の世話係をしている通称マスターが子どものようにがっかりした顔をした。

「通用するとかしないとかではなく、どんな芝居をやりたいかということだろうね」

笑ってしまうがつい以前の自分に言い聞かせたい話だ。

「どんな芝居をやりたいか……」中堂さんが自問しながら真剣な目で僕を見た。

「たぶんね……」僕は少し迷ったが、本音を吐こうと思った。「今回の芝居で思ったんだけど、入院患者の思いみたいなものを芝居にできたら興味を引くと思う」それははっきりとしたかたちではなかったが、精神病院の中の一コマを患者自身が表現できたらという意味だった。

「今回のように、自分たちのことを表現するということですね」中堂さんが再び、真剣な目で僕の返事を催促した。

「うん、もちろん稽古をじっくりとできればの話だろうけど」

「通用するということですね」中堂さんが笑みを浮かべた。

「こういう病院の患者サークルがいままでに街の劇場で芝居をしたなんてことあったんでしょうか？」マスターが身を乗り出した。

「恐らくないんじゃないかな」常識で考えたら病院にとってリスクだらけだし、病院にとってなんの利益もない、そんな発想はあり得ないことだと想像できたからだ。

「……ナ、ナ、ナ、なんとかやれないものかなあ。……ゲ、ゲ劇場で」吃音の強い五病棟の佐々木さんが諦めきれないような声で訴えた。

「ねえ、訊きたいんだけど、中堂さんはどうして街の劇場で芝居をしたいの？」

彼女がそう言うからにはどんな思いなのか僕は興味を抱いた。

「気持ちよかったんです。演技するのが。役を演じることで別の自分になれるというか、その自分を一般の人に観てもらいたくなったんです」自分の気持ちを確かめるように中堂さんはゆっくりと言った。

「自分が入院をしていろんなことを感じて、もやもやしていたことを一般の人に表現したいなって……うまく言えないんですけど」僕も中堂さんの演技を病院の舞台だけで終わらせるのはもったいないという気持ちも確かにあった。と言ってもみんなの空想にうかつに乗る気はなかったが、彼女の言葉で僕の気持ちが少し傾き始めた。

「……ヤ、ヤ、やりましょうよ。トリさん」佐々木さんが自分の両手を握りしめて言った。

「やりましょうよ。ねえ」みんなが声を揃えた。

「そうだなあ……まあ、ダメもとで院長に話してみようか」

「百分の一の可能性に賭けてください」中堂さんが両手を合わせた。

百分の一か……ひょっとしたらこの人たちの芝居を面白く作ることができるかもしれない。精神病院という設定を興味深く見せる方法を見つけられれば、いままでにない興味深い芝居になるかもしれない。それは、僕自身の芝居への再挑戦ということになるはずだ。でもそんなこと可能だろうか……

僕は半信半疑だった。

男子開放三病棟の夜勤は二人態勢だった。相棒の看護士が仮眠室に入ると、僕は勤務室の机に向かい、消灯されたホールの闇をプラスチックの窓越しに見つめた。患者の吸う煙草の赤い炎が暗闇に小さな花の蕾のように三つ四つ灯っている。その赤い小さな花を見つめながらこれからやろうとしている芝居のことを考えた。

＊

僕は患者たちが街の文化会館のホールで芝居の公演を打ちたいと希望しているが、病院としてはどう考えるかを院長、副院長に打診した。予想ではきっと「面白いことだけど病院としては難しい話だ」と断られると思っていた。その結論を持って、肩を落としながらみんなには無理だったと話をするつもりでいた。まだ僕はどこか腰が引けていたし、本気じゃなかった。ところが、「街の劇場でやる？　それは面白い。ぜひやってみろよ。病院もチケットを捌くのを手伝うよ」と十見副院長が大いに乗り気で、本気で公演を実現しようという話になってしまったのだ。つまり、精神病院の患者の演劇サークルが街の市民ホールで、一般人の前で芝居公演を打つのは精神病院の開放化運動に相応しいイベントだと考えたようだ。

十見副院長は常々こう言っていた。

「現在日本の精神病院には約三十万人以上が収容されている。病院は開放化を進めているが、それは遅々たるものであり、病院の仕事は現在の入院患者を一人でも多く、一日でも早く社会に戻すことであり、また収容されかけている人々を一人でも多く、長く社会にとどめおくことが必要だ」と。つまり精神病院の管理体制の中で暮らすのは治る病気も治らなくなってしまうのだと。

精神病院は鉄格子をはずすだけでなく、隔離収容と管理・抑圧で支配する現代精神科医療の言語を洗い直さなければならないと指摘するのだった。だから僕らがやろうとする演劇も病院という枠組みの中で催すのではなく、演劇は街でやろうという発想がステキだと応援してくれたのだ。

「しかし、ことはすんなりとはいかないぞ。それは覚悟してやらないとな」と十見医師が公演の困難を見通すかのように含みのある言い方をした。僕の読みを裏切って話が通ってしまい、慌てたのはかえって僕のほうだった。確かに中堂さんを中心に舞台を作ったら面白いものができるかもしれないと思ったものの、なにをどうしたらいいかまったく考えていなかったからだ。

正直言って仙田院長や十見副院長から公演に協力しようと言われると、逆にプレッシャーが増していく。出演する患者を面白く活かした物語を作らなければならない。そんな話を作れるだろうか。なにしろ自分の頭で考える舞台は初めてのことなのだ。僕の胸に不安と野心がせめぎ合った。

僕はルイス・キャロルの「不思議の国のアリス」を題材にすることを思いついた。

アリスという少女がウサギを追ううちに深い穴に落ちると、そこは不思議な生き物たちがすんでいる日常とは異なった世界。アリスはそこで奇想天外な冒険を繰りひろげていくというあのお話だ。

その原作の少女アリスを精神病院に入院した少女の物語として読み替えるのはどうかと考えたのだ。

描きたいアリスは、ウサギの穴に落ちる替わりに病院に入院してきた少女だ。タイトルは「**もうひとりのアリス**」。

物語は夜。病院の庭で翌日の運動会の仮装大会のリハーサルから始まる。登場してくる仮装の人々は天皇陛下と皇后陛下、キリスト、ヒトラー、シンデレラ、ウルトラマン、ピータパン、マッチ売りの少女、番場の忠太郎、サザエさん、赤ずきんちゃん、吸血鬼たちなど誰でも知っているキャラクターがひとりずつそれぞれの科白と衣装で登場する。

その夜、仮装のリハーサル時にぼんやりと現れた、入院したばかりの少女はみんなからアリスと呼ばれて歓迎される。しかし少女は自分はアリスではないし、ここは私の夢の中で、私はこれから夢から目醒めるはずだからと参加することを拒否し、みんなの反対を押し切って去っていく。

少女は自分の家に帰ろうとするが、夢の中に仮装大会に出ていた人たち（ピータパンや赤ずきんちゃん、ウルトラマンなど）が次々に一緒に遊ぼうと強請られ、なかなか家に辿り着くことができない。コウモリ傘をさしている男にも「タダイマ」と言うから「オカエリナサイ」と応えてくれと懇願される。少女は仕方なく「オカエリナサイごっこ」をする羽目になる。何度かごっこを繰り返すうちに、少女が「タダイマ」と家に帰ると、仮装大会で天皇と皇后陛下だった両親が家にいる。

両親はアリスを他人呼ばわりして家宅侵入だとお巡りさんを呼ぶ。

少女は自分の部屋に逃げ込み、ベッドで布団をかぶって眠っている自分らしき姿を見て安堵する。ようやくこれで夢から醒めて自分に戻れると。しかし、少女が眠っているはずの自分の布団をめくってみると……

物語は少女が病院に入院することを拒否して、自分の家に帰ろうとする冒険譚になるはずだ。しかし、入院することを拒否し、その正当性を主張するストーリーを描くのはとても難しい。しかもそれを現実に入院している患者が演じるのだから。

患者が患者の役を演じるという入れの子の構造は芝居としては面白い設定なのだが、それでは患者自身の気持ちはどうなのかといった問題も生じるだろう。舞台に出演することは自分があえて精神病患者だと名乗ることになるからだ。しかし、その前提を否定してしまったら、この「アリス」の物語は成立しなくなってしまう。そこがこの芝居の難しいところだ（現実にその問題が稽古の過程で生じてきたのだった）。それを乗り切れれば画期的な作品になるにちがいない。

とにかくこの芝居はアリスと名指される少女がウサギの穴から脱出しようと試みる物語になるはずだ。少女は夢から醒めて「オハヨウ」と朝の挨拶の時間を迎えたいと思っていることだけがこの芝居の推進力なのだ。

僕は病棟の深夜のホールで蠢く人たちを見ながらアリスの物語を考えていた。

第二章　アリスを捜せ

ジャズバー「クリフォード」は市川の駅から真間に向かう通りのビルの一階にあった。四〇坪ほどの広さがあり、ときどきジャズのライブもやっていた。僕は経済的な余裕がなかったので、ライブの日を避けて、月に何回か、ビールジョッキ一杯とスコッチを二杯とつまみのピーナツと決めていた。懐の寂しい僕にはこの上なく贅沢な楽しみだった。

扉を開くと、この店でよく耳にするクリフォード・ブラウンの曲が流れていた。明かりを下げた店内にトランペットとドラムシンバルの心地よいリズムが響き渡る。自然と気持ちがスイングする。店は混み合っていたが、カウンターは二、三人腰かけられるようだった。

「いらっしゃい。ずいぶんご無沙汰ね」ウエイトレスの綾さんが笑顔で言った。

「いやあ、今日は早いね」とマスターの澤田さんがカウンター近くまでやってきて声をかけてくれた。「そのお嬢さんの隣に座らせてもらったら」澤田さんがカウンター席のひとりの女性の隣を指さした。

僕は紺色の麻のジャケットにジーンズ姿の女性に背後から、「ここよいですか」と声をかけ隣に腰かけた。女性は僕を見て、軽くうなずいたがすぐに視線を戻し、私に話しかけないでというようなバリアを張っているように思えた。度の強そうな眼鏡をかけた小太りの愛嬌のなさそうな女だった。OLあるいは学生だろうか。ジャズバーにいるのが場違いの垢ぬけない女性に見えた。可愛い味のない女の隣に腰かけたものだとツキのなさに首をすくめたかった。

「久しぶりですね」カウンターの中の見習いの小林君がアイスピックで氷を割りながら「いつもの奴でいいですか?」と声を掛けてくれた。

僕はうなずき、上着のポケットから煙草を取り出し火を点けた。ジャズに耳を傾け、煙草を吸い、ビールを飲みながらぼんやりと過ごす時間がなによりも好きだった。

「そう、そう、このお嬢さんね、大学で心理学を専攻していて、卒業したら精神科の仕事に携わりたいんだって」澤田さんが小林君からビールのジョッキを受け取り、僕の前に置くと隣の彼女をそう紹介した。

「えっ」彼女が自分のことを紹介されたことに気づき驚いたような顔をして「ああ、どうも」と緊張した面持ちで僕に慌てて頭を下げた。オレンジ色のカクテルが彼女の前にあったが、ほとんど口をつけていないようだった。

僕は軽く会釈を返し「ここはよく来るんですか?」と如才なく尋ねると、無言で頭を振った。

「この人が、ほら例の病院で仕事をしている高島さんだよ」澤田さんが再びそう彼女に僕のことを伝えると、彼女は驚いた顔をし、「ああ、そうでしたか」と急に顔をほころばせ、先ほどの僕の質問に答える気になったらしい。

彼女はここには少し前に友達に連れてきてもらってから、まだ二回目だが、店がすっかり気に入ってしまったらしい。ジャズが好きなのかと訊くと、よく知らないけど好きになりそうだと面接を受けているような顔で答えた。ここでバイトをしたくなったほど、店が気に入ったという。マスターにそのことを伝えたらきっとオーケイしてくれるよと勧めると、もうお願いして三日後から働くことになったという。顔に似合わず大胆な行動力に舌を巻いた。というよりもジャズバーに似合う雰囲気じゃない女性をマスターはよく雇ったなと不思議に思ったほどだ。

「じゃあ乾杯しましょうか。君の新たなスタートに」と僕がジョッキを持ち上げると僕女は「えっ?」という顔をしたが、すぐに「ああ、ありがとうございます」とグラスを持ち上げて軽くおかっぱ頭を下げた。そしてカクテルを口に含んでから彼女は言った。

「マスターからお聞きしたんですけど、精神病院で仕事をされているんですってね?」

眼鏡の奥の細い目が親しみ気な色を帯び、彼女の取っ付きにくそうなイメージが少し消えた。

「そんな話を澤田さんがしたんですか?」僕は煙草に火を点けた。

「私が心理学を勉強しているという話をしたら、高鳥さんのことを教えてくれたんです。芝居をやりながら病院でアルバイトをしている人がいるって」

「うん、勤めてから二年とちょっとになるかな」

「小劇場の芝居もやっているとか」僕の顔を覗き込むように彼女は訊いた。

「いや、実はもうやめたんですよ。芝居は」灰皿に煙草の灰を落とした。

「えっ、やめた?」彼女は驚いた顔をした。「なんで、です?」詰め寄るような訊き方だった。

「なんでと言われても……」あまり話したくなかった。僕にとっては生々しい出来事で気持ちの上で未消化だったから。というよりも自分の行動をまだ納得できていなかったというのが本音かもしれない。

「あの、ごめんなさい。不躾な質問だったみたいで」

「いや、もともと芝居をするには僕のエンジンの馬力が小さかったのかもしれない。あるいはガス欠かな」そう嘯いて、芝居のことは過去のことにしてしまいたかった。

「そうでしたか……残念ですね」彼女はカクテルグラスを見つめながら言った。

「うん。まあ実力、才能がなかった。それだけのことですよ」僕自身、悔しいながらそう思おうとしていた。

「才能がなかった？　なぜそう思ったんですか？」僕の顔を不思議そうに眺めながら訊いた。

「とにかく……わかったんだ」

相手の質問に腹が立つ以上に自分に対して怒りが込み上げてきた。自分の根性のなさを突き付けられたからだ。本当にやりたかったら石に噛り付いてもやっているはずだ。自分の不甲斐なさが燻火のようにくすぶり始めたのを感じた。「申し訳ないけど、芝居の話はやめてほしいんだ」

「すみません。私、お芝居が好きで小劇場をいろいろ観ていたもので、ついお芝居をやっている人というので興味を持ったものですから」と言い訳した。

「芝居のどんなところが好きなんですか？」僕はビールを飲み、気分を変え、平静な気持ちになろうとした。

「小劇場のお芝居ってなにかワクワクするんです」彼女は真剣な話し方をした。「新劇では感じられないときめき感というか、なにか日常ではないところへ連れられていってしまいそうな怖さもあって……赤テントとか、黒テントとか、いろいろ」

こんな話を続けていたらきっと悪酔いをしてしまうに違いない。僕は話題を変えたかった。

「精神病院に行ったことありますか？」と話を振った。

「あります。妹が入院したことがあるから」彼女があっさりと答えた。

「妹さんが？」

「はい。たぶん精神分裂病だと思います」彼女はカクテルを口にした。

「そういうことを初対面の僕に言ってしまうんだ。君は」

「そう、百人に一人になる病気といいますでしょ。だから隠すことでもない」

「さすが。頼もしい」僕は笑った。「ちょっとした体験的なボタンのかけ違いからかもしれないしね」

「そうですね」彼女はアルコールに弱いのか顔が赤くなってきていた。

「その病院はどんなところでした？」

「良心的な病院って聞いていたけど、泣きたくなるようなところでした。初めての面会に花を持って行ったんだけど、お見舞いの花は似合わないというのがつくづくわかりました。精神病院はやはり病院じゃないんですね」

「たしかに精神病院に花は似合わない。花を愛でる場所ではないことはたしかだね」僕は残りのビールを空けた。「そもそもお見舞いに来る人なんかいないしね」

「病棟に花がいっぱい咲いていたらいいだろうな。香港フラワーじゃなくて、本物の花がいっぱいあってもいいのに」彼女は雰囲気に似合わないメルヘンチックなことを口にした。僕はなぜかおかしくて笑ってしまった。

「いま私、変なことを口にしました?」

「いやいや。ゼンゼン」すぐに話題を変えた。「そうか、だから心理学を勉強してそっちへ進みたいんだね」

「まあ、それもあるかもしれませんけど、私ブスだからそれなりに社会で通用する職業を考えたんです。カウンセラーみたいな仕事だったら実力さえ伴えば顔のことは度外視されるだろうと高校の頃思ったんです」彼女は少し酔ったのだろうか、ずいぶん思い切ったことを言うものだと感心した。

「ほう、だったら精神科医になればいいのに」

「私、頭悪いから。それに私の知っている限り、精神科医って、みんな社会に出たら通用しないような人ばっかりですよ。そんな人たちが通用するところが精神病院なんですよ。きっと」

「でも、君もそこで仕事をしたいと思っているんだろ?」

「私も社会じゃ通用しない人なんです」彼女は肩をすくめると、突然「あっ、この曲最高ですね」と上半身でリズムを取った。

「ねえ、この曲名はなんていうんですか?」

「ヘレン・メリルの You'd be so nice to come home to です」カウンターの中の小林君が答えた。

掠れたようなハスキーな甘い歌声が流れている。

「素敵ですね、この歌」彼女が小さくスイングしながら言った。「そうそう精神科医の話でした。はっきり言ってもう一度受験するのがかったるくて。私頭よくないですから」彼女は肩をすくめた。

「でもちゃんと難しい大学に行ってるじゃないか?」

「チョウまぐれなんです。ツキだけはあるみたいです。いつかスイスのユングの研究所に勉強に行きたいっていう夢はあるんですけど」

「たしかチューリッヒにあるんだよね、きっと行けるよ。一念を通せば。できなかった僕が言うのもおかしいけどね」と僕が笑うと彼女もニヤッとし、それから「うん」と子どもみたいにうなずいた。

「ねえ、高鳥さんはどうしていまの仕事をするようになったんですか?」

「いろいろあってね」僕は煙草に火を点けた。

「やっぱり、いろいろあっての話なんですね。ハハハ」彼女の笑顔を初めて見た。

「ねえ、君の名前はなんというんだっけ?」

「私、倉本まゆ子といいます」舌をぺろりと出した。


この夜、不思議なことに僕は倉本さんと話が弾んだ。彼女は極度の緊張しいで、知らない人、特に男性は苦手で体も気持ちも固まってしまうと洩らした。将来の仕事のことを考えるとそれではいけないと思うので、いろんな研修を受けたりしているが、なかなかうまくいかなくて、それが自分の大きな課題だと言った。この店でアルバイトをしようと思ったのも研修のつもりからだったらしい。

話をしていてわかったが、確かに彼女はほんとうに芝居が好きらしい。彼女に言うか言うまいか迷ったが、病院には患者だけで作っている劇団があり、劇団名を「ゆうがお」ということなどを僕は話した。彼女は身を乗り出して、その話に興味をもち、その劇団の世話を実は僕がしていると言うと、さらに目の色を変えて耳を傾けてきた。

僕は病院の劇団にかかわることになったきっかけを話した。そして歳の暮れに市民ホールで公演を打つ準備をしていること。まだ演目は決まっていないが、ルイス・キャロルの「不思議の国のアリス」を題材にした物語を考えていること。しかし実際は稽古に参加している人がずっとやってくれるかどうか、最後まで見当がつかないなど患者の実態を交えて話した。倉本さんは目を輝かせて、訊いてくれた。そして彼女はこんな話を持ち出した。

「私、映画の『マラー・サド』(「マルキ・ド・サドの演出のもとにシャラントン精神病院患者たちによって演じられたジャン・ポール・マラーの迫害と暗殺」)を観たことあるんですが、それって知ってますか?」

「ああ、あの長いタイトルのヤツね。もちろん、観たよ。刺激的だったけど、役者の演技がちょっと臭かったのを覚えている」

「その映画をひょっとして高島さんは意識しています?」

「ないと言えば嘘になるかな。『マラー・サド』より演劇的には面白くなるものを作りたいって思ってるよ。なにしろこっちは本物の精神病院の患者とやるんだから」

「そうですよね。それにしてもやめたはずのお芝居を、精神病院でまたやらざるを得なくなったというのは皮肉というか面白い巡り合わせですね」と彼女が感慨深そうに言った。

「捨てたつもりのものを捨てきれなかったということなのかな。まあ最初はレクリエーション活動のお手伝いというつもりでやっていたんだけど、ある日、患者の落書きを読んで考えさせられたんだ」

「なんですかそれ?　どんなものだったんですか?」彼女は怖いくらいの目をした。


夜の砂浜で貝がひっそり唄うように、私もそんなふうに唄ってみたい

それは女子閉鎖病棟の部屋の壁に青い色のボールペンで小さく書かれていた。女性患者の誰かがこのような表現をしたことに心を動かされた。夜、貝のようにひっそりと唄いたいとはどのような気持ちなのだろう。きっと白昼大きな声で言えないような秘めた思いにちがいない。それはどんな唄なんだろうか。

この一行の落書きに声にならない思いを感じた。なにげなく過ごしている患者の生活を僕は外側からしか見ていなかったが、その心の奥底にはいろいろな気持ちがあることをいまさらながらに知って心打たれたのだ。その知らない女性をとても愛おしく思った。

はじめて彼らと付きあうことになった頃、僕は適当にあしらおうと思っていたが、彼らがいままでやってきたような寸劇を演じるのも気晴らしのためにはいいけれど、自分たちの思いを表現できるような芝居を考えたらどうなのだろうかという気持ちが段々と湧いてきた。いや、それは余計なお節介にちがいない。そもそも彼らはそんな芝居を欲しているかどうかもわからない。僕があれこれ考える

ことではないと。

僕は役者としてもハンパ。劇作においても自分のやりたい演劇というものがわからなくなって、芝居を投げ出した男だ。何をいまさらお節介めいた演劇的表現などとわけのわからないことを言い出すのだと自嘲した。しかし、やはりあの落書きのことばが僕のこころを波立たせたのは確かだった。

どうせやるなら僕自身もときめくような芝居をしたいと思ったのだ。でもここは所詮素人演劇だ。しかもいつ心身の具合が変わってみんな辞めてしまうかわからない。それに、どこかに遊び半分というか、当然いい加減さもあるだろう。入院している身にとってそれは仕方のない側面もあるにちがいない。だから途中でコケても、文句は言わない。ショックを受けないと自分に言い聞かせていた。とにかく街の劇場で公演したいという患者の強い声に、僕も自分なりのイメージを重ね合わせていたのだった。

「きっと、面白いものができると思う。楽しみです。ほんとうに」倉本さんが確信めいた声で言った。

それにしても僕がこんなふうに初めて会った女性に、しかもどちらかと言えば異性として興味を持てそうにもない女性に、長々と親しく話ができたことが不思議だった。もちろん倉本さんがとても聞き上手だということもあったが女性を感じさせないそのユニークさが愉快だった。

マスターの澤田さんから「ずいぶん話が合うみたいだね」と冷やかされながらもつい長居をしてしまった。僕らは電話番号を交換し合って別れた。

＊

体育館は女子六病棟の上の三階にあった。窓から夕方近くなっても入道雲が湧くように広がっているのが見えた。夏はもう過ぎてもいい頃なのに、暑い日が続いていた。

稽古はこの体育館で行われる。そこは小学校の教室を四つほど集めたくらいの広さがあり、卓球台が四台、ビリヤードが一台置いてあった。みんなで舞台近くに一台の卓球台を移動させ、それをテーブル替わりにして、その周りを囲んだ。

参加者は募集の成果もあって当初二十人近くいただろうか。参加者はとりあえず症状も比較的安定した時期にある開放病棟の人たちだ。そうでなければ芝居に興味を持つ余裕などあるはずもない。とはいえその人たちでも言葉の疎通も難しく、病院の外で通常の暮らしを営めるかとなると難しい人たちもいた。彼らや彼女らがどんな症状で苦しんでいるかは病棟に行って看護スタッフに聞くかカルテを読むしかない。稽古場での会話では、それぞれ抱えている病気の病名と症状は正直わかりかねた。

とりあえずいまのところ参加している主なメンバーたちはこんな人たちだった。

中堂道子さん

昨年の舞台の主役の老婆を演じた表現力の豊かな二病棟の患者。

彼女は北陸の出身のようだ。中卒から三十代半ばまでいろいろ劣悪な病院に入院させられ、常に反抗的な患者とみなされ、その処罰としての体罰も受けてきた。カルテには精神分裂病となっていたが、この病院の十見医師に巡り合って、医師と格闘にちかい付き合い（治療）を経て、自分の失っていた記憶が戻りつつある過程にある。僕も彼女のいろんなことにこだわる感性に刺激を受けたことが今回、舞台を作れるのではと思ったのだった。

田所正雄さん・通称マスター

患者の家「ひまわりハウス」の喫茶部の責任者。彼は病院の五本の指に入る長期入院患者。年齢は四十半ばを超えているだろうが癲癇症特有の子どものような幼さがある。そのせいかとっちゃん坊やのような顔をしてどこにでも好奇心旺盛に顔を出している。北海道の炭鉱の生まれで、青年期の頃、母親を出刃包丁で追いかけまわしたというような悲惨な体験を持つ。

春日金太郎さん

元大工の職人だったという。頭を角刈りにしていかにも昔ながらの職人という感じだ。四十歳を超えている。マスターと同様に長期入院患者。分裂病とアル中だったらしい。でも僕は一度も彼の持つ症状に出くわしたことがなかったので、とても気のいい親父さんという雰囲気しか知らなかった。でもその後、僕はがっくりすることに遭遇することになる。

二宮学君

某国立大学工学部を休学中。二十二歳、精神分裂病。とても感受性豊かな顔をしている。大学一年の冬に、某女子大の女性と付き合い、その彼女が異なった男性と付き合っているという妄想をきっかけに、傷害事件を起こしたらしい。ふだんはとても快活でどちらかと言うと躁状態気味。駅など人通りの多い場所でパニック症状を起こすこともあるらしい。性格的には幼さが残っているが、僕を兄のように慕ってくれている。

山本ススム君

最年少の十六歳。最近養護施設から転院してきたらしい。つまり、親が不在ということらしいが、彼の行動が施設では面倒見切れなくなり、病院に回されてきたようだ。将棋が好きで、病棟ではなかなかな腕前だという。ときどき鼻歌を歌うが施設の大人が歌っていた歌を覚えているのか、僕が懐かしく思う歌も口遊むことがある。

佐々木祐二さん

元市役所職員三十五歳。精神分裂病。県外で妻と見合い結婚で家庭を築くが、職場のまわりの人たちが自分の悪口を言って彼を追い込もうとしていると上司に何度も訴える。幻聴でその種のささやきで苦しむ。そのような過去をもつことが信じられないくらい穏やかな人柄だ。体型はやや肥満気味。吃音は子どもの頃に治まったものの、発病と同時に再度出現するようになったという。

田中徳治君

僕と同じ年の二十七歳。魔物に魂を抜き取られたかのようにいつもぼうっとしている。彼はまだ大学の受験勉強を続けている。他人のことを言えた義理ではないが、人生設計を少し考えたらどうだと口出ししたくなるが、家の人たちはどう思っているのだろう。以前はなにかあると暴力的傾向があったというので、家人は寄らず触らずにしているのではないかと勘繰ってしまう。

前田良子さん

元小学校の教師をしていたと聞く。四十歳半ばを超えている。いつも質素ながら清潔感のある身だしなみをしている。真面目を絵にかいたような人柄。診断名は精神分裂病だが病名がいかにザルで、当てにならないものであるかを認識させられる。症状が悪化すると鬱そのものになり沈黙の世界が住処になるらしい。オペラのアリアを独唱し出すと状態が悪化する前兆のようだ。

大原久美さん

元雑誌のモデルをしたことがあるというくらいにスタイルのいい二十五歳。きっと悲しいことが過去にあったのだろうと思うくらいに朗らかでいつも笑っている。関西の出身。彼女はポパイに登場するオリーブのような雰囲気がある。人柄も素直でやさしい。

高橋美紀さん

大原久美さんと同じ二病棟で二十五歳。二人はとても仲がいい。美紀さんも人柄のよさが顔に出ているし、やはりいつもニコニコしている。僕は彼女をペコちゃんと仇名した。不二家のペコちゃんである。気が利くし頭もいい。彼女は躁鬱病らしい。

吉村アキさん

女子六病棟で眉間にしわを寄せ、明らかに神経質そうな般若顔をしている。分裂病か非定型精神病。要はよくわからない病気だということだ。とにかく何かあると激しく怒る。もちろん彼女も笑うこともあるが、どんなときに笑うのかよくわからない。僕の冗談に笑ったことがない。

佐藤ハルミちゃん

劇団の女子で一番若い十七歳。体格のいい少女だが、家庭に問題が多く、父親も三人ほど変わっている。本来なら不良少女になってもおかしくないのだろうが、なぜか反発には向かわず、ものを見ない習性が身に付いた感じがある。ピンク・レディーの振り付けを真似することが楽しいらしい。

小泉優子さん

人の良いおばさんという雰囲気の女性。五十歳。日常会話でもなかなか話があちこち飛んでいくのでコミュニケーションがとりにくい。精神分裂病だとわかるが、古典的な誇大妄想の症状をもつ。ふだんはとても親切でお節介である。やさしい人だ。

水沢愛さん

二十七歳。僕と同い年だ。都内の水産会社でＯＬをしていた。朝倉先生の勧めで劇団に入ることになったらしいが、最初から役者としてではなくマネージャーのような役割で参加したいと入ってきた。地味な雰囲気でいつも上下のグレーのトレーニングウエアを身に着けている。ボーダラインという診断。

吉田英子さん

元幼稚園の保母さん。三十代後半。途中から参加しなくなったと思ったら、後半は真面目に来るようになった。自分の判断で決定することが難しいらしい。他人に気を遣いすぎるタイプのようだ。

あとは途中から参加してきた人たちもいる。この話の主人公にあたる栗本玲央、小野陽三、通称、陽ちゃん、それから宮本清一、田丸守男たちだ。彼女や彼らのことはそのとき、触れることにする。

稽古の服装は特別決めていなかったが、運動ができる服装と伝えてあった。

まずは柔軟体操をしたりして、お互いが親しくなるような時間を作った。一週間ほどしてから僕は「もうひとりのアリス」のあらすじを説明し、その台本を読んだ（台本はケースワーカーの立原さんに事務所のコピー機で僕の原稿をコピーし、その製本を手伝ってもらった）。団員の反応は沈黙。たぶん、どう感想を洩らしていいのかわからないのだろう。そういうものだろう。

「このお芝居は病院に入院している自分たちのことをアリスという少女に託した物語と言っていい。少女はいま起こっていることは自分が眠っていて夢を見ている最中の出来事だと思っているんだよ。この少女アリスの想いをみんなで表現しようというのが今回のお芝居の狙いなんだ」と僕は解説した。

「私はとても面白いお話だと思います」愛さんがぼそりと言った。

「アリスのお話に出てくるハンプティダンプティやトランプの女王陛下は登場しないんですか？」元小学校教師の前田さんが遠慮がちに聞いた。

「うん。仮装行列の人たちがその替わりなんだよ」と僕。

「仮装行列のリハーサルの稽古にアリスが現れて、みんなに加わらず病院を出ていく。そして家にようやく辿り着いたと思ったら、お父さん、お母さんにあなたは誰かと問われて、自分の寝室に駆け込んでしまう。でアリスは最後どうなるんですか？」久美さんが真剣な目になっていた。きっとお昼寝から目を覚ます童話のアリスのようにハッピーエンドの結末を期待しているにちがいない。

「うん、ぼくもいまのところよくわからない。これからみんなと一緒に作っていけば答えが出てくるんじゃないのかな」と言うしかなかった。

「でもちゃんとアリスは目を覚ますんでしょ?」美紀さんが心配そうな顔で念を押した。

「うん。目を覚ますけど、どんなことを発言するのかよくまだわからないところがあってね。ラストはもう少し待ってほしいんだ」

病院の劇団が街の劇場で公演する意味を少女アリスに託してなにか語らせたかったのだが、まだわからないところがあったのでうまく表現できないのが本音だった。

とにかく稽古を始めることにした。まずキャスティングだ。

天皇陛下、皇后、ヒトラー、ポパイ、キリスト、シンデレラ、赤ずきんちゃん、マッチ売りの少女、吸血鬼、ウルトラマン、番場の忠太郎、桃太郎、サザエさんたちのキャラクターはみんながワアワアはしゃぎながら盛り上がって決めることができた。

問題は主役のアリス役だった。科白だけでも全幕を通して相当の科白の量がある。しかもある程度は若いことが条件となればおのずと人選は絞られてくる。一番若い女性は十七歳のハルミちゃんだが、年齢的には最適なのだが科目を覚えられるかどうか日頃の会話や行動から考えるとやはり無理がある。となると元モデルをやったことがあるという二十五歳の大原久美さん。そして同じ年齢の高橋美紀さん、それと吉村アキさんということになる。

久美さんは僕が指名すると驚くことに「私、無理です」と強い意志を示し、頭を左右に振った。なぜかその断り方には断固としたものがあり、僕は「そうか、無理かあ」と不思議にも納得してしまった。だったらやはり同い年の不二家のペコちゃんのような顔をしている美紀さんに矛を向けると、これまた「主役なんて無理、無理」とあっさり手を左右に振られてしまった。また、アキさんは僕が声をかける前から「私もやれませんから！」と目を吊り上げて怒るような声で指名を拒否した。あと若い女性となると水沢愛さんがいたが、彼女はマネージャーで参加ということで舞台には出ないと最初から申し出ていた。

　僕は感心するしかなかった。この劇団は演出家の指名を拒否できるツワモノどもが揃っているのだと。主役を断る役者がいるなんて前代未聞のことだ！

「いや困ったなあ。アリスをやる人がいないいんじゃ、芝居は作れないよ。誰か勇気を出して挑戦してくれないかな」と僕はみんなの顔を見廻したが、やはりそれぞれ下を向いて僕と目を合わせないようにしている。

「誰か手を挙げてくれよ。やる人がいないと公演できなくなるんだ。頼むよ」と大学休学中の二宮君が両手を合わせて、拝むような恰好で女性陣に一人ひとりに頭を下げて回っている。でも反応はなかった。

「私がやりたいと言っても、私が老婆役でアリスを引き留める役をやるわけだから無理でしょ」とキャラクター役ではサザエさんの中堂さんがニヤリとしながら僕に言った。

「うん、そうなんだよ。あの役は重要だからね」と僕はうなずいた。

「だったらほかを当たるしかないですね」と角刈りの金ちゃんが腕を組んで言った。

「そうしますか。ひょっとしたら参加したいという女性がまだいるかもしれないから声をかけてみましょうよ」と長老格のマスターも同調した。

「わかった。そうしようか」二人の案にひとまず賛成するしかなかった。「あの、もし気が変わって、その気になったらいつでも申し出てくれていいんだからね」とみんなにそう言って僕は内心の落胆ぶりを見せなかった。

僕はアリスを探さなければならなかった。

あの場では新たに若い女性を勧誘しようなどと言ってみたものの、金ちゃんもマスターも僕と顔を合わせるたびに、渋い顔で頭を横に振った。他の連中もアリス探しに協力してくれたが反応は同じだった。僕も「ひまわりハウス」でたむろしている女性に声をかけたり、いつもバイオリンを弾いている髪の長い若い女性に話を持ちかけたが、あっさり頭を振られた。ケースワーカーの立原さんにもお願いして、その気のありそうな女性がいたら知らせてほしいと頼んでいた。しかし、芝居と聞いただけでとんでもないと尻込みする女性が大半だった。

どうやら新しくスカウトするなんてことは無理なのだ。やはりこの芝居を公演するのは難しいかもしれない。僕は肩を落として「ひまわりハウス」のテラスの椅子に腰かけ、ぼんやりと病棟を眺めていた。と、閉鎖病棟のホールの窓越から、向井に襲われた、あのにんじん少年のような女性が外の庭をじっと見ている姿が目に入った。栗本玲央だった。

いままで思いもつかなかった。あの彼女がひょっとしたらアリスをやれたら……短いくり毛でそばかすだらけの顔は美人とは言えないが、なにか垢ぬけた都会的な雰囲気を持っている。もし彼女が分裂病のような病理の世界に閉じこもっている状態でなければ、アリス役をなんとしてでも託したいという気になった。きっと面白いアリスが動き出すかもしれない。

そういえば彼女に借りたハンカチは鼻血で汚れ捨ててしまっていたので、新しく買って返そうとずっと思っていたのだ。その機会に彼女をこの芝居に誘ってみようと思い立った。

とりあえず閉鎖病棟の勤務室に行き、栗本玲央のカルテに目を通した。担任医師は大原英二先生。

栗本玲央、二十二歳。横浜で母と二人で暮らしている。父は外国航路貨物船の航海士だったが、彼女が中学生の頃、他界した。彼女はバレエリーナーを目指していた。

有名な国内のコンクールにも優勝したこともあり将来を嘱望されていたが。中三の頃、ダンス教師のダイエット指示をきっかけに摂食障害になり、自閉的な生活を送る。彼女は学業優秀だったこともあり県内屈指の進学校に入学するが、出席日数不足のため進級できず退学する。その後、大検を受け有名私立大学入学を果たすが、鬱状態の悪化のため中退に至る。

現在は新橋の大手広告代理店でアルバイトの事務をしている。今回の入院は九州を旅行中に言動がおかしくなり警察に保護される。同僚の紹介で当病院に入院。玲央は以前にも鬱病で一か月ほど都内の病院に入院したことがある。玲央の職場の同僚は広告ディレクターで組合活動も取り組んでおり、玲央はその影響をかなり受けていた。その同僚と玲央は男女の関係にあるらしい。

翌日、教えられた彼女の個室のドアをノックした。返事がなかったので、ドアの小さな覗き窓から部屋の中を窺った。思わず息を呑んだ。上半身裸だった。着替えているところだったのだ。

彼女は気配を感じてドアのほうを振り向くと、真っ直ぐ、僕に微笑んだ。僕は慌てて、彼女にホールまで出てきてくれるようにドアの外から大きい声で伝えた。

ホールの隅のテーブルで彼女を待った。その間、いろんな女性患者が僕の周りに集まってきて「よう兄さん、いつの間にか閉鎖病棟からいなくなったじゃないの、寂しいからこの病棟に戻ってきてくれよ」などと声をかけてきた。僕は適当に言葉を交わしながら玲央を待った。やがてブルーのジャージ姿の彼女がやってきた。

玲央の表情は、先ほどの微笑みがやはり僕の錯覚だったと思わざるを得ないくらい硬かった。相変わらず顔には小さなソバカスが星のように散らばっていた。髪も縮れている。こういうヘアファッションなのだろうかと思ってしまうほどだった。僕は彼女にあのときの礼を言い、ハンカチを差し出した。彼女は僕をじっと見ていたが受け取らなかった。僕は仕方なく「看護婦さんに預けておくからいつか受け取ってほしい」と伝え、ついでに劇団のことを話し、興味があったらぜひ一緒に演劇をやらないかと誘ってみた。しかし彼女は僕を避けるかのように無言のまま視線を翻して自分の部屋に姿を消してしまった。

看護婦に玲央の状態を聞くと、ほとんど人とは話をせずに一日中部屋に引きこもっているという。ときどき外の風に当たるが、おおよそぼんやりと過ごしているらしい。まだしばらくは抑鬱状態が続くだろうと言っていた。僕はハンカチの経緯を話し、いつか彼女に渡してくれるように頼んで閉鎖病棟をあとにした。

「やっぱり閉鎖にいる患者じゃ無理だな……」僕は大きなため息をつくしかなかった。残念だがやはりこの芝居は諦めるしかないと思った。

*

考えてみればアリスは舞台に出ずっぱりだから、科白もかなり多い。彼女らにその負担を背負わせるのは無理な注文なのかもしれない。患者の生活環境を考えたら、やはり厳しいものがあるのだろう。残念だが芝居そのものを再考するしかないと思った。しかし、翌日、予期しないことが起きた。

「あのお……」二病棟の前田さんが遠慮がちに小さな声で思いがけないことを僕に告げた。まるで悪いことをした子どもが罪を告白するような弱々しい声だった。

「あの、私にやらせてください。アリスを……」

「前田さんが？」思わず大きな声で聞き直した。

「はい……」うつむきながら彼女は微かな声で返事した。「もし私でよかったら……」

まさかの人だった。前田さんは普段おとなしく、いつも質素ながら清潔なブラウスを着ていて、どこか理知的な雰囲気があった。以前、小学校の教師をしていたと聞いた。前田さんの歳は確か四十半ばを超えていたはずだ。嬉しい名乗りだったが、少女アリスをやるにはいささかトウがたっているかもしれない。とはいえ躊躇している場合ではなかった。

「そう、前田さんがやってくれるの！」僕は大きな声で重ねて訊いた。

「えっ！　前田さんがアリス？」ハルミちゃんがすっ頓虚な声をあげた。

「歳とりすぎているんじゃないの。アリスにしては」

ススム君が無邪気にハルミちゃんに「ねっ」と同意を求めると、ハルミちゃんがこっくりとうなずいた。僕は二人の頭をげんこつで余計なことを言うなと小突きたかった。

「ほんと？　前田さんがアリスをやるの？　わおー」と二宮君が奇声をあげた。

「ダメでしょうか……」前田さんが俯き加減で心細げな声で問うた。

「ダメだなんて、とんでもない。大歓迎だよ！」僕は笑顔で大きな声をあげた。

「もし公演ができなくなったら困りますから、私ただそれだけで……」

前田さんは自分の志願の動機を小声でそう説明した。

「ありがとう前田さん。嬉しいよ」まごつく気持ちもあったが、嬉しさのほうが大だった。思わず前田さんの手を両手で強く握った。

「前田さん、ありがとう」久美さんや美紀さんたちも口々にそう言い、拍手をするとみんなも続いて拍手をした。

「ああ、一時はどうなるかと思ったよ」とマスターがホッとした声をあげた。

「前田さんなら大丈夫ですよ」前田さんの隣にいた五十代のいかにもおばさんふうな小泉さんが優しく励ました。「前田さん、頑張ってね」

思ってもみないアリスが誕生した。ちょっと歳を喰ったアリスだけど贅沢は言っていられない。よし、やるしかないと僕は自分を奮い立たせた。

第三章　「青い舟」の行き先

倉本さんから電話があって、市川の駅前のロータリーを臨めるビルの二階にある「スワン」というレストランで再会した。彼女のアルバイトが休みの日だった。

倉本さんは薄手のグレーのブレザーにジーンズだった。先日会ったときより室内が明るかったせいか彼女は年齢相応に見えた。

「正直、君から電話があるなんて思わなかった」僕は彼女の席に近づいてそう言った。

「すみません。私なんかが電話してしまって……」倉本さんが畏まってぺこりと頭を下げた。「高島さん、夜勤じゃないときはちゃんとお家にいるんですね」彼女は僕がテーブルに腰かけるとユーモアのつもりかそんなふうに言った。

「うん、まだ例の台本が仕上がってないからね」僕はウエイトレスに声をかけ、ビールを頼んだ。

「店の仕事はどう?」彼女は客商売のお店のウエイトレスには正直言って向いていないからやめるのではないかと僕は思っていた。

「私、ああいう仕事、案外向いているのかもしれません。ジャズも聴けて楽しいし」

驚いた。マスターの澤田さんは彼女のなにを見て、採用したのか訊いてみたかった。

「へえ、そりゃよかった」僕はそう言ったものの半信半疑だった。

「私って、ああゆう店にそぐわない女だって思っているでしょ？　ブスだしスタイルも悪いし、厚かましいと思ったんでしょ。高鳥さんも」いきなりの直球だった。なんと答えるべきか。

「いや、ブスってことはないけど、正直言って、ちょっとイメージが違うかなって。君は健康的だから」僕は笑いながら言った。「君ってさ、ほら、あの、岸田劉生っていう昭和初期の有名な画家がいるでしょ。その絵の」

「モデルになったおかっぱ頭の麗子に似ているってんでしょ。よく言われます。要はブスってことです」

「違うよ。とても味のある顔です。君のこれから思う仕事にはブスは有意義だと思うけどな」

「わあっ、言ってくれますね。知恵ある答え方ですね。よかった」

「よかった？　なにが？」

「高鳥さんは友達になれる人だと思ったから」彼女はニコッと笑ってから言った。「なかなか思っても正直に言えないものですよ。ふつう」

「僕は君と同じでバカだから率直なの。それにしても変わった人だね、君はたいしたもんだよ」

「子どもの頃からそれなりに苦労したものだから自分が苦しくならない、楽になる生き方を見つけることにしたんです。もちろん私だって、澤田さんにバイトをお願いするときには躊躇したし、葛藤もあったんですよ」

「澤田さんもたいした人だ」

「そこまで言いますか？」彼女は笑いながら言った。「最初、死ぬほど無茶苦茶、緊張して、あのフロアーを歩くこともままならなかったんです。でも、高島さんといろんな話をあそこでできたせいかだんだんとリラックスしてきたんです」

「僕も君の役に立てたんだ。自分の興味をコミュニケーションできる相手なら緊張はしないんだね。あの店はきっと君の所有する空間になったというわけだ」

「みたいです」彼女がうなずいた。「まあ、私のことはともかくとして、今日は訊きたかったことがあるものですから」

「訊きたかった？　なにを」

「やだなあ。アリスですよ。肝心のアリスはどうなりましたか？」

突然彼女は身を乗り出すようにして訊いた。

「ああ、それがね」僕は秘密を打ち明けるように声を潜めた。「ちょっと歳を喰ってるけど四十七歳のアリスが誕生したよ」

「四十七歳のアリスですか？　すごーい。どんなアリスなんだろう……」

「前田さんは四十七歳、その人、前田さんというんだけどね。でも彼女の本質は少女なんだよ」

「なるほど」倉本さんが大きくうなずくと、突然「そうそう」と言いながら自分のバッグの中を探り「私この本、頑張って必死で読んだんです。これを高島さんに見せたくて」と言いながら一冊の分厚い本をテーブルに置いた。

「へえ、ミシェル・フーコーじゃないか。つい最近、僕も斜め読みをしたよ。無茶苦茶、難しかったけどね」

フランスの哲学者の書いた『狂気の歴史』という分厚い本だった。僕は煙草をもみ消した。

「ほんと？　へえ、さすがあ。ほらここに面白い話が書かれています」彼女は付箋が付いている頁を開いて、その部分を小さな声で朗読した。

「中世のヨーロッパでは狂った人間を舟に乗せて運河などに流したらしい。それが阿呆船と呼ばれたものだという。しかしルネサンス期になると狂気がきわめて豊穣な現象として扱われるようになったようで狂人の踊りや祭りが催されたのだ。フランドルの青い舟という『狂人協会』によって演出された劇を大衆が観て楽しんだことがあったという」

彼女は眼鏡をはずし目をいっぱいに見開いてこう言った。

「ねえ、フランドルの青い舟ってなにか感じさせませんか？」

「ほう、君もその箇所に目を止めましたか」僕は倉本さんの目を見て言った。「実は僕も気になっていたんだ。その名前に」

「青い舟……メルヘンチックな名前だけど、その実、なんとも言えない神秘的な響きがあると思いませんか？」眼鏡をはずしたまま倉本さんがなにかを想像しているかのような遠い目をした。

「青い色にどんな意味があるのかわからないけど、哲学的といってもいい。造形的な美さえ感じさせる……」と僕も深くうなずく。

「ねえ」と彼女が言った。「劇団の名まえにしてもいいくらいだと思いませんか？」

「貴種流離譚っていうか、流された人がなにかを奪還する。たしかにそんなイメージがあるね」ちょっとオーバな言い方かなと思いはしたがそう言った。

「『劇団青い舟』。なにかを奪還する……」

倉本さんは遠い目でその舟を思い浮かべているようだった。

「ピッタリです。高島さんたちのやろうとしていることに」

「『劇団ゆうがお』じゃ吉原の花魁の名まえみたいだからね。公演を機に変えようと思っていたんだけど、『劇団青い舟』、いけるかもな」僕は大きくうなずいた。

「少し過激かもしれませんけど」

「そんなことはないよ。『青い舟』は時代の風を受けて世間という大海原に乗り出していくというメッセージを感じさせるような気がする」

「すると高島さんが『青い舟』の船長ということになりますね」

「船長というより船頭あたりだろうな。でもそれが問題といえば問題なんだ」

「高島さんは患者じゃないからですね」彼女は頭の回転が速かった。

「引っかかるとすれば、そこだね」

「でもとにかく劇団名は『青い舟』がいいです。みんながその舟に乗ってわいわいと」

「川を流れて、大海原をめざして舟を漕ぎだす。ヨーソロー。いいね」気持ちが高揚してきた。

「青い舟に乗ってどこへ行くことになるのかしら?」

「わからない。わからないけど、自分たちの芝居を観てもらう港、と言うしかないな」僕は残ったビールを飲み干した。「なんでそんなことを訊くの？」

「舟が港に戻れなくなったら困ると思ったんです……自分で言いながら、ちょっと心配になりました」

「行きはヨイヨイ、帰りはコワイか」僕は煙草に火を点けた。

「そもそも羅針盤がないんだし、帰り方まで心配していたらこの航海は始めからあり得ないよ」

「たしかにそうですよね。舟のオーナーが出航の許可を出しているんだから、景気よく出かければいいんでしょうね。でもやはり帰り方も考えておいたほうがいいと思います。高島さんはどんな世界ででも生きていけるから問題ないけど、要は舟に乗った患者さんたちの帰り方です。この芝居はなにを目指すのかって」

「おおっ、真面目な学生になったな。卒論にでもするか？」

「もう、ふざけないでください！」彼女が僕を睨んだ。

「患者にとって演劇とはなにか。表現とはなにか。ということなら評論家に任せておけばいいんじゃないの」僕は煙草を深く吸って吐きだした。「とにかくみんな遊べればいいんだよ。本気でよく遊べればそれでいいんだ。僕はそう思うことにしたよ」

「そうですね、そのほうが、らしい言い方のような気がします」倉本さんが笑った。「でも高島さんは看護助手をいつまで続けるんですか？　ずっとやっていけるんでしょうか？」

「うーん……わからない。僕がやっていることはどういうことなのか自分でもうまく言えないし、この先どうするつもりかわからない」

「このまま医療の世界でやっていくこともあるということですね？」

「まったく関心がないわけではないし、それも考えてはみたけど、どうなんだろう？　正直まだわからないな。無責任かな、こんな言い方……」

「精神医療でずっと働くことも考えてみたらいいと思います」

「どうだろう、僕に合っているかな」

「合っていると思います」

「それはどういう意味？」僕は煙草の火を灰皿に擦りつけて消した。

「もともと脱線する人みたいだから」

「僕が？　脱線？」僕は笑った。「たしかにいつの間にか線路からはずれているかもな。精神医療は脱線した連中のたまり場か……」

窓越しに駅前のロータリーを眺めながら言った。

「そうか」倉本さんがなにかを想いついたように言った。

「『青い舟』の行先は先の見えない人たちがとりあえず停泊する港なのかもしれませんね」小さく笑って僕を見た。

「一夜のお祭りだものな」僕もうなずいた。

＊

「ねえ、誰？　あの人」

ハルミちゃんが誰に言うともなく声を洩らした。まるで場違いのところに来たというような細身な女性が体育館の入り口に姿を見せた。ブルーのTシャツとジーンズ姿だった。閉鎖病棟にいるはずの玲央だった。ケースワーカーの立原さんに伴われていた。ハルミちゃんや久美さんなど若い女性たちから「かわいい」という声が洩れたほどだ。確かに脚が長くすらりとして全体として垢ぬけていた。僕がハンカチを返しに行った日から三週間近くは経っていた。

「見学いいですか？」付き添っている立原さんが聞いてきたので「どうぞ。いいですよ」と返事をしただけで、彼女らのために特別な時間を作りはしなかった。

玲央は立原さんと並んで、折りたたみの椅子に腰かけ稽古を眺めていた。稽古中の休憩に立原さんが玲央を僕に紹介したので、「先日のこと覚えている？」と声をかけると、彼女はきつい目をして、無表情のまま僕の質問を無視した。


玲央は入院してからずっと閉鎖病棟にいるのだが、近頃ようやく立原さんと一緒に散歩などをするようになったらしい。その途中で立原さんが劇団「青い舟」の話をし、今年の十二月に街の劇場で公演を打つので、稽古を見学に行ってみないかと誘ったという（僕は劇団の名前を「ゆうがお」から「青い舟」にしたいとみんなに提案すると女性たちはすてきな名前だと言って喜んでくれた。しかし、阿呆船のことを付着させるイメージについては話さなかった）。

彼女はじっと稽古を見ていた。興味があるのかないのか反応のないまま、稽古が終わると立原さんとすぐに病棟に戻っていった。それから何度も立原さんに連れられてやってきたところをみると、まんざら演劇に関心がないというわけでもなさそうだった。

立原さんから聞いたところでは、玲央は夕食を済ませると体育館に連れていってほしいと自分から頼んできたという。彼女は終始黙って稽古を見ていたが日が経つにつれ、目に力が入ってきているように思えた。

一週間近く経ったある日、立原さんの都合がつかなかったらしく看護婦がつき添ってきた。しかし看護婦はずっと一緒にいる時間がないというので、稽古が終わったあと、僕が閉鎖病棟に送っていくことになった。

玲央ははじめの日から比べて明らかに表情に豊かさが現れてきているように思われた。顔色も少しよくなってきたようだった。

その日の稽古の場面は仮装の人々の一人芝居と、アリスが登場する場面だった。

「前田さん、登場するときだけど、ぼんやりしたような表情を無理して作っちゃダメだよ」僕は舞台上のアリス役の前田さんにダメ出しをした。彼女は僕の言葉がよく理解できないという顔をした。

「あの……」と前田さんが口をきいた。「じゃあ、ぼんやりと現れるってどうしたらいいんですか?」

「その場面はある思いが猛烈に心の中を駆け巡っていてね、自分でも収拾の付かない状態というのかな、そういう状態になっていると思うんだ」と説明した。理解力のある彼女だからできるダメ出しだった。

「でもボンヤリという状態がわからない」前田さんはそう反論した。

「うん、だからボーっとした真似ではなくて、たとえば懐かしい人に会ったけど、名前を忘れてしまって、思い出そうとしているような、頭が猛烈に回転しているような状態というか」

「でも、そんなふうになったら次の演技ができなくなりません？」

確かに微妙なところだ。論理が袋小路に入ったらまずい。どう言えば納得してもらえるかと考え、言葉を探していると突然六病棟のアキさんが立ち上がった。

「いい加減にしろよ、グダグダと。だいたいあんたは理屈が多いんだよ！」と前田さんをなじった。アキさんはいま自分の家族とのことが問題になって苛立っているらしい。この日、彼女はずっと眉間にしわを寄せ、イライラしていた。「あんたはね、だいたい理屈が多いんだよ！　ふざけるんじゃないよ！　いい迷惑だよ。こっちは」

「いや、アキさん、ちょっと待ってくれる？」僕は慌てて付け加えた。「これは大切なことなんだ。みんなも少し聞いてくれないか」僕はわかりやすい言葉で的確に伝えたかった。みんなにも僕が思っている演技というものを理解してほしかったからだ。しかし、この種のダメ出しには長い時間をかけられなかった。ほかの人たちが関心を向けないのだ。現にススム君は何度も欠伸をしていたし、佐々木さんは鼻をほじくって窓の外を眺めている。僕と同年齢の田中君は大きな貧乏ゆすりをして他のことを考えている。みんなもあまり興味を示していない。

「演技というのはね、それらしい一般的な真似ではなく、自分の問題として、やらないと、その人の実のあるものにならないんだよ。たとえばアリスが登場してきたときの科白があるでしょ」と僕が言いかけたときだった。

「ただの蝶々を追ってきたんじゃないよ。アリスは」

突然、僕の横で稽古を見ていた玲央が、前田さんに小さな声でぼそりと言葉を洩らした。唯一僕の言葉に関心を寄せたのは玲央だった。

「あんたは黙ってなよ。外野は！」アキさんが玲央を怒鳴った。

「そうそう」僕は玲央の発言をきっかけに話をまとめようと思った。「前田さん、あなたはほんとうに蝶々を追っかけてきたのか、それとももっと違う気持ちがあって蝶々のことを言い出したのか、それをはっきりさせたほうがいいと思うな」

「蝶々を見失ったんです」前田さんがきっぱりと言った。

「じゃあ確認するけど、蝶々といっても漠然とした蝶々じゃダメだよ。自分にとっても大きくて大切なものでなくてはね」

「思い出は……」前田さんが小声でつぶやいた。

「でもいいけど、だとしたら、それは前田さんの個人の大切な思い出でなければダメだよ。あくまでも個人のね」

「私の思い出ですか？」前田さんが不安そうな声を洩らした。

「蝶々は死んだ人の魂だって言われているよ」玲央がまたもや小さく口ずさむように声を発した。

『ゆうべせまれば　かなしみの蝶　わが胸にあり』と詩人が謳っている。悲しいものなんだよ。蝶って」

「へえ、誰の詩だろ?」僕はつい感心して玲央に相槌を打ってしまった。しまったと思ったときは遅かった。

「悲しい思い出? そういうことなんですか? そんなの嫌です。悲しい思い出を追いかけるなんて。嫌です。嫌です」前田さんがいまにも泣き出しそうな声で抗議した。「イヤです! そんなのは!」彼女は強く拒否すると舞台の上に蹲ってしまった。

「エーッ、蝶々は悲しいものなのかあ」佐々木さんが驚いたような声をあげた。

「いや、そうじゃない。別に蝶々が悲しいものだって、言ってるわけじゃない。前田さんが考えるものでいいんだよ」と僕は慌てて訂正した。「蝶々が前田さんの中の楽しい特別なものだと感じられれば、それはそれでいいんだ。すごく楽しい思い出でいいんだよ」

「楽しいものだと思っても、蝶々が寂しいところへ連れていってしまうかもしれない」玲央が空想に浸るような顔でつぶやいた。

「うるさいんだよ! お前はさっきから」アキさんが突然立ち上がって玲央に殴りかかろうとしたのを隣にいた金ちゃんが身を挺して止めた。

「私、帰る! こんなのと一緒にやってられないよ」アキさんが肩で息をして、その場を去った。愛さんがそのあとを追ってアキさんの肩を抱えながら一緒に出ていった。

「ダメ出しの途中で口を挟んだりしたらダメだよ」僕は玲央を厳しく注意した。「いいかい。蝶々の解釈をいま話し合っているわけではないんだから。少女は蝶々を追ってきているのだから、その蝶々が前田さんのなんなのかということをはっきりしておかないと、その人の演技にならないんだよ」僕は玲央を意識して前田さんにそう言った。もっと突っ込んで話をしたかったが、これ以上は無理だと諦め、みんなにもう一度繰り返すことを指示した。

玲央は仮装の人たちが演ずるそれぞれの一人芝居のところでは朗らかに笑っていたが、前田さんが登場する場面になると真剣な目で彼女の動きを食い入るように見つめていた。


初めて見学にきた頃はわからなかったが、玲央は明らかに想像以上に理解力に富み、豊かな感受性を感じさせた。

僕は彼女を閉鎖病棟に送っていく道すがら、この芝居にぜひ参加してほしいと改めて誘った。それには彼女は直接応えなかったが、思いがけないことを口にした。

「ラストにアリスは死ぬんでしょ?」と言った。

「死ぬ? まさか」と答えたが、実は台本を構想しているときに、アリスは雪の朝の公園で死んでいるという結末もあるかなと考えたことも事実だった。しかし、それでは患者にとってあまりにもリアルすぎて、きっと稽古の途中で問題が起きると考えたのだ。「なぜそんなふうに思ったの?」と逆に僕は玲央に尋ねた。

「だってそういうふうにしか思えないよ。物語としても鮮烈だし、話が悲しくても美しい話になるじゃないの。死が救いなんだよ。アリスには」

玲央は閉鎖病棟に通じる一階の渡り廊下で空を仰ぐと、突然芝居のト書きを諳んじるかのように自分のイメージを語り始めた。

「きっとアリスが彷徨っている夜は雪が降っている。雪が、雪がしんしんと降っている……アリスの幻想的な時間が退いたあと、アリスは公園のベンチで夜空を見上げて、ひとりでつぶやくの」そう言って彼女はコンクリートの床に跪いて祈る姿勢をとった。

「ああ、神様。私はなんのために生まれてきたのですか。こうやって苦しんでいるのはなんのためですか。私が生まれてきて、いまこうして苦しみ悩んでいることを誰も知らないんです。何十年後、地上に生きる人々は私がこうしてひとりぼっちで空を眺めていたなんてことを誰も知らないんです。私は誰にも愛されなかった。私は黙って死んでいく。死ぬしかないんです。雪が降っています。私の体にも雪が……私のこころは凍えています。私はもうやるべきことがありません。そうでしょ？　お願い、私を眠らせてください。やさしく静かに永遠に……ずっと、ずっと……」

まるで独白ともつかない彼女の祈りのような語りだった。それから僕を見ると、

「静かな音楽とともにアリスひとりが闇の中、ライトに浮かび、雪が降りしきる中に、その姿がやがて小さくなって夜に消えてしまう。そんなふうに終わるのがいいよ」

とラストの情景を語り、玲央は立ち上がると小首を傾げて僕の顔を見た。

「いいねえ、とてもいい！」思わず本気で拍手した。ストーリーを理解する能力、とっさに科白を作り出す表現力に正直驚いた。「君はここ数日の稽古を観て結末まで想像したんだね。たしかにそれも面白そうだ。でも死なせたくはないな、アリスは」僕は彼女の背を軽く叩き歩くことを促した。

「病院を抜け出したアリスはきっと夜の街を彷徨うわ。公園にひとりでいるときに幻想的な時間に仮装の人たちが現れ、アリスとなんだかんだあるわけね」歩きながら彼女は自分ながらのイメージを

説明した。

「うん、そういうことだろうな」彼女の理解力に思わずうなった。「どうして、そんなイメージが湧いてくるの？　君は演劇かなにかやっていたことがあるの？」

彼女は頭を振って否定した。

「高校の頃、詩を書きたかったけど、書けなかった……」

「そうか、たしか……君はバレエをやっていたんだよね。子どもの頃からずっと」カルテのことを思い出してそう訊いた。

「バレエ？　そんなこと、もう忘れた！」もうその話には触れないでほしいという顔だった。

「ねえ、訊くけど、あなたはこの病院でなにをやっている人なの？」興奮が冷めていない口調だった。

「看護人だよ」

「看護人？」びっくりしたような声を出した。「なんで看護人が病院で演劇をやってるの？」

「昔演劇をやっていたことがあったから、手伝えと引っ張り出されたんだ。でも、いまはここで昔やれなかったことをやろうとしている」

「ふーん、なんで看護人なんかしているの？」

「まあ、いろいろあっての話だよ」僕も少々荒れ気味な口調になってしまった。

「みんな笑っちゃうぐらいのド素人芝居じゃないの。演劇やっていた人がそんなの相手にしていて、なにが面白いの？」

「その、ド素人芝居で、いままでなかったような芝居を作ろうという魂胆があるんだ。ぜひ君の力を貸してほしい」

「そんなド素人芝居に、私に出ろって言うの？」

「うん、君が参加することで絶対にいままでになかった面白いものができると直感した」僕は力強く言った。

彼女はしばらく黙っていたが突然、なにかを思い浮かべるかのように目を宙に止めた。

「ねえ、やはりラストシーンは雪が降る夜の公園でベンチにいるアリスが凍えながら死んでいくのがいいよ。雪の精がアリスを白い闇に包んでしまうの。アリスはもう怯えることはないのよ。もうこころの闇は白い雪で見えなくなる」彼女はまるで異なった世界に行ってしまったように目の焦点が遠くに泳いでしまっている。それから徐々に目を僕のほうに戻すと言った。「そういうラストがいいと思うよ。絶対に、それしかないよ」

「うーん、そうだな。考えてみる」僕は強く否定しなかった。彼女をどうしても参加させたかったからだ。「君が参加してくれるなら台本は根本から直さなくてはならなくなるだろうけど、きっと面白いものができるよ。その辺は徐々にやろう」

期待する気持ちを込めて玲央と握手しようとすると、彼女は自分の手を腰の後ろに隠した。それから僕の目を見て言った。

「だったらこれから喫茶店に行って、ビールで乾杯しながら話をしようか？」

「あの」僕は笑ってしまった。「あのね、君は閉鎖病棟にいるんだよ。それはいつかな」

「まったく、気の利かない看護人だな」とぶつくさ言い、それから急に思い出したように「あのハンカチもらったよ」と玲央は優しい目になって言った。

「そうか、思い出してくれたんだね。よかった」僕は玲央の背に手を置き歩くことを促した。

「あのときは助かったよ。あの妄想男は気味が悪いよ。私がなんに見えたっていうんだ。ほんとに参っちゃうよ、あのクソ男」と玲央は言った。

「そうか、覚えているんだね」

「当然だろ」彼女が肩をすくめた。「台本読ませてよ」突然彼女が話を変えた。

「そうか。参加してくれるんだな」

「台本を読んで、考えてみるよ」玲央が笑った。

僕は閉鎖病棟のドアの鍵を開けると看護婦に声をかけ、玲央が戻ったことを報告して、彼女がナースステーションに入っていくのを見届け閉鎖病棟をあとにした。


僕は必ず玲央は参加してくれるものだとなぜか確信し、興奮していた。

玲央の参加できっと面白い舞台ができそうな気がしてきたのだ。病院のレクリエーション活動という枠組みを超えた、それこそ一般の舞台として通用できそうな芝居だ。演劇というジャンルに対して挑戦的であり、しかもセンセーショナルで、精神病院という閉鎖的な闇の世界に光を当てるという意味で、従来にない演劇のテーマが浮かびあがるかもしれない。初めて作る僕の舞台になりそうだ。絶対にこれは面白くなる。そう確信した。演劇に対してこんなに自分のイメージを摑んだことはなかった。

玲央がスポットライトに浮かび上がる。彼女は舞台中央で足を投げ出して座っている。沈黙を破るように玲央が自分の病歴を語りだし、自分の症状を静かに訴える。語りながらアリスの衣装を身に着ける。そしてアリス役を演じはじめる。

観客は患者としての彼女の告白を受け入れるや、その告白がリアルなものかどうか戸惑うはずだ。それがフィクションに変化していく様を観る。その変化していく演技のリアリティがいままでの芝居とは異なるものとして受け止められるはずだ。観客は彼女の語ることが事実かフィクションか定かでなくなる。彼女が語っている場所はウサギの穴の中、つまり精神病院ということで、観客は病棟の中を覗くような居場所に置かれることになるだろう。アリスの幻想に現実が混じり合って物語が進行する。精神病患者とはなにか、精神病院とはいったいなんなのかという問いをこの物語が担うことにもなるはずだ。

しかしアリス役は危機を救ってくれた前田さんがすでに始めている。キャスティングをもう一度やり直して玲央に替えるというわけにはいかない。とはいえ、前田さんの性格を考えてみて、彼女に自分の病気の症状を語らせるなどということはできるはずもない。しかも自分の病気を語るなら物語のファーストシーンでなければ意味がない。さてどうしたらいいか……。

「なに考えごとしているんですか？　着きましたよ」背後の声の主に目をやるとケースワーカーの

立原さんだった。バスが津田沼の駅に着いたのに気がつかなかった。彼女が席から立ち上がらない僕を見て声をかけてくれたのだ。彼女がこのバスに乗っていたことも気づかなかった。

「ほんとだ」僕は立ちあがり、彼女のあとからバスを降りた。

僕は立原さんを駅前のレストランに誘った。彼女は僕と同じ時期に勤務をはじめたので、なにかと話し合う機会もあり、ときどき食事をし、あれこれ病院の情報をもらっていた。また劇団の世話もしてもらっていて、病院の演劇活動の強力な支援者でもあった。僕は栗本玲央さんが参加してくれそうだと伝えた。

「そう玲央さん、やるって言ってくれそうなのね」グラスの水を飲んで立原さんは嬉しそうにほほ笑んだ。「彼女、わりと落ち着いてきたから大丈夫だと思う。彼女がアリスをやったらきっと面白くなると思うわ。頭のいい人だし」

「そう、そう思うけど、だからといって突然、前田さんから玲央さんにキャスト変更というわけにはいかないし、だいいち実際に舞台に立ってみないとなんとも言えないしね」

「でも玲央さんのアリスを見てみたいわね」

「うん、やらせてみたい」

「ストーリーはまだ変更可能なんでしょ？」

「可能だけど、本当にもうひとりのアリスということになるのかな」

「もうひとりのアリスってアリスが二人？　もうひとりのアリスの意味が複雑になってくるわね」

「うん、自分でもちょっとよくわからない……しかし、彼女の登場で少女特有の相反する感情や気持ちというか、そんな感覚をうまく引き出せるかもしれないな」僕は煙草に火を点けて舞台上の玲央を想像した。バスの中で思い描いた構想を彼女に話してみた。

「面白そうだけど、そんなことが患者さんにできるわけがないわ。できるとしたら病院にいる必要もないし」

「彼女ならなんだかできる気がするんだ。彼女は童顔だし、あの人の危うさみたいなところがうまく表現できるとおもしろいんだけどな」

「わかるけど、それは本物のお芝居を作る人たちがやればいいことだわ」

「いや、いわゆるプロの芝居は虚構が当然前提になっているだろ。そこが物足りないんだよ、僕には。この病院で芝居を作るようになって虚構と現実が行き来しあうような舞台ができそうな気がしてきたんだ。彼女にはそんな可能性があるように思えるんだ」

「私にはよくわからないけど、困ったわね。病院は病気を治すところなのに」

と立原さんが笑みを浮かべながら言った。

「病院は病気を治すところなのに、精神病院は病気を治せない」僕はビールを口にした。

「ほんとね」彼女もなんとも悲しそうな顔をした。

「とにかく彼女は口では言えないほどの魅力のある才能を持っていると思う」

「それはたしかね」

「彼女はどう診断されているの?」僕はまだ玲央の診断名を知らなかった。

「躁鬱か、非定形精神病と診断されているみたい。中学生の頃、摂食障害だったみたい。正直まだ様子見というところじゃないかしら」

「薬はなにを飲んでいるんだろ?」

「イミドールだと思う」と立原さんは言った。

「抗鬱剤だね」

僕は医師がこの病院で使う薬はだいたい覚えていた。「幻聴とかはないんだろ?」

「でもときどき離人症的なことを訴えていることもあるみたい」

「いまも?」

「いまは寛解してきているようだけど」と彼女は言った。寛解とは精神病院でよく使われる言葉で治癒という意味合いなのだが、この病は再発の可能性が多いので治癒とは暗黙で言わないことになっている。立原さんはすっかり病院の職業が身に付いていた。

「このままうまくいってくれるといいんだけどな。玲央と中堂さんがいれば、これはもう相当な芝居ができると思うよ」

そう、ひとりの奇妙な女性がやってきただけなのに。僕は自分の抱いていた演劇の姿がはじめてこの劇団で掴めそうな気がしてきたのだ。絶対にこの芝居は実現してやる。僕はこぶしを握りしめた。

＊

これから本気で舞台作りに取り組もうと改めて思った矢先のことだった。中心メンバーである元大工の金ちゃんが保護室に入ってしまったのだ。背後から頭を殴りつけられたような気持ちだった。原因はよくわからないのだが、僕にもかかわることらしい。

金ちゃんはその日、外出許可をもらい、夕方には帰ることになっていたのだが、病院に戻ってきたのは二十一時を過ぎていたという。駅前の居酒屋で街のチンピラと喧嘩をして店の中を荒らしてしまったというのだ。かなり飲んでいたようで泥酔状態だった。そして病棟の看護士にも絡み暴力を振るった。看護婦が彼をなだめようと、「あなたは演劇の中心メンバーなんだからもっとしっかりしないと」というようなことを持ち出すと、「なにが演劇だ！　自分たちは病院と高鳥に利用されているのだ」と喚き散らし荒れ狂ったという。彼はアルコール中毒患者でもありシアナマイドという抗酒剤を飲んでいたはずなのだが、どうやら抗酒剤などものともせず豪傑ぶりを発揮して暴れたらしい。彼は何人もの看護人たちに抑えられて保護室に入れられた。保護室というのは鍵のかかる独房のような部屋だ。患者が暴れたりした場合、ほかの患者に害が及ばないように使われるところで、また自傷行為を未然に防ぐための監禁部屋でもあった。部屋の中には剝き出しの水洗便所と分厚いマットレスと布団のほかに何もなく、旧来の精神病院では懲罰的な処置のために活用されていることが多かった。

翌日、僕は劇団のメンバーに金ちゃんの件を知っているか、またその事情をなにか聞いていることがあれば教えてほしいと頼んだが、誰も彼のことは知らなかったし、そんな風聞を耳にしたことはないと言っていた。

僕は病院の中でもすべての人が演劇活動を支援しているわけでもないだろうとは思っていた。時折、街での公演は病院のレクリエーション活動のレベルを超えているとかという風評を耳にしたことがあった。その声にも理がないことはないだろうし、僕らがやろうとしていることが正しいということでもないだろう。いままでやったことのない行為は否定されるのが世の常なのだと開き直る必要があった。しかし、すっきりとはしなかったのは事実だ。

そんな胸のわだかまりを解消させる話し相手がほしかった。患者からしっかりとした意見を訊けるのは椿さんしかいなかった。彼は五病棟の患者だったが、入院している必要がどこにあるのだろうかと思わせる人で、絵の才能がある患者だった。

勤務を終え、窓から洩れる明かりに誘われるように「ひまわりハウス」のドアを開けると、いつもならたいがい椿さんの姿は見えるのだが、誰もいなかった。ひっそりとした空気の中にフォーレの『レクイエム』が流れていた。この曲は彼がいつも聴いているものなので、すぐ戻るだろうと待つことにした。椿さんはこの曲には死に対する親近感があるから好きだと言っていた。最終楽章の『楽園にて』が流れている。彼の説によると、女性たちの透きとおったコーラスが甘美的に死を歌っているのだという。

僕はテラスに近い籐椅子に腰をおろし曲を聴きながら窓の外を眺めた。

暗くなっていく庭の向こうに、それぞれの病棟の明かりが見える。その明かりの中に入院している患者たちの姿が見えた。この病院でもう何年も暮らしている人たちが大勢いる。彼らは人生をすでに諦めているのか、退院したくても引き受け手のない人たちなのか……日本には約三十万人が精神病院に隔離されているという。そう、入院ではなく隔離収容と言っていいと十見医師が教えてくれたことがある。病院は開放されなければダメだという彼の持論を思いながら病棟を眺めていた。病院で五年も十年もボストンバック二個くらいの荷物で、暮らすということはどう考えてもやはり異常なことだ。

金ちゃんはいま保護室にいる。彼はどんな気持ちでいるのだろう。やはり彼の酒乱の原因に演劇が深くかかわっているのだろうか。彼は分裂病と診断され、幻聴に苦しんでいたこともある。しかし、普段はとても気のよい男だ。この「ひまわりハウス」を建設するときも大工の手助けを嬉々として働いてくれたこともあった。

この建物は木造のカナディアンロッジ造りであり、一階は大きなテーブルを中心に五席くらいの小さなテーブルが配置されていた。二階は和室造りになっており、階下を見おろすこともできる。一階の入り口近くにはキッチンがあり、喫茶の支度ができるようになっていた。

ドアが開き、薄茶色のサングラスをかけた椿さんが入ってきた。

「やあ」と彼は軽く片手をあげた。「稽古終わったの?」

椿さんは僕の前の椅子に腰をおろし、ジャンパーのポケットからパイプを取り出し、いつも吸っているDRAMの葉を詰め、ジッポーのライターで火を点けると甘い香りが漂ってきた。椿さんは煙を吐きながら目を瞑った。彼は「ひまわりハウス」を建設するために活躍した中心的リーダーであり、ハウスの運営委員長だった(ハウスは職員と患者で運営委員会を組織し運営を賄っていた)。椿さんは十見副院長からの信頼が厚く、僕らが使っている体育館の小部屋でよくひとりで絵を描いたりして過ごしているようだった。

椿さんの顔と腕には火傷によるケロイドがあり、それはかつての自傷行為あるいは自殺未遂によるものだという。その原因は失恋だとか、医師に対する抗議で灯油をかぶったのだとかいろいろ噂されていた。彼は一年中、ジーンズのジャンパーとズボンで、茶色のサングラスをかけている。年齢は恐らく三十半ばくらいに思えた。

僕が病院に勤務したばかりの頃はまだこの「ひまわりハウス」もなく、僕はときどき体育館の小部屋で椿さんが思い描く「患者の家」の構想をよく聞かされた。

「病院の中に薬の匂いのしない時間と空間が必要なんだ」と彼は語った。「そこはね、医者や看護婦もみんな白衣を脱いで対等の人間関係を作る場でなくちゃいけない。その空間はいわゆる自由が支配するものなんだ」

彼は「患者の家」は教会のようなイメージだと説明した。椿さんの話は自己陶酔的な理想論とは違うもので、患者にとって現実的で、しかも切実な要求だったのだ。オーバーに言えば、昔熱かった頃の、体制に対する否定的な全共闘運動の理念がここで生き延びているような感じだった（もっとも僕は学生時代にはノンポリで傍観者であったが）。彼は患者からも医師や看護婦スタッフからも一目置かれていた。と同時にある意味疎んじられている存在でもあった。

僕と椿さんは国道沿いの安酒場にいた。僕がビールを飲もうと誘ったのだ。もちろん入院患者の飲酒は規則違反だったが、椿さんなら問題はないと思ったのだ。ときどき十見先生も彼を連れ出して飲んでいると聞いていたからだ。

雨が降り出していた。酒場の窓から見える濡れた路面にネオンの赤と青が滲んでいる。水飛沫をあげて国道を走る車の音が潮騒のように聞こえていた。

酔いで舌が滑らかになった頃、一番気がかりなことを僕は口にした。

過日、倉本さんと話したミシェル・フーコーの『狂気の歴史』に十九世紀の末、フランスのシャラントン保護施設の所長が狂人たちに芝居をさせて、市民たちを楽しませたという記述があったことを説明し、その上で、「つまり僕がやろうとしていることは、それと同じ行為なのだろうか」と彼に問うたのだ。さらに「芝居の在り方として患者であることを名乗り、病気を巡る話を自分たちが演じるというのはあざとくないか」とも。

「君はそんなことは承知の上だろう。自分らが本物の芝居をやりたいと言って、街の劇場でやることを選んだんだろうから、いまさらの話だよ。香港フラワーのような造花でなくて本物の花を飾ろうと言ったのは君じゃないのか」椿さんはそう言うとビールをあおった。

「たしかに、はじめは自分でもいきがった青臭い話かもと思っていたけど、だんだんと怯むことはないと思えてきたんです」僕もビールをあおった。

「どうせやるなら、表現というレベルで自分を問題にするような芝居にしたいと君は言っていた。だから僕も賛同した。そうなんだよ。誰が言い出したって、そんなことはどうでもいいじゃないか。やりたいやつが言い出して一緒にやりたいと思うやつがいる。見世物になろうがなるまいがそんなことはどうでもいい」

「僕は患者ではないからなんにも傷つかないし、どうやったって恰好はつけられるけど、患者はそうじゃないから。ほんとう言えば、自分の欲求不満の解消に無責任なことやっているに過ぎないんじゃないかって」

僕は本音を言い、酔っていたせいか友達同士のような言葉遣いになっていた。

「君の欲求不満の解消であろうがなかろうが、無責任であろうが、なんであろうがそんなことはどっちだっていい。面白ければいいんだよ。自分たちが面白いと思えば」彼はグラスのビールをあけた。「それで彼らが危険な目にあおうが、たとえそれで死んだとしても、それはそれで仕方ないってもんさ」椿さんは自分と、ついでに僕のグラスにビールを注いだ。「だからそれは覚悟してやればいいことだろ。ほんとうの遊びってそういうもんだろ。面白いから遊ぶんだろ」グラスからビールの泡が溢れてテーブルを濡らした。「自分で選んだんだからな。彼らがそれを自覚しているかどうかは知らないけど。そして君もな。血を流してでもやりたいかどうかということだ。殺されてもいいという覚悟が君にあるかどうか。君に問われるのはそういう覚悟だよ」

彼は念を押すように言った。声を強め、僕の目をしっかりと見据えた。

「いいかい。精神病院に入院するということは、その人間が精神病患者以外のなにものでもなくなるということなんだ。すべては精神病の行為や症状として意味づけられてしまうんだ。訳のわからぬ解釈でな。だから自殺ということでも、俺は絶対に病院のなかでやっちゃいけないと思っている。病院で自殺をするんだったら、外で電車に飛び込めって言うよ。それだけは言えるよ。死ぬときは精神病の症状として死ぬんじゃなくて、人間として死にたいからな。しかし、いったん精神病院に入院すると、外で自殺しても精神病の症状にされてしまう現実があることには変わりない……クソッタレ！　精神病院なんていうものはほんとうにろくなものじゃない。ここからは出なくてはならないのだ。君のアリスじゃないけどな。アリスは正しいんだよ！」

僕は病院の敷地にある銀杏の樹にぶらさがっていたり、病院の門近くの旧病舎の梁から奇妙な果実のように垂れ下がっていた患者の姿を思い出した。僕は唸ってしまった。彼が言っている本意をやっと理解できた気がした。公演に関してどう批判めいたことを言われても、もう無視するしかないと腹に落とした。

「金ちゃんが保護室に入った原因を知っていますか？　病院の演劇を疑問視している人たちがいるらしいんですが、その声に乗じて金ちゃんは動じたみたいなんですが」

「知らないな。君がそのような声に呑まれてしまうか、乗り切るか、勝負をかけるしかないんじゃないのか。俺は楽しみにして見てるよ。金ちゃんは酒を飲んで暴れたくなったんだろ」と彼はニヤッと笑った。

情けないことにこの夜、僕がはっきり覚えているのはこの辺りまでだ。このあと、椿さんが知っているという「ゾルバ」というスナックに行き、また飲んだ。

彼は盛んにギリシャの青い空と明るい地中海の光について熱を込めて語った。

「闇に光を！　精神病院は牧畜産業だ。精神病院を解体させよ。バッコスの神に乾杯！」彼はそう喚き踊った。またその記憶の中に未消化な言葉が奇妙な感覚で残っている。いや実際彼が言ったのかどうかも不確かなのだが、「青い舟にみんなを乗せて、お前が解放して殺せ、お前が羽ばたいてやつらを殺してしまえ」というような言葉がなぜか僕の酔いの底に冷たい金属のように沈んでいる。それはどういう意味かと彼に問い詰めたのだろうが、あの夜の一番知りたかった彼の本音のようなものなのになぜか情けないけど、思い出せない。

翌日僕は五病棟の婦長から大目玉を食らってしまった。話によると椿さんは正体不明のまま病棟に戻り、他の患者とちょっとしたいざこざを起こしたらしい。金ちゃんの飲酒問題が病棟全体で持ち上がっているときに看護スタッフが率先して規律を乱すようなことはやめてもらいたいというものだった。僕はうなだれて謝るしかなかった。

*

マネージャの役割をやってくれている水沢愛さんがどこから聞きつけてきたのか思いがけない提案をしてきた。昨年の体育館での発表会を記録した映像を観たいというのだ。みんなも彼女の提案に拍手喝采で同意した。確かに昨年の芝居を観ていない人も数多くいた。だからそれぞれの演技の刺激になるかもしれないと思い、さっそく翌々日、病院の16ミリ映写機を借りて管理棟の会議室で上映会を催した。もちろん玲央も観に来ていた。劇団メンバーの他に、職員たちの姿も交じっていた。

その芝居は中堂さんが演じる老婆が保護室の荒野の中をさまざまな妄想を呼び込み平凡な暮らしを

夢見る物語だった。

患者の中には中堂さんの演技に泣き出す人もいた。保護室の老婆の心情に、患者として身につまされる思いだったのだろう。僕は確信した。やはり病院の芝居は彼らの思いを表現するべきだと。

翌日の午後、玲央は話があると言い、僕を「ひまわりハウス」に呼び出した。

たぶん今度の演劇について話をしたいのだろうと想像した。立原さんが付き添っていたが、僕らの話の中には入らず、他の患者と会話を交わしていた。

「ひまわりハウス」はいつも賑やかな常連たちがたむろしているのだが、この日は珍しくひっそりとしていた。曲名はわからなかったが、静かなクラシックのピアノ曲が流れている。

マスターが入り口近くのカウンターでコーヒーをサイフォンで煎れていた（コーヒーは二百五十円で飲めた）。

「ハウス」にいる人たちはただ影のようにじっとしている。病室にいても同じように思えるのだが、やはりここのほうが社会に繋がっている感じがして、居心地はいいのだろう。その気持ちは僕にもわかる気がした。

テラスに通じる窓辺の白いカーテンがときおり風に揺れ、その隙間から秋の陽の光がテーブルの上に零れていた。

マスターが二人分のコーヒーを運んできてくれると玲央は軽く頭を下げた。

「台本はどうだった？　ラストはまだ完成していないけど、おおよそはだいたいあんな感じだよ」

「ラストは死んだほうがいい。やっぱり」玲央は僕の顔をじっと見て言った。「それは十分わかる話だけど、いろいろみんなのことを考えると希望をもって決意をする物語にしたほうがいいと思ってもいる。でもまだそこのところは十分変更の可能性はあるかもしれない」

僕は彼女が「だったら私は参加しない」というようなことを言い出さないように配慮ある言い方にした。「ところで映画はどうだった?」話を昨年の舞台に向けた。

「驚いた。中堂さんの演技に圧倒された」玲央がコーヒーにミルクを入れスプーンでかき回してから言った。「あの人の演技がまるで狂気の中にいる人、そのもののように見えるんだけど、その狂気が表現になっているんだからすごかった」

「たしかに」と僕はうなずいた。

「昨年は老婆の妄想、今年は少女の狂気ということなんだね」彼女がコーヒーカップをもったまま僕を見た。「やはりアリスが仮装大会のリハーサルに現れるのがいい。仮装の人たちはウサギの穴の中の登場人物を思い浮かばせるし、なにかが起こりそうで」

「そう言ってくれると嬉しいな。でも問題はこれからだよ」と僕は言った。

「病院を出ていったアリスがどんな時間を過ごすのか、仮装の人たちがアリスを追い込んでいく場面。たとえば赤ずきんちゃん、ピーターパン、マッチ売りの少女、ウルトラマンなどがアリスを困らせていくのが面白かった」

彼女はそう言うとコーヒーをすすり、カップを受け皿に置いた。「ねえ、高鳥さんは狂気をどう思っている?」

隣のテーブルにいる太った中年の女性患者がときどき呪文のような言葉をぶつぶつ吐きながら片手でしきりに胸を強く叩き、苦しそうな音を立てていた。胸の中のなにかを追い出そうとしているかのようだった。

「狂気をどう思うかと言われても……」僕は煙草の煙をため息交じりに吐き出した。だいいちその種の病気を抱えている患者から直截にそう訊かれても言葉に詰まらないわけがない。

「どういうふうに答えていいかわからないな……」

僕は病院に勤務する前は狂気という概念を、当時よく目についた「読書人」などの書評誌や評論雑誌の見出しのようなイメージで連想していた。たとえば、それは「狂気の復権」「狂気の可能性」といったように日常的な制度からの解放というような意味合いだった。つまり狂気というものをどこかロマンティックな心情的な表れとして存在すると。しかし病院に勤めはじめてからは、狂気は日常的な思考の破綻、現実感覚の相異感、あるいは日常的言葉の喪失というようなものに思えてきたのは事実だ。

個人的なことで言えば、あくまでも疑似的な狂気だったが、強烈な恐怖を伴った体験がある。病院に勤めて一年くらい過ぎた頃だった。友人からチベット産の純度の高いハシシをもらいバッドトリップをやってしまったのだ。僕はフランスのある作家のメスカリン体験の記述を真似して、自分の意識が変化するプロセスを面白半分に記述していた（あとで知ったのだが、ラマ教などでは瞑想修行にハシシを使い、しかもそれには、グルの指導が必要なほどに慎重を期さなければならない行為だったのだ）。

トリップしていくと、突然、僕は自分が生きている価値のない人間だという罪悪感に苛まれ、のたうちまわった。アパートのベランダから飛び降りようとし、友人に危うく引き留められた。そして水を飲むか、お茶にするか問われると、その選択がまったくできなくなり、しまいには自分の思いを他人にはどうやっても伝達することが不可能に思えてきた。自分の思いを口にしようとすると、まるで相手との間に不透明ななにかが介在して言葉が屈折してしまい、自分の思いがどうしても現実には届かないと思い込んでしまうのだった。そのときの絶望感はいまでも生々しく覚えている。

僕は孤独に耐えられそうになかった。発狂すると思った。水に溺れかかった眼前の自分の子を救えない母親のように動転していた。全身に脂汗が吹き出て恐怖に震えた。僕の意識にはいろんな思考が猛烈な勢いで渦巻いて流れるが、ただじっとしているしかなかった。生まれて初めて感じる恐怖だった。このまま気が触れて、僕は精神病院という隔離された世界で一生、無能な精神医学の徒たちに観察され、あるいは無視されボロキレのような患者として生きていかなければならないのかと絶望した。

翌朝ハシシの効能が切れ僕は眠りに落ち、目が覚めたとき、自分が再び言葉が通じる日常の世界の中で息をしていることに、口では言えない喜びを覚えた。一週間ほど僕はあのバッドトリップの恐怖を思い出し脈拍を速めたのだった。

この体験を思い出すと、閉鎖病棟で裸のまま一日中、ただじっと立ちつくしている青年の姿をいままでとは違った目で見るようになった。その青年はいろんな思考の渦の中にいて動きがとれないのかもしれないのだと。またこうも思った。なんらかの脳を刺激する成分が脳の組織を刺激したり、ホルモンの分泌を過剰に促進したり、欠乏するようになると脳がその刺激を受け人間の言動を変質させてしまうのではないかと素人ながら思ったのだった。もちろんストレスもなんらかの脳の分泌液に影響を与え人間の行動思考を変質させてしまうのだろうと考えた。

「アリスは狂気、おかしな世界の中にいるわけでしょ?」と玲央が言った。

「僕は別におかしな世界を描こうとしているわけでもないし、アリスの狂気を描こうと思っているわけでもないよ」僕はテーブルにあるグラスの水を飲んだ。

「でも去年の中堂さんの表現は狂気をみごとに演じていた。狂気を生きていたと思う」

「狂気を演じる、狂気を生きる」僕は彼女の言葉を繰り返した。

僕は誤解されやすい表現を避け、遠回りして彼女の言わんとすることに近づこうとした。「演劇表現というのは絵や音楽のような直接的なものじゃないだろう。いろんなファクターが入り込むからね。舞台表現は狂気そのものではあり得ない」

僕はグラスの残りの水をひと息に飲み干した。隣の席の年配の女が僕をじっと見つめていた。

「中堂さんは自分の狂気をわかっている人なんじゃないの。彼女は言っていたよ。自分は正常を演じているのだと」と玲央が言った。

「正常を演じている? アイロニーとしてはおもしろい。でもそれだと、つまり彼女は正常じゃないということにもなる……それは違うだろうな」

僕は彼女にかみ砕くように言った。「彼女の演技は、あの人が狂気の中にいたから狂気を表現できたわけじゃない。むしろ正気であったから狂気を表現し得たと思うよ。彼女はあくまでも優れた表現者ということじゃないか。僕は一言も狂気を表現してくれって注文したことはないよ。むしろ逆だ。それは」

中堂さんは精神分裂病と診断されていたが、少女の頃、病室で寝ている母の呼吸器のバルブを自分が止め、母を死なせたのは自分のせいだと思い込み、自分の正体が摑めずにずっと苦しんでいた人だった。彼女は異常と見なされ、十代半ばから地方の精神病院で昔ながらの治療を受けて、さんざんな目にあってきたと聞いている。彼女はずっと手のつけられない反抗的な、かつ自殺企図の多い問題のある患者とみなされていた。そしてこの病院で十見医師と出会い、格闘的な治療関係の後、何年かして母を看病していたときの記憶を思い出したという。それから見失っていた時間が怒濤のような勢いで彼女を襲い、その波の中で彼女は抗いながらも少しずつ自分というものを取り戻しつつ、落ち着いてきている状態のようだった。

昨年の稽古でもなにかを表現したい欲求が生じたからなのか、あるいは回復期に向かっているから自分を見つめるようになって自己表現ができるようになったのか、彼女は存在感のある演技をしたのだった。

たぶん彼女に与えた保護室にいる老婆という役の設定が、彼女の思いを演じる素材として適切だったのかもしれない。

そのことをいままで一緒に稽古をしてきた人にならきちんと話をしようと思ったけれど、玲央にはまだ話して伝え切れないような気がして言葉にはしなかった。つまり稽古場での言葉を共有し得ていないと思えたからだ。僕は立て続けに煙草を吸った。

「高鳥さん、少し苛立っているみたい。演劇の話はいや？」どういうわけか急に彼女が優しい声で言った。

「うん、まあ、少しね。疲れる」

「だったらほかのことで話をしていいかな？」彼女が微笑んだ。

「ね、私にも煙草をちょうだいよ」

「君が煙草、吸うの？　ハイライトだよ」

「私にはちょっと重いけど、まあ、いいよ、それで」玲央が肩をすくめた。

僕は煙草を渡し、百円ライターで彼女の煙草に火を点けると彼女はゆっくり白い煙を吐き出した。

「ねえ、高鳥さんは結婚しているの？」玲央が僕に真顔で訊いた。

「つい最近までは一緒に暮らしていた人がいたよ」正直に答えた。「でも去っていった」

「へえー逃げられたのか」玲央が遠慮のない声で笑った。

「笑うことじゃないだろ」冗談めいた口調で咎めた。「なんでそんなことを訊く？」

「高鳥さんには所帯染みた雰囲気がないから、よく言えば世間が染みついていない。悪く言えば青いってことかな」

「なに、それ？　それって、褒め言葉？　それとも」僕は笑いながら言った。「まだガキっていうことか？」

「さあ？」玲央が首を傾げた。

「君も少女のような顔をしているけど男がいるようには思えない。一緒に暮らしている人がいるって聞いたけど」

「男？　昔の話だよ。別れたよ。男なんてもうたくさんだよ」彼女は煙草の灰を灰皿に落として僕を見た。「でも、なんで知っているの？」

「ここは病院だよ、そして君は患者だ」僕は笑った。

「ということか」彼女は肩をすくめた。

「もうひとつ聞いていい？」突然彼女は話題を変えてきた。しかも真剣な顔つきになった。「高鳥さんは前田さんのアリスをどう思っている？」

「どうって……」彼女がなにを言いたいのかわからなかったので無難な答え方にした。

「彼女はなかなかいいところいっていると思うけど、そう思わないか？」

「うーん」彼女は首を傾げてから言った。「前田さんは自分のアリスがまだ見つかっていない。怖がっている。自分のアリスを見つけるのを」

玲央は微笑んでいたが目が笑っていなかった。「アリスは夢の怖さを知っていて、そこから脱出したがっているの。だからそういう状況を自分で作らないといけない」彼女が言う夢の怖さとは狂気という意味だと解釈した。

「なるほど……」僕は彼女の洞察力に感心した。玲央の言うことは的確なのだが、どう前田さんを導いていくかは実際とても難しいものがあると感じていた。彼女はとてもナイーブな女性だったからだ。「あまり性急に詰めないほうがいいと思うな。この芝居は演技の点で、そんなにギリギリのところで勝負してもらわなくてもいいと思うことにしたんだ」

「そんなことを言ったら演出家のダメだしを信用できなくなるんじゃないの」

「かもしれない」失笑するしかなかった。

「思うんだけど、このお芝居はとても衝撃的な作品になると思う。ひょっとしたら社会にショックを与えるようなものになるかも。その可能性があると思う。だから演技の面でも、説明的な演技じゃ意味がない」

玲央が思わず興奮したような声を出した。と、横のテーブルにいて胸を叩いていた女が突然呻き出して、テーブルの上のコップの水を辺りにまき散らした。それから女は蹲って呻き続けていた。

「どうしたの?」

僕は蹲った女に声をかけたが、女はじっとしたままの態勢で応えなかった。玲央は驚いた様子も見せずにテーブルの下に蹲った女を見つめていた。近くにいた何人かの患者が椅子から立ち上がり帰っていった。マスターがやってきて「もう玲央さんも帰ったほうがいいよ」とテーブルをダスターで拭きながら言った。

「玲央さん、また今度にしよう」

他の患者と話し込んでいた立原さんが玲央に引き上げることを促した。

「今日はもう潮時だな」と僕も言い、女子二病棟に連絡をして発作状態の女を迎えに来てもらうことにした。

「私アリスについてまだ話したいことがあるの」玲央はそう言って、もっと話をしたがっていたが、僕がまた今度にしようと言うと、立原さんと一緒にしぶしぶ戻っていった。

冴えた話しぶりとその内容から、玲央は閉鎖病棟にいる必要があるとは思えなかった。彼女は回復し始めている気がする。いや、そう言っていいのだろうか、僕には正直言って判断しようがなかった。彼女の病気がいったいどのようなものなのか理解する術がなかったからだ。玲央のこころの奥深く隠された病巣とでもいう世界を知りたくなってきた。

第四章　科白が覚えられない……

翌日、稽古の参加者が少なかったので早めに稽古を終えると、玲央が久しぶりに外の空気を吸いたいと言いだし、僕が付き添いで散歩に付き合うことにした。

習志野の自衛隊駐屯地で特別な訓練があるのか、迷彩色の大きなヘリコプターが何機も初秋の空を飛びまわっていた。

病院の門からバス停に向かう道を歩いていると突然、玲央は立ち止まり空を見つめ、魂の抜けたような表情をした。

「あのとき最終の地下鉄の走る音が聞こえていた……もう広場には誰もいなかった」玲央は前田さんの演じるアリスの登場場面の科白を語りはじめた。「わたしの足音だけが響いていた。**わたしはコインロッカーにコインを入れて開けた。すると遠くから潮騒が聞こえてきたの」**

玲央は体の動きを止め沈黙した。

「どうしたの？」

どういうつもりでアリスの科白を語りだしたのかわからなかった。玲央は僕の質問に答えようともせず、さらに続けた。

「わたしはこの潮騒はどこから聞こえてくるんだろうと思って耳を澄ました。やっぱり思ったとおりだった」

科白は正確だった。しかも自分なりのアリスの役作りをしている。きっと稽古を見ているうちに覚えてしまったのだろう。どのくらい続けられるか見届けたくなった。

「ロッカーの中は、まるで井戸の底のようにどこまでも暗闇が続いていた。その闇の遠くから潮騒が聞こえていた……わたし、潮騒を聞きながら暗闇を見つめていた。そのとき見えたの、蝶々が、蝶々が闇の中をまるで銀河のように飛んでいた。そう、夜の空にかかった虹のように思えた。わたし蝶々のあとを追いかけた。蝶々を追いかけたの。ずっとずっと……蝶々どこへ行った?」

彼女は完全に舞台のアリスになりきっていた。そして急に立ち止まって体を僕のほうに向けた。

「ねえ、どこへ行ったのか知りません? 教えてください。蝶々どこへ行ったのか」

「オーケイ! すごくいいね。もう覚えたんだね」

思わず感心して玲央を褒めた。

「教えてください。蝶々どこへ行ったのか」

彼女は僕の前に廻り込み、その科白を繰り返した。どうやら相手の科白を待っているらしい。

「教えてください。蝶々どこへ行ったのか」彼女はしつこく繰り返した。

「月夜に蝶々が飛ぶものか。お前が見たのは真っ白な蛾たちさ。ガサゴソ街の灯恋しく、のたうち回る大きな蛾たちさ。ほらガサゴソ、ここにも大勢いるよ」

僕は相手役の中堂さんになった。玲央は小さくうなずくと次の科白を続けた。

「わたし蛾なんか追いかけなかった。蝶々を追いかけたの。蝶々よ」

「よく聞いてごらん。蛾たちは、ほら荒い息をしている。聞こえるだろう、蛾たちの嘆きのような息遣いが。はあ、はあ、はあ」僕は老婆を演じた。

「わたしが追ってきたのは蝶々よ。教えてください。蝶々どこへ行ったのか」

玲央は蝶々を探すように夕暮れ近い一本道をあちこちと動き回っている。僕はこの辺でストップをかけようと思った。バス通りに出たら他人の目があるからだ。

「よし。もういいよ。とてもいいよ」

そう声をかけても、玲央は言うことを聞かずにバス停近くまで蝶々を探す仕草で歩いていった。

「玲央さん、ストップ。戻ってきなさい。続きは病院でやろう」

歩いていく玲央の背に声をかけたが、彼女は歩みを止めなかった。彼女の傍を買い物帰りの主婦が通りかかると、その主婦に向かって玲央は声をかけた。

「教えてください。蝶々どこへ行ったのか」

主婦は驚いて逃げるように駆け出していった。僕は慌てて駆け寄ると彼女の腕を捕らえた。

「どういうつもりなんだ、君は。人を驚かして面白いのか」

玲央の腕をとって強制的に病院に連れ戻そうとした。

「あなたはアリスがなぜ蝶々を追いかけたか知っているの？　サナギから変身できたのよ、蝶は。蝶を追えば夢から脱出できるからなの！」玲央は僕の腕を振り払おうとして言った。

「ここは稽古場ではないんだよ。いま蝶を追う必要はないだろ。さあ戻るぞ」僕は腕を引っ張りながら玲央が蝶の比喩的なイメージを摑んでいると思った。

「いや。戻らない、私！」彼女は足を突っ張って、その場から動かず抵抗した。

「言うことを聞かないなら、明日から稽古に参加するのは無理だって主治医に報告するから」この脅しは効き目があった。彼女の体が緩んだ。僕は彼女の手を引いて病院へ向かった。彼女はしぶしぶ従った。

「ねえ、あなた私をやはりキチガイだと思ってる？」

いきなりの質問だった。先日玲央と狂気の話をし合ったせいなのか。それにしても、あのときの玲央の雰囲気とまったく違う。なんと答えていいか戸惑ってしまった。

「そうは思えないけど」

「じゃあ、なんだと思う？　私って」

「それはこっちが聞きたい科白だよ」

「ねえ、私って病気なの？　なんの病気なの？」彼女は僕に手を引かれながら訊いた。

「僕にはわからない。それは大原先生に訊けばいいだろう」

「あいつに訊いたって、なんにも答えない」彼女は繫いでいる手を大きく振り上げ、手を振り払おうとした。

「そう簡単に診断できないんだろう。複雑なんだよ、君の症状は。だから考えているんだろ」僕は彼女の手を離さなかった。

「精神病院なんていい加減なものだよ。医者だって同じ。結局わからないんだよ。精神医学なんて近代医学の迷子だよ」と玲央が言った。

「でもここはまともな病院だよ」そう言うしかない。

「ねえ、病気と病気じゃない人ってなにが違うの」玲央が立ち止まって訊いた。

「そんな難しいことを僕に訊くなよ。病気と言うのは健康じゃないってことだろ」僕は彼女の手を引きながら言った。まともに答えることを放棄した。

「じゃあ、健康ってどういうことさ?」彼女が抵抗して止まったまま大声で言った。

「健康っていうのは現実、社会一般、あるいは自分の体に障碍のない状態を言うんだよ。つまり自分の体と言葉が社会に適用できるということだろう」

「ほう。じゃあ抽象芸術家は病人か?　一般社会の連中に彼らの表現は理解できないだろう?」

「作品はそうかもしれないけど、作家の日常の言動は社会に通用するよ。受け入れられているだろ」

「私だって通用するよ」

「できなくなったからここに来たんだろ?」

「それは金縛りにあったようなものだよ。知ってる?　金縛りというのはレム睡眠の最中に意識が覚醒した状態なんだよ。頭が動いても体が動かない。それはわかるだろう?　そういう状態だったんだよ、きっと」

「金縛りが解けたのか。いまは……。そうか、うまいことを言うな」彼女の比喩を笑いながらなるほどと思った。

「私」と彼女は言った。「私はなにをやったらいいの。私はなにを演じたらいいんだよ。あなたが誘ったんだよ、演劇をやろうって。私が正気であることを証明してあげるよ」

「わかってる。ごめん、もう少し待ってくれよ。すぐに提示するから」

「私は私に相応しい役がほしいんだよ。演じて喝采を浴びるよ。喝采を浴びて、向こうの世界に突っ走ってやるんだ」

「わかった」と僕は言った。この日からどういう気持ちの変化があったのかわからないが玲央は僕をあなたと呼称するようになった。

*

僕は玲央に仮装大会の場面ではまず赤ずきんちゃんで登場してもらい、あとは前田さんとともに玲央をもうひとりのアリスとしてどう動かせていくかを考えていた。

まず赤ずきんちゃんの一人芝居の科白を書いた原稿を玲央に渡した。彼女は獲物を手にした鷹のような目つきで原稿を受け取るとすぐさま目を通した。

稽古が終わり、僕が閉鎖病棟の前まで連れていくと、玲央は渡り廊下の途中で不意になにかを思い出すような顔になった。

「オオカミにムシャムシャ食べられてしまう赤ずきんちゃん」

「気に入らないのかい?」と僕は訊いた。

「そんなことない。赤ずきんちゃんはおもしろいよ」彼女はそう言いながら僕の手を摑んだ。

「ね、私戻りたくない。病棟に閉じ込められたくないの」彼女は摑んだ手を揺すった。

「どうしたんだ。いったい？」

「戻りたくないよ。連れてって、どこかに。お願い。病院じゃないところ。森がいい。赤ずきんちゃんは森がふさわしい」

「森？　森は物騒だ。オオカミが出てくるからな。さっ行こう」僕は彼女の腕を取って促した。

「怖いの。私、閉鎖病棟は気が滅入る。あなたにはわからないんだよ。あそこは精神がおかしくなるようになっている、空気が共振するの。共鳴箱だよ。おかしな気が触れ合い共鳴し合うんだよ」

「入院したての頃は、君はそういう感覚を感じることはなかったんだろ。そう感じるってことは君の感覚が現実に同調してきたということじゃないか。きっとすぐ開放病棟に移ることができるよ。もう少しの我慢だよ」

「赤ずきんちゃんはオオカミにムシャムシャ食べられてしまいまあーす」突然、彼女は脱力したような声を出した。「あなたは私を食べたいですか？」

「君を？」彼女は性的なことを言っているのだろうか。僕は首を振った。「食べません」

「食べてもいいよ、私を。あなたはオオカミだから」

「僕がオオカミ？　ハハハ」僕は笑った。「ときには僕だってオオカミになることはあるけどな。いまはいい」

「そう、あなたは見かけによらぬ悪いオオカミ。私をだましてムシャムシャ食べるつもりだろ」怪しい目つきを玲央がした。

「まさか。恐ろしいことを言うなよ。さっ、中に入るよ」僕は玲央の手を引っ張った。

「あっ、お月さまだ！」

玲央は僕の手を振り解き、夜空を指さした。彼女の示すほうへ目を向けるとラグビーボールのような月がぼんやりと浮かんでいた。

「さあ、ゆくぞ」

「月は心を震わせる。ねっ、なんでオオカミは月に吠えるんだろ……どうしてだと思う？」

「わからないよ。そんなこと、オオカミに聞いてみなきゃ」

「月はね、血を騒がせるんだよ。満月の夜は特にね。血に飢えると吠えるんだよ」

「そうだな、血が騒ぐんだな。さっ、行くよ」再び玲央の手を引っ張った。

「血が騒ぐ。私の血も騒ぐ。吠えてみよう」玲央が僕の手を振り解き、そのましゃがみ込むと、顔を月に向けて、突然オオカミのようにウオーと吠えた。

「なにやってるんだよ。もう！」僕は苛立ちの声をあげた。

「ねえ、あなたもやってごらん」玲央がそのまま僕を見上げて笑った。「早くやってごらんよ。オオカミの気持ちになれるから」

「ならなくても。いいよ。さあもうゆくぞ」

「あなたが吠えたら、ゆくから、やってみて。気持ちいいよ」

「僕はいいよ」

「いいから、吠えなさい。あなたはオオカミでしょ」

「君はどうしてそんなふうになるの？　少しはまともになったかと思ったのに！」

「とにかく吠えたらいいでしょ。なにこだわってるの？　吠えたらあなたの人格に支障をきたすの？　吠えることがあなたの人格を貶めるの？」

「あのな、僕は吠えたくないの！　僕の主義主張ではなく。趣味の問題！　月は吠える対象ではなく愛でるものなの。僕は日本人だから。ドラキュラでも狼男でもないの！」

「なんでそんなに意固地になるの。ただ吠えるだけのことじゃないの。あなたが吠えたら戻るって言ってるじゃないか」

「ほんとだな？」

「行くよ。ちゃんと吠えたら」

「よし、じゃあ吠えるよ。約束を守れよ」僕はとにかく早く玲央を病棟に戻したかった。

「ほら、ちゃんとしゃがんでオオカミにならなきゃダメでしょ」玲央が僕の手を引っ張って自分の横にしゃがませた。

　僕は早くケリをつけたかったので急いで四つん這いになり、吠えようとした。しかしなぜか声がなかなか出てこなかった。僕は咳ばらいをした。

「どうしたの？　月をしっかり見て、こころに湧いてきたことを月に向って吠えるの」

　玲央がささやくように言った。しかし吠えることがなかなかできなかった。「あなたは荒野にいるオオカミなのよ。浩々と照る月に何か訴えるの」玲央が演出家のような注文を出した。そうか……。

自分の役者としての魅力のなさがこういうところにあったんだなと昔の自分を思った。

「ウオーッ」僕は大きく月に向って吠えた。玲央が拍手し、彼女も吠えた。

何度も何度も一緒に吠えた。近くの保護室から男が吠える声が聞こえた。僕と玲央がクスクスと笑った。そのとき閉鎖病棟のドアが開き、若い看護婦が顔を出した。

「どうしたんですか?」

「この人、オオカミ。私は赤ずきんちゃん。オオカミにムシャムシャ食べられそうになったの」玲央が僕の代わりに応えた。

「わかったわ。赤ずきんちゃん中へどうぞ。オオカミさん、ごくろうさま」と言いながら看護婦が僕に「どうしたんですか?」というような茶目っ気のある顔をし、玲央の肩に手をかけ、そのまま病棟の中に引き入れた。玲央は振り向きざまニヤッとした顔で僕を見た。

*

三病棟から通じる体育館の舞台側にあるドアが勢いよく開いて、ハルミちゃんが飛び込んできた。

「前田さん、今日も来ないってぇ」

ハルミちゃんが頭を振りながら渋い顔をして大声でそう言った。

アリス役の前田さんが稽古に来なくなって二日目だ。だんだん腹が立ってきた。こういうことは覚悟をしていたはずなのに、やっぱり堪えた。もう公演なんかやめてしまおうかと投げ出したくなった。

それにしても前田さんは気分のムラで稽古を休むような人ではないはずだ。病状の問題なのだろうか、それとも金ちゃんと同様にこの演劇公演になにか不穏なものを感じ、やめたくなったのか。彼女が不参加となるとはじめからやり直さなくてはならない。あるいはこれを機に玲央を起用する機会と考えるか。それならそれでいい。しかし、いったいどうしたというのだろう。推測していても仕方がないので、その日の稽古を終えたあと、直接彼女から話を訊くしかないと病棟に足を運んだ。

女子二病棟のホールの片隅のテーブルで前田さんと向き合った。テレビはキャンディズが「年下の男の子」を歌っていた。太った中年の女性患者がその歌の振りを真似して踊っている。

前田さんは僕の呼び出しにはしぶしぶ応じてホールに出てきたもののずっと俯いて沈黙を守っている。パジャマの上に薄緑色のカーデガンを羽織っていた。髪に白いものが混じっている。

劇団に属している患者は稽古に参加をしている時期は比較的精神的に安定しているのだが、前田さんは状態が悪化すると、普段のおとなしい彼女から想像できない姿で過ごしたりすることもあるという。彼女はマリア・カラスのファンで「トスカ」や「蝶々夫人」をところ構わず熱唱しだすという。まだそんな気配はないようだ。

日ごろ彼女のようにもの静かな女性が様変わりする姿を見せられると、人間の生命の奥底には抑圧されて、姿を見せない傷ついた魂が息づいているのだとわかるのだった。彼女は四十七歳。病気にならなければ結婚して、子どもが生まれ、そろそろ中学生か高校生くらいになっていたかもしれない。そんなふうに彼女が病院でのリクレーションとはいえ、僕のような若造に付き合ってくれていることになんだか申し訳ないような気持ちになった。

「具合がよくないんですか?」と話しかけても、彼女はうなだれて口を開かなかった。

彼女が黙っている間、ホールを行ったり来たりする患者が僕を見て「高鳥さん元気?」と何度も声をかけてきた。そのたびに「うん」とうなずいた。なかには僕の隣の椅子に腰かけ、下から僕を覗き込み、にやにや笑うものもいた。女子病棟では医師以外に男性の姿を近くで見かけることが少ないらしく、僕も興味の対象になっているようだ。「ようよう、お見合いか」そんな声をかけてくる女性もいた。

「とにかくどういったことが原因なのか、それを話してくれればいいんだ。理由がわからないんじゃ、納得のしようがないから」

前田さんは相変わらず黙って俯いていた。なんだか別れ話を切り出し、じっと黙っている女をなじっているようなそんな男のような気がしてきた。

「僕に対して不満があるとか、それとも劇団になにか?」

ひょっとしたら玲央になにか言われて怯んだということはないだろうか。ふとそういう気もしたが、そのことは口にしなかった。「もしなにかあるんだったらほんとうの気持ちを話してほしいんだ。僕の言葉で前田さんを傷つけたことがあるのなら、それは僕の未熟さだと思って許してほしい」

彼女は僕をチラリと見た。

「いま話したくなかったらいつでもいいから。僕らが困っているとき、あなたが志願してくれたからこそ、いまこうして稽古をやれていると感謝しているんだ。だから前田さんのほんとうの気持ちを知りたいんだ」そう言って椅子から腰を上げ帰ろうとした。

「すみません……」彼女は俯いたまま小さな声を洩らした。「いくら努力しても科白を覚えられないんです。みんなに迷惑をかけてしまいます。それが辛いんです」彼女の目に涙が溢れていた。

「そういうことだったんですか」僕は驚き、腰を椅子に戻した。

彼女がやめたいと言った理由が金ちゃんのような不透明なものでなかったことに安心した。と同時に入院患者の身体的な状態に思い至らなかったことを申し訳なく思った。

彼女はプライドの高い人だっただけに科白を覚えられないなんてことは彼女にしてみればあり得ないことだったに違いない。僕は身につまされた。彼女だけでなくみんなもなかなか科白を覚えられなかった。それは薬のせいでもあったが、精神的に不安定で集中できなかったからに違いない。彼女が病室のベッドで台本を一生懸命読みながら科白を覚えている姿を目にしたことがあった。だからやめたいというのは彼女の精一杯考えた末の結論だったのだろう。

「謝ることはないですよ。前田さん」と僕は言った。「あなたが謝ることはない。僕のほうこそ気がつかなくて申し訳ありませんでした。じゃあ、こうしよう。いまできている場だけでもいいと言ったらやってくれますか?」

「そんなこと可能ですか?」彼女が不安そうに僕を見た。

「うん、なんとかやってみよう。せっかくここまでやってきたんですから」

安心させるためにそう言ったが、次の手を考えたわけではなかった。でも彼女が小さくうなずく姿を見たら、なんとかそのかたちでやるしかないと思ったのだ。まさかアリスを玲央にやってもらうから他の役をやってほしいとは言えるものではなかった。

ところで前田さんの事情がわかってほっとした反面、うまい解決策を考えなければならなかった。前田さんのあとにいきなり玲央を登場させるのは、唐突でストーリーの流れを寸断させてしまい、観客に戸惑いを与えてしまうだろう。それを避けるにはどうしたらいいか……。

*

久しぶりに「クリフォード」に立ち寄り、いつものようにビールとスコッチを楽しんでいると倉本さんが傍に来て、今日は早めに帰れるので、十一時に「スワン」で待っていてほしいと言った。教えてほしいことがあるのだという。倉本さんは少し見ないうちに、うっすらとお化粧もしているようで、先日会ったときと比べ、仕事のせいか垢ぬけてきたようで驚いた。「男子三日会わざれば……」じゃないが、変わるものだ。

倉本さんが店に入ってきた。彼女は僕の前の席に座り、脱いだコートを隣の椅子の上に置き、テーブルに目をやると「コーヒーを飲んでいるんですか?」と言った。相変わらず生真面目な口調だ。

「わざわざ来ていただいてすいません。私、今日お給料もらったのでご馳走します」

「おお、いいね、それじゃあ、河岸替えようか?」と僕は砕けた言い方をした。

「いいです、ここで。時間がないから」と彼女は愛想のない言い方をした。その言い方に自分で気がついたのか頭を軽く下げた。

「すみません。気が利かないで。私もビールをもらいます」

「どうぞ、どうぞ」僕はウエイターを呼んでビールを頼んだ。「それより話ってなんだろう?」

「サイコドラマって知っていますか?」と倉本さんがいきなり改まった顔で訊いた。

「ゼミのレポートのテーマに選んだんです。高鳥さん知っているかなって」

「おおよその概要だけは知っているけど」

サイコドラマは米国のモレノという精神科医が考案したグループセラピーであることは知っていた。

「要は患者が立場や役割を相互に交換して即興の言葉で自分の感情や認識を見直すきっかけにするんだろ? つまり自分の抱えている問題を客観的に認識したり、発見するための方法ってことじゃないのかな」僕は煙草を取り出し、火を点けた。

「ふつうの芝居と基本的に何がどう異なるものなんでしょうか?」倉本さんは真面目な学生の顔になっていた。

「いわゆる芝居の演技は、自分を含めあらゆることを客観的に見ようとするんじゃなくて、いかに主観的であろうとするかということなんだと思う。科白の根拠をあくまでも自分の中に見つけ出すという作業なんだよ」

相手が倉本さんのせいか、硬質な言葉を使っていることに照れくさくなった。僕は運ばれてきたビールを飲んだ。

「ということは、ふつう役者はどんな科白にも自分のリアリティを見つけ出そうとするわけですね。

でもサイコドラマのクライアントは自分というものの立場が幾通りもあるということを認識する作業ということなんでしょうか?」彼女は親指と人差し指を鼻の根元で押さえ難しい顔をした。「サイコドラマというのは自分の心の状態から発想されるものではなく、相手との関係で変わっていくことなんですか。でもその人の人格をなす根本のかたちはあるはずですよね……立場を変えると相手も変わるということというのは……」倉本さんが首を傾げた。

「僕もサイコドラマを見たこともないし、研究したこともないんで、なんとも言いようがないな。ただ言えることはあくまでも療法なんだから対応そのものを学ぶことで稽古は必要ないような気がするけどね」

「私、演劇を観客の立場からしか見たことがないので、役作りということがわからないんです。サイコドラマを考えるうえで一度、稽古を見せてもらえませんか」倉本さんの目つきは嫌とは言わせない迫力があった。

「いいけどさ、いまちょっとピンチなんだよ」

「どうしたんですか?」倉本さんが心配そうな顔をした。

「主役の女性が降りると言い出したんだ」僕は煙草を灰皿にもみ消した。

「あの前田さんという人が?」倉本さんが驚いた顔をした。

僕は途中経過をざっくばらんに語った。玲央のことも含めて倉本さんは僕の話を聞いていてなにかを思いついたようだ。

「玲央さんを代役にということじゃなくて、繋ぐわけだから、その接続詞をわかりやすくしたほうがいいんじゃないですか」倉本さんがうなずきながら言った。

「接続詞ね……たしかに」僕はその言葉で閃いた。

「そうだよ。玲央に繋ぐ前にもうひとりかふたりアリスを登場させればいい。アリスの役をバトンタッチしていく構成にしていけばいいんだな。同じ衣装を着て、類としてのアリスを前半で表現する。ラストを玲央で決める。これでいける。うん、いけるよ、それで」僕は興奮してきた。「君のお陰で逆に面白くなりそうだ」

「そうですか。よかった」倉本さんも嬉しそうな顔をした。

「ねえ、高島さんの話を聞いていると玲央さんはすごい人みたいだけど、彼女の病状はどうなんですか？　どう診断されているんですか？　彼女は病識はあるんですか？」

「病識ね……。僕は、ときどき病識っておかしな言葉だなって思うんだけど、それって、眠って夢を見ている人に、いま夢を見ていますかって訊いているようなものじゃないかって思うんだ。応えないと病識がないという。変だと思わない？　この認識は十見先生の受け売りなんだけどね」

「たしかに、なるほど……」彼女は肩をすくめた。

「玲央はいわゆる病識なんてないと思う。つまり自分がおかしい、異常だって思っていないと思うよ。いや、あるのかもしれない。でも僕も彼女の病気の姿が見えなくなってきている。躁鬱か、非定型か担当医も診断しかねているみたいだ」と僕は答えた。「彼女に私のことキチガイだと思っているかって訊かれた。よくわからない。よくわからない女性だからね」

「よくわからなくても魅力がある」倉本さんが手に持ったビールグラスを口に付けた。

「赤茶けた髪で男の子みたいな女性、というかまだ女の子っていう感じだな。顔もそばかすだらけな顔をしている。美人とは言い難い。でもなにか不思議な雰囲気を持っているんだよ。頭もいい、しかも演劇的な感性があるというか直感力が優れているんだ」僕は煙草に火を点け、舞台上の玲央を想像した。「彼女だったら、歌も歌えるかもしれないな。シャンソンのようなバラードを歌わせたら面白いかもしれない」

「すごい熱の入れようですね」倉本さんがハンカチで眼鏡を拭きながら言った。

「彼女は危うさがあるけれども、そのぶっきら棒な頑なさがたまらなくいい。ほんとうにもったいない子だよ。ノンセクシャルだけど不思議な感じの少女。いやもう少女とは言わないな、女性だよ」

僕は煙草を取り出し、火を点けた。

「高島さん」倉本さんが僕の目をじっと見つめて言った。「気をつけないとダメですよ。相手はプロの女優じゃないんだから、入れ込みすぎるとケガをしますよ。高島さんに恋愛対象として転移したらまずいですよ」

「まさか、あの子はそういう子じゃないよ。まったく異性には無関心というより、傷ついた体験がまだ癒やされていないんじゃないかな」

「そうですか。だったらいいんですけど……」倉本さんは再び眼鏡をかけなおして言った。「精神科医と患者。心理士と患者との関係をこの前のゼミで教授がそんな体験談を話していたものですから。よけいなことを言ってすみませんでした」

「もちろん気をつけるけど、僕も彼女に異性としての興味はまったくないから。その心配は無用だよ」僕は笑顔で言った。

「でも、稽古は絶対に見せてください。私も玲央さんを見たくなりました」

「うん、わかった。もう少し稽古が進んだらなんとかなると思うけど……」

僕はこの後、彼女からはじめての客商売をやったことの感想を聞いたりした。彼女はマスターの澤田さんが大学の哲学科を出て、一度もサラーリマンなどの仕事をしたことがないことに驚き、勇気をもらったと熱っぽく語った。

＊

その日の稽古は参加者が少なかったので、台本を離れ、少し変わったことをやってみようと思った。説明的ではない自分だけの演技を感覚してもらうためだった。

「今日はね、あるイメージを自分だけの表現にするための稽古をするよ。自分のイメージの動きは人に説明する必要がないからね」僕はみんなを体育館の床に胡坐をかかせ、目を閉じさせた。みんな、はじめは不安そうな顔をしていたが、徐々に興が乗ったらしく積極的に付き合おうとしてくれた。

参加者は八人。ハルミちゃん、前田さん、マスター、小泉さん、吉村アキさん、大原久美さん、中堂さん、そして玲央。マネージャーの愛さんは僕の横で彼らを見ていた。僕は椅子に座り、目を瞑っている彼らにゆっくりと間合いをとってイメージを伝えた。

「君らはいま浜辺に座って、海を眺めている。ほら波の音が聞こえるだろ。君がなぜそこにいるのかは君しか知らない。つまり、なんで自分がそこにいるのか、その理由は君しか知らない。時刻は夕方……目をじっと水平線のほうに向けていると、海の向こうから一艘の小舟がゆっくりとこちらに向かってやってくる。その小舟には漕ぎ手のほかに誰かがいる。舟がだんだんこちらに近づいてくる。舟の中の人物は誰だろう？　どうやら君が知っている人らしい。なにしに来たんだろう。その人の顔は怖い顔をしている？　それとも優しい顔をしている？　男？　女？　老人？……いったい誰がなんのためにやってきたのか。君はそれを知っている。舟が浜辺に近づいてくる。舟は波とともに浜辺に乗り上げる。その人が舟から降りてきて、君のところにやってきた。その人はなにをしに来たの？　あなたになんて言ってる？　その人に向かってなにか言ってやってくれる？　あなたはなにをしている？」僕はみんなを見ながらゆっくりそう伝えた。

「もうやめてよ！　勘弁して。お願いだから、向こうに行って！」ハルミちゃんが泣き声を出した。もちろん僕はハルミちゃんが誰に向かって言っているのかわからない。マスター、小泉さんはぶつぶつなにかを言っている。前田さんは「ごめんなさい。ごめんなさい」と小声で誰かに謝っている。アキさんは「わかったよ。わかったから。もうほっといてよ。帰れ！　くそばばあ！」と怒り声をあげている。中堂さんは「助けてぇー。お願い。助けてください。私はそんなこと知りません」と両手を合わせている。玲央は上半身をユラユラ揺らしながらただ黙ってじっとしている。それから突然「どこへ行くの？　私も連れてってぇ」と声をあげた。「私も一緒に連れてって！　私を離さないでぇ」泣き声になっていた。

みんなはまだそれぞれぶつぶつ続きをやっている。当然、小舟に乗ってやってきた人はみんな違うわけであり、それぞれが異なった反応をしている。僕は怖くなってきた。これ以上続けるとどんなことが起こるかわからないし、僕の力では対処のしようがなかったからだ。

僕はゆっくりとみんなに話しかけた。

「ようし、舟に乗っていた人は君に頭を下げると、小舟に乗り、漕ぎ手とともに再び静かに水平線の彼方に帰っていった。みんなは目を閉じたまま、静かに深呼吸をしてゆっくりと目を開けて」

僕は両手を打ち、みんなの意識を元に戻らせた。みんなはボーっとしている。

それにしても僕の指示することに反発もせず、素直に従ってくれたことが嬉しかった。僕はいまのことを例にとり、演技について理解を深めてもらえるように話を始めた。つまりこのイメージに対する反応はそれぞれみんな異なるわけで、そのことをあなたたちは自分の会話や行動について誰かに説明をしてない。それと同様に自分の演技も誰かに説明する必要がない、それらしく誰かがわかるように説明しようとしなくていいのだと話した。

みんなは小舟に乗った人とのやり取りが強烈だったせいか、まだぼんやりとして、魔法の時間から蘇っていないようだった。

僕にはこの稽古は、その人のふだん見えない像をそれとなく知るには有効な手段のような気がしてきた。しかし、集団でやるべきものなのだろうか、それとも一対一で行ったほうが有効なのかはわからなかった。直観として、この方法を演じ手、つまり役者の意識を探るうえでのなんらかの方法として使えるのではないか。いやそれ以上に患者の意識下の世界を探る方法として催眠療法として有効なものかもしれない。

これは僕にとって大きな発見ではあったが、医療の世界では心理学的アプローチとしてすでになされているのかもしれない。そのようなアプローチの体系があれば知りたかった。こんど倉本さんにでも聞いてみようかと思った。

それにしてもこのイメージ稽古で、玲央の無言の世界が気にかかった。玲央が思い描いた舟には誰が乗っていたんだろうか。そして突然、「私も連れていって」と誰に声をかけたんだろうか。このときはこの稽古が後日、彼女のこころの一端を知ることになるとは思いもしなかった。

第五章　アリスを解き放つ

玲央が管理棟の誰もいなくなった外来用のロビーで僕を待っていた。プラタナスの鉢植えが置いてある窓際のソファーに座って暗くなりはじめた外を眺めていた。彼女は閉鎖病棟から前田さんと同じ開放の二病棟に移っていた。

「玲央」と呼びかけると彼女は振り返り、人懐っこい笑顔を浮かべ「早かったね」と弾んだ声をだした。

「『ひまわりハウス』はいま運営会議中みたいだから外に出るか？」

僕はロビーで話を済ますつもりだったが、ついそう言ってしまった。

「ほう！」玲央が肩をすくめ「どうした風の吹き回し？」と可愛げのない対応をした。

職員用の出入り口でタイムレコーダーを打刻し、玲央を連れて外に出た。

「一番星、見っけたあ」

玲央が濃紺の空に輝く宵の明星を指さし「キラキラ星」の歌をスキップしながら歌い出した。「キラキラボシヨ、いったい、あなたは誰でしょう。キラキラボシヨ、いったい私は誰でしょう」

病院の門の傍でくたびれた背広を着て、こうもり傘を手にした気弱そうな中年の男が、鞄を地面に置いてじっと立っていた。五病棟の患者だった。玲央の歌う歌詞と奇妙な男のイメージが重なり僕に苦笑させた。

「こんばんは」

玲央が歌をやめて、その男に声をかけたが、返事はなかった。玲央が意味ありげに僕に微笑んだ。僕も小さくうなずいた。あの中年男のこうもり傘を持ったイメージが今度の芝居の中で描かれているからだ。

この中年男をなんとか芝居にできないかと思ったのが、そもそも今度の芝居の着想の元だった。黄昏時になると男は毎日、病院の門の近くで、古びた背広を身につけ、コウモリ傘と古い大きい鞄を手にして立っていたのだ。まるでサミュエル・ベケットの『ゴドーを待ちながら』という芝居に登場する男のようだった。男はゴドーを待ち続けているが、男はゴドーにも会ったことがなく、ゴドーが何者であるのかもわからないという不条理演劇の代表作だった。

五病棟の男はなぜいつもそこに立っているのだろうか……。「さようなら」と僕は何度か門を通りかかるとき、その男に声をかけたが、彼は僕を一瞥するだけで、一度たりとも挨拶を返すことはなかった。しかし彼が無断で病院を抜け出したということは聞かなかったし、夜になればちゃんと病棟に戻っていたようだから男がそこで佇んでいる時間は黄昏時の一、二時間くらいにちがいなかった。

僕はアリスが病院を抜け出して、自分の家に帰ろうとする途中で、その男と出会うシーンを書いた。

男がアリスに「お帰りなさいと言ってほしい」と懇願して、オカエリナサイごっこをする場面だった。

「あのシーン、とてもいいよね。あの男の人の存在が猛烈に悲しかった」

玲央がどうしたわけか腕を組んできた。

「そう、そんなふうに感じてくれたら嬉しいよ」僕は少し警戒したが無理に彼女の腕を解きはしなかった。

僕らはバス通りの坂道を下り、最近造成された公園の横を通った。まだ成長していないポプラが等間隔で植えられている。僕は線路近くの喫茶店にでも行こうかと思っていたのだ。

踏切の警報器が鳴った。明かりを点けた赤い京成電鉄の電車が小さな駅に入っていく。電車は律儀に家路に就く人々を薄闇にはき出し、また夕暮れの向こうへと走っていった。

僕らは窓から駅のプラットホームが見える小さな喫茶店にいた。

「ねえ、お願いがあるんだけどな」と玲央はテーブルに着くと透かさず切り出した。「もし、前田さんがアリスをやれないなら、替わりに私にやらせてほしいんだけど」

「どうして知っているの？　前田さんのことを」

「前田さんから訊いたの」

「アリスをやりたい？」

僕は自分のアイディアをすぐに打ち明けずに訊いた。

「私、アリスを演じたい」彼女は僕を真っ直ぐに見て言った。「私がこの病院にきたのはアリスをやる運命だったからだと思うの。全世界でこの役をやれるのは私しかいない。アリスを表現することが私の使命だと思うんだ」

「使命?」妄想っぽい話になっているなと思った。

「私はあの芝居のアリスそのものだから。アリスは狂気の中にいるということを知って表現できるのは私だけだよ」

「ねえ、訊きたいんだけど、どうしてアリスを演じることが君の使命なの?」

「どうして?」と玲央は訊き返した。「芸術に携わる人間なら、直観というのはわかるでしょ? これは直観なの。私がこの病院に来たこと、あなたに出会ったことの意味がそこにあったの」

「アリスを演じることが?」

「私を解き放つ。世界に私を。アリスを解き放つの。狂気のイメージを変えることもできる」

「狂気のイメージを変える? どんなふうに?」彼女の発言の背景を考えながら訊いた。

「中堂さんの演技がヒントなの。私は狂気を生きることができる。それを表現したいの」玲央はなにかを想像しているかのように目を一点に止めた。「私が狂気を演じることで、世界は変わる……」

わかるようでわからないという論理だった。

「世界が変わる? 君自身の現実っていうこと?」彼女の言わんとしていることを理解しようと思ったが確認できないことがもどかしい。

「私の現実……」彼女は繰り返した。

「言ってることがよくわからない。この前も言ったけど、狂気は狂気を表現できないよ。君は正気でいなければ演じられないよ」

「そう、でもそれは狂気を背にした理性なの」僕の目を見て言った。

「狂気じみた理性ということか？」僕は頭を傾げた。「そういうことは、よくわからないけど、君がアリスを演じたいという気持ちはよくわかった。だけど条件があるんだ。それで了解してくれるならやってほしい」少しもったいぶって言った。

僕は前田さんも含めた四人でアリスを順番に演じ、アリスが家に帰ってきてからの最終の場を玲央にやってもらうことを説明した。そして最終の場のアリスを演じる前に、二番目に登場するアリスと遊ぶ赤ずきんちゃんの役もやってほしいと伝えると、玲央は目を輝かせて胸元で両手を組みうなずいていた。

「アリスが四人かあ…」と彼女は呟いた。「少し残念だけど、演出的にはそのほうが面白いかも。あなた才能があるわ」

「そんなこと言われたのは初めてだよ。でも嬉しいよ」と僕は笑った。

玲央なら最終のアリスの場面を華やかに、鮮烈に表現できるのではないかと密かに期待した。それにしても玲央はなぜそんなにもアリスに思いを馳せるのか、本当のところよくわからなかった。ただ主役をやりたいという気持ちとは異なっているようだ。

「もう一度訊きたいんだけど、君はアリスを演じるのが使命だって言ったけど、アリスにどんな思いを託しているの？」

「こう言えば納得してくれる？」と玲央は目許を落とし恥じらうように言った。「私は病気らしい。だったらその病気から脱出したい。私が奇妙な夢の中にいるとしたら、その夢から抜け出したい。アリスがお昼寝から目覚めて日常の世界に帰るように、私も普通の世界に帰りたいの……」

「アリスを演じることで？」

「演じ切ることで私が変わるような気がするの。おかしい？」

「それはおかしくない。全然おかしくないと思う」僕は大きくうなずいた。

「使命というのは妄想的な話ではなく、直感なの。おかしい？」

「まったく、おかしくないよ」と僕は力強く重ねて言った。「うん、おかしくない」

「よかった……」玲央が嬉しそうに微笑んだ。「ねえ、ビールで乾杯しない？」

「ビールで？」

「前にあなたは言ったわ。私が外で飲もうと言ったら、いつかそんな機会もあるだろうって。今日がまさにその日だわ。いいでしょ」

「うーん」僕はためらった。「いつかというのは、君が退院してからのつもりだったんだけど」

「あなたは椿さんとも二宮君とも飲んだって聞いているよ。だったら私とでもいいじゃないの」

「しようがないな。だったら一杯だけだよ」

「わかっているよ」

「すみませーん」玲央が大声でウエイトレスに声をかけた。「ビールくださぁい！」玲央の声が必要以上に大きかったので店内の客が僕らのほうを振り返った。

「そんなに大きな声を出しちゃ、みんなびっくりするだろ」僕が咎めると玲央は肩をすくめ「だって嬉しかったんだもん」と舌をペロリと出した。運ばれてきた瓶ビールを玲央のグラスに注いだ。彼女が嬉しそうにビールの泡を見つめている。

「それじゃカンパイしましょ。アリスのために」

玲央がグラスを軽く持ち上げ、僕もグラスを差し出した。

「アリスにカンパイ」

玲央の目許がしばらくすると赤くなってきた。彼女がアルコールに弱いと判断して、彼女には二杯目を注ぎ足さなかった。玲央はもっと注いでと催促したが僕は首を横に振った。

「イジワル」と玲央は頬を膨らませた。

「さあ帰ろうか」腕時計を見て言った。

「えっ、もう？　いや、もう少しいたいよ。まだビールが残っているよ」と玲央が体を揺すった。

「あなたともっといろいろ話がしたい」

「またにしよう。機会はいつでもあるんだから。病棟に断ってないし」

「なによ。不良のくせに優等生ぶって！」

子どもがよくする「いーだ」とふくれっ面をした。僕は彼女に構わず席を立ちレジに向かい勘定を済ませた。

「もう！　ほんとうに意地悪な人なんだから」玲央がしぶしぶあとに続いて店のドアの外に出ると、

とっさに僕の腕を取り僕の肩に顔を寄せた。「ねえ、あなたのアリスはどうしてウサギの穴に落ちてしまったの？　そこのところを知りたいの」

「どうして落ちたのか僕にはわからない。そこは君が考えたほうがいいんじゃないのかな」

「ねえ，私のアリスはウサギの穴から脱出できるかしら……」玲央が独り言のように言った。僕は彼女がどんな顔をして言っているのか気になった。ひょっとしたら自分の病気のことを言っているのか……玲央は僕と目が合うとにっこり笑い僕の肩に再び頬を寄せた。

「昔、パパとこうして歩いていたことを思い出した」

「いつの頃？」

「小学生の頃……」

「お父さんは船乗りだったんだろ？」

「うん」玲央はうなずくと突然歌を歌い出した。

♪月がとっても青いから遠回りして帰ろう

玲央が裏返ったような声で歌い出した。

「なんとも古い歌を知っているんだね」とからかったが彼女は続けて歌った。

　あの鈴懸の並木路は

　想い出の小径よ
　腕を優しく組み合って
　二人っきりで　サ帰ろう

彼女の歌はかすれた甘い声に味があった。

「いい歌だよな」

「私好きなの、この歌の歌詞が。パパがよく歌っていたのを覚えている」

「僕も子どもの頃、その歌をよく歌ったよ」小学生の頃ラジオでその歌を覚えたのだ。

「ねえ、あなたは幸せ？」玲央が突然ささやくように言った。

「なんだよ、いきなり。恋人同士がベッドで交わすような質問だよ。そういうのは」

「バカ、そんなんじゃなくて、あなたがいま生きていることで、どう思っているかということなの。答えて、幸せかどうか」玲央の顔を見ると真顔だった。

「どう答えたらいいのかな」

「素直になって」

「素直になれと言われてもね」すぐに答えられなかった。

「幸せかもしれない」そう答えた。「なぜそんなことを訊く？」

「私は幸せだったことが一度もない」玲央がぽつりとつぶやいた。いまから思えば彼女はこのときほど平穏な気持ちでいたことはなかったにちがいない。僕はこの機に、彼女の深いところに沈んでいる思いを訊くことができたのかもしれない。しかし、みすみすその機会を逃してしまった。早く病棟に連れていかなければという気持ちと、正直、彼女の直面している問題に深入りすることの戸惑いもあったからだ。たぶん看護人の立場で訊いたところで、その悩みの深層をいかんともしがたいというコンプレックスがあったのだと思う。彼女の病巣を知りたいと思いながら矛盾した気持ちだった。

「なんちゃってね。心はいつだって万華鏡、仕方ないね。くるくる回すと、世界がくるくる変わる。すべては相対性理論。幸福も不幸も渦を巻いて同じに見えるんでしょ。私わかってる。でも人並みに言ってみたかったの」

「ごめん、ちょっと君が言っている意味がよくわからないよ」僕はまったくの鈍感ぶりを発揮して腕時計を見た。「あっ、もう六時半を廻っているよ。急がなくちゃ」急ぎ足で玲央の手を引っ張るように歩かせた。

「大丈夫だよ。まだ宵の口もいいところじゃないの」玲央は僕に引き摺られながら不満の声を洩らした。「あなたはいつから風紀委員みたいになったの！」

「今日は看護婦さんに断ってなかったから、心配させるといけないだろう。これでも一応病院の職員なんだよ」僕は背中を押すようにして彼女を急がせた。

病院の門灯近くに、もうあの中年男の姿はなかった。

僕は二病棟まで玲央を送っていった。病棟のホールはまだ微かにざわめきが残っていた。ホールのテレビは歌謡番組が流れていて四、五人の女性がぼんやりと見ていた。

僕は病棟のナースステーションに顔を出し、準夜勤の看護婦さんに玲央が戻ったことを報告した。玲央は病室に戻る際に機嫌を直したらしく「今日はありがとう。バイバイ」と笑顔で手を振った。

＊

その日は午後遅めの出勤だった。バス停から病院へ向かう途中、背後からバイクのエンジン音が聞こえ、「ハーイ」という若い女のはしゃぐ声が聞こえた。脇を通りすぎたのは髪をリーゼントにし、茶色の革ジャンを着た坂本君の二五〇ccのバイク。その腰に手を回して後部シートに乗っていたのは玲央だった。彼女は僕に手を振り、バイクは病院の門をくぐり見えなくなった。

坂本君は体重一三〇キロ近くある巨漢の二十歳の青年だ。彼は通院患者なのだが、しょっちゅう病院に出入りし、「ひまわりハウス」を自分の根城のようにしていた。彼はキャロルの矢沢永吉に憧れ、髪型もリーゼントふうのオールバックで革ジャンスタイルだった。患者の椿さんの信奉者でもあり、いつも彼の周りにまとわりついていた。

以前、僕も彼のバイクに乗せてもらったことがあったが、それを見た彼の主治医の十見先生からニヤリと一言、言われたことがある。「彼には気をつけろよ」と。そのときはどういうことなのかあまり詮索もしなかったのだが、後にその意味をいやというほど知らされることになった。

「あのね、坂本君をスカウトしたよ」と僕が昼食を終えて病棟に戻るときに、そう声をかけてきたのは玲央だった。「三番目のアリスの相手役がいなくて困っているんでしょ。オカエリナサイごっこの男の役にいいかと思って」玲央が僕の横に並びながら言った。

「スカウト？　彼を？」

「そう、結構芝居に興味があるみたいだよ。私が誘ったら考えてみるって。感触はよかったよ」

「そうか……困ったな……」

「どうして困るの？　誰かやってくれる人がいないかなって言ってたから誘ったんだよ」

「うん、しかし、彼はなあ……」

彼はときどき体育館の後方でビリヤード台で玉突きをするともなく舞台のほうを窺っていることがあった。誰か気になる人でもいるのか、あるいは演劇に興味があるのか。そんなことをちらっと思った矢先のこと、大原久美さんに坂本君のことで相談されたのだ。一度「ひまわりハウス」で彼が乗っているオートバイを褒めたら、それから自分のバイクに乗れとしつこく誘ってくるのだという。久美さんが遠回しに断ると彼は攻撃的になって彼女の悪口を言いはじめてきたのだと溢していた。彼が体育館にいると気になって稽古ができないというのだ。さて、困った。こういう場合はどう対処するのが賢明なのか。幸いと言ってはなんだが、玲央が久美さんの替わりになってバイクに乗ってくれているから久美さんへの関心が逸れたのかもしれない。しかし、玲央が彼を芝居に誘ったというのはまずかった。そもそも彼が芝居に本気で参加したいと思っているとは考えられなかった。どちらかというと愛想はよかったが、少しでも自分を否定するようなものを察すると翌日からその人への攻撃的な口ぶりを示すからだった。どこからそんなに悪口が出てくるかと思うほどに彼の豹変する態度は常軌を逸していた。その幼児的な攻撃ぶりに辟易するところがあった。どう考えても集団の中でみんなと協調しながら付き合っていけるタイプとは思えなかった。僕は芝居作りが進んできている現在、問題があるとわかっている人物をいまさら起用したくなかった。いざこざを起こしそうな人間をわざわざ加えたくなかったのだ。僕は集団療法を任せられたわけではなかったのだから。

「劇団は来るものは拒まずという趣旨なんじゃないの」と玲央が言った。

僕は名前を出さずに久美さんの件を話し、坂本君の問題点を指摘して、いまリスクになるようなことはしたくないと玲央に正直に伝えた。

「そうかなあ、あの大きな体はそれだけでも面白い絵になると思うけどな」

「たしかに面白い絵にはなるだろうけど、リスクは大だからな」

「リスクだなんていうのは可笑しいよ。そもそもこのお芝居がリスクそのものじゃない」玲央が核心をずばり突いてきた。「絶対いけるよ。彼は」

「わかった。少し様子を見よう」とお茶を濁した。

＊

稽古を終え、みんなが引き上げた後、体育館の小部屋の窓際に立つと、一羽の黒アゲハがあかね色の空の中をゆらゆらと彷徨っているのが見えた。十月の半ばにもなっていたのに驚きだった。まるで夏に取り残されたように、いや過ぎ去った夏の行方を探し求めているかのようだった。そんなふうに思ったのは僕の耳に懐かしい歌が聴こえてきたからかもしれない。

その歌の音源を捜していると、髪を赤く染め黄色いミニスカートをはいた女がカセットデッキから流れる弘田三枝子の「ヴァケーション」をボリュームいっぱいにかけ、まるで腹痛を押さえるような格好でツイストを踊っていた。

彼女の歳はわからないが、たぶん僕と同じくらいか、もう少し下ぐらいだろう。この曲が流行っていたのは僕が中学生の頃だった。

一九六〇年代の海辺が女の前に広がっているのだろうか。彼女の姿はその頃の夏の海辺に必死に辿り着こうとしているようにも見えた。踊っている彼女には誰も近づけない雰囲気があった。

僕は先ほどの黒アゲハを再び探したが、すでに薄墨色に変わった空の中に姿を消していた。

背後に人の気配がしたので振り向くと玲央だった。

「どうしたの?」と訊くと、彼女は「この部屋に椿さんの描いたものがいくつか置いてあるって聞いたから見てみたいと思って。椿さんが見てもいいって言うから」と言った。

小部屋には椿さんの画材道具とカンバスなどがたくさん立てかけてあり、僕もいくつか描かれた絵を見たことはあったが、だいたいが未完成のものが多かった。でもすべてを見たわけではなかったので完成作品があるのかもしれない。玲央が立てかけてあるカンバスを点検しながら興味のある作品を一つ二つ取り出して眺めていた。

「みんな未完成なのかしら……でもこれは面白い」

玲央が三枚ほどのカンバスを取り出し眺めていたのは、墨で描かれた蜘蛛の巣に絡まれている影のような男が描かれている絵。もうひとつは大きな目の周りをカラフルなアメーバのような細胞がいくつも蠢いているような絵。そして最後の一枚は墨のペンで描かれた大きな蝶だった。いや蝶に見えるが、ほんとうのところなにかはわからなかった。抽象なのか具象なのかもわからなかった。三枚並べてもテーマらしき統一感はなかった。玲央が三枚の絵を窓側の壁に立てかけ、あらためて一緒に眺めた。

「正直言ってよくわからない……」と僕が感想を洩らした。

「でも見せる力があるよ。なんだか怖いけど」玲央が絵をじっと見つめながら言った。

「最近彼とよく話しているみたいだね」

「うん、なにか波長が合うんだよ、彼とは。私も絵を描きたくなった」

「わかるけど、公演が済んでからな」と僕が言うと素直に「うん」とうなずいた。

「ねえ、訊いていいかな?」

「なにを?」

「バレエの話なんだけど」

「バレエの話はいいよ」不機嫌そうに答えた。

「君の感性を知りたいんだ」

「感性?　なに、それ?」

「君が好きなバレエの演目ってどんなものなんだろうって思ったから。たとえば『白鳥の湖』とか

『くるみ割り人形』とかあるだろう。君はいろいろ踊ったと思うけど、どういう役柄が一番フィットしたんだろう？」

玲央は不機嫌そうな顔をつくりながらも記憶を手繰り寄せるような遠い目をした。「そうだな……中学のとき、踊った『ラ・シルフィード』かな。その作品が一番好きだった」

「どんな話なの、それは」と僕は興味を持って訊いた。

彼女が話してくれた話を要約すると、スコットランドの森の棲む妖精と大きな農場の息子のジェームスという青年の話だった。彼には婚約者がおり、妖精のシルフィードが青年に横恋慕して、結婚式の前日に彼の婚約指輪を奪い取り、森に姿を消してしまう。青年も妖精の魅力に引き込まれており、森の中を探し回り、彼女に触れようとするとするりと擦り抜けていく。ますます彼の想いも募り、魔法使いに肩にかけると飛べなくなるショールを譲り受け、そのかいあって、捕まえ喜びに溢れ妖精を抱き寄せると、そのまま彼女は翅を落とし、腕の中で動かぬものになってしまうという物語だった。

「なるほど……」と僕は唸った。「どうして君はそのバレエが好きだったの？」

「儚かったから……妖精が。軽やかに白いチュチュを着て、風のように踊るの。私ね、踊っているとき、自分ではなくなったの、私ほんとうにシルフィードになれたの。あのとき私はほんとうに妖精になれた……」

「そうかあ、君のその舞台を観たかったなあ……」ほんとうにそう思った。少女の玲央が森のなかで踊っている姿が見えた。

「なにか考えさせる物語だな……シルフィードってジェームスにとってなんだったんだろうな。ようやく捕まえたのに死なれるなんて……」

僕がそう訊いても彼女は応えずに遠い目をして窓の外を見ていた。当時の自分の姿を追っていたのかもしれない。

「あっ、ほら見て」突然玲央が夢から覚めたように窓の外を指さした。ガラス戸を開けた。「黒アゲハよ」

先ほどの黒アゲハが窓辺すぐ近くをまた飛んでいた。まるで椿さんがカンバスに描いた蝶が抜け出て彷徨っているかのようだった。

*

夜勤の深夜二時くらいだった。管理棟の宿直医から病院の門近くの旧病棟の倉庫に至急来てほしいという連絡があった。首を吊った患者の処置だった。

驚いたことにその患者は僕が勤務している三病棟の秋葉さんだった。東京江戸川区の町工場で働いていて、母親と二人で暮らし、鬱病で二か月近く入院していた物静かな三十代の男だった。この日、彼と親しく話をしたばかりだった。

昼食のあと、病棟のホールでたまたま「演劇はうまくいってますか?」と彼にしては珍しくにこやかに僕に声をかけてきた。

「いま男の役者が足りないので、なんとか秋葉さん協力してもらえると嬉しいんだけどな」と、冗談ぽくお願いすると「俺なんかとても、とても」と笑顔になって「五病棟の陽ちゃんを誘ってごらん。彼なら頼み込めばやってくれると思うよ」と悪戯っぽく言った。そして「演劇、うまくいくといいね」と秋葉さんは言ってくれたのだった。

その彼が首を吊った。ベテランの看護士が横たわっている秋葉さんの首からロープをはずすと、グウッという音が口から洩れた。てっきり生き返ったのかと驚いたが、胸に溜まっていた空気が吐き出された音だと教えてくれた。手際のいい看護士の処置を感心して見ていた。その後、当直医とそのベテラン看護士と僕とで秋葉さんの遺体をその倉庫の一室に安置し、僕は病棟に戻った。

昼間の秋葉さんの物静かな笑顔が忘れられなかった。嵐の中の晴れ間に彼はなにかに絶望したのだろうか。言葉にならない思いを抱きながら彼の冥福を祈った。

しばらくしてから五病棟に足を向け、陽ちゃんという男を誘いに行った。彼は小野陽三といい、入院して八年になる。自動車整備の仕事をしていたらしい。僕とはたまに「ひまわりハウス」で顔を会わして挨拶を交わすことはあったが、彼のことはよく知らなかった。

僕は秋葉さんの伝言どおりに勧誘に来たと告げると、陽ちゃんは「秋葉さんがそんなふうに言ってたの？　だったらあいつの遺言みたいなものじゃないか。まいったなあ」と顔をしわくちゃにして泣き顔になった。

僕は陽ちゃんに原っぱでアリスに「オカエリナサイ」をねだる男の役をお願いした。

病院の門に佇むあの男をモデルにした男だ。

「まいったなあ。俺が役者をやるの？　秋葉さん、なんで俺ならやれるって言ったのかなあ。まいったよ」陽ちゃんは「まいったよ」を繰り返しながらも翌日、体育館に顔を出してくれた。みんなは陽ちゃんをもちろん歓迎したのだった。

＊

倉本さんが稽古の見学にきた。

前日の夜、電話で、明日稽古を観に行ってもいいかという打診があったのだ。まだ人に観せる段階ではないので、もっとあとにしてほしいと断ったのだが、作品を観たいのではなく稽古そのものを観たいのだと粘られ、しぶしぶ了承したのだった。

僕は倉本さんのことを僕らの芝居にとても興味を持っていて、将来精神医療に進みたいと思っている学生だと紹介した。彼女は自己紹介をすると、

「差し入れです。よかったら食べてください」と手提げ袋から紙箱を取り出し、卓球台に置き蓋を開けた。クッキーだった。

「わあ、おいしそう！」みんなが声をあげた。

そのとき、「ごめん、遅れてしまって」と言いながら玲央が体育館に駆けるように入ってくると「あれ、今日は参加者がずいぶん少ないな。二宮君も来てないの？」と周りを見渡して言った。

「あの、栗本玲央さんですか？」と倉本さんが玲央に声をかけた。玲央が怪訝な顔をして倉本さん

を見た。すかさず僕が倉本さんを紹介すると、「栗本玲央です。よろしく」と意外にも玲央は満面の笑みで小首を傾げた。

玲央は人数不足で気合も不足気味の空気を察したように「ねえ、これじゃ稽古にならないから、気分転換に散歩しようよ。コスモスがとてもきれいに咲いているよ。みんなで裏の雑木林に見に行かない？」と提案した。

「さんせい！　さんせい！」久美さんが嬉しそうに手を挙げた。「行こう、行こう！」

「トリさん、今日は人数が少ないから稽古にならないよ」と美紀さんが久美さんに加勢した。確かに六人ほど稽古に出てきていない。どんな具合に稽古を進めようかと僕も迷っていたところだった。僕は倉本さんの様子を窺った。

「私に気を遣わないでください。また改めて見学に来ますので」と倉本さんが笑顔をみせた。

僕らはポットや紙コップ、そして倉本さんが差し入れてくれたクッキーをもって体育館をあとにした。

くすみがかった青い空を雲の群れが東のほうへ走っていく。

病院の裏手にある雑木林の一角にコスモスが群生していた。薄桃色、紅色、山吹色、薄黄色、それぞれの色の花弁が風に揺すられている。

林の奥まで進むと鉄柵が巡らされ、そこからは急な崖になっていて、遠くに船橋の街が望まれる。雑木林は立ち入り禁止の区域になっているので、林の手前の一角に新聞紙を敷いて、そこに腰をおろした。

玲央は倉本さんに心理学を専攻している学生ということで関心があるのか、ずっと彼女の傍から離れなかった。みんなが倉本さんの持ってきてくれたクッキーを食べはじめた。

「ねえ、倉本さん、せっかく今日見学に来ていただいたのに、稽古をお休みにしてごめんなさいね」美紀さんが申し訳なさそうに倉本さんに謝った。

「とんでもない。今日はみなさんにお会いしただけでもとてもよかったです。こんなふうにコスモスも一緒に見ることができ、嬉しいです」と倉本さんが笑顔で応えた。

「コスモスって優しそうなお花ね」前田さんが花を見つめながらつぶやいた。

「ね、ねっ、コスモスの花言葉って知っている？」久美さんが前田さんに尋ねた。「えっ、花言葉？」前田さんが考えている。

「乙女の真心、でしょ」玲央が替わりに答えた。

「アタリ！」久美さんが声をあげた。「よく知っているね。すごい」

「へえ、乙女の真心かあ」最近参加した陽ちゃんがのんびりとした声で感心した。「でも、コスモスってなに語かな？」

「ギリシャ語で調和っていう意味らしいですよ」と倉本さん。

「博学だなあ」と陽ちゃんが褒めた。

「最近友だちから教わったばかりなんです」倉本さんが顔の前で手を小さく振った。

「コスモスとはカオスと対になる言葉。混沌に対する調和という意味だよ。ね」と玲央が倉本さんに笑顔で言った。

「玲央ちゃんってすごい！」美紀さんが驚嘆した。「頭がよくて、優しくて、私、玲央ちゃんをお嫁さんにしたい」

「トリさん、玲央さんをお嫁さんにどうですか？　お似合いだと思うけど」と中堂さんが僕をからかった。

「僕がよくても本人が嫌がるでしょ」と僕は笑った。

「嫌がらないと思うよ。私は」玲央がなに食わぬ顔で言った。

わあーっと歓声があがった。

「まあ冗談はこのくらいにしておかないと、コスモスに申し訳ないから」僕はポットのお茶を紙コップに注ぎながら言った。

「どういう意味ですか？」中堂さんが興味深そうに訊いた。

「乙女の真心に僕は値しないと思うから」お茶を飲み込んだ。

「たしかに」倉本さんが声を出して笑った。玲央が不思議そうな顔をして倉本さんを見た。

「コスモスって秋の桜って書くでしょ。なんで桜なのかしら？」前田さんが目の前の薄ピンク色のコスモスを見つめながらつぶやいた。

「秋の桜か……」ずっと黙っていた金ちゃんがぼそっとつぶやいた。「同じ桜でも、コスモスじゃ酒を飲みたいという気分にはならないなあ」

「金ちゃんたら！」美紀さんが金ちゃんの頭を小突いた。

「冗談、冗談」金ちゃんが頭を掻いた。

以前泥酔して暴れた金ちゃんは閉鎖病棟からつい最近、開放病棟に移ってきたばかりだった。ようやく冗談が言えるようになったみたいだ。

実は彼が開放病棟に移ったのをきっかけに、僕はあの夜起ったことの原因をそれとなく尋ねてみたのだ。

彼は恐縮しながら何度も頭を下げ「自分は劇団にはなにも不満はなかったんだけど」と俯きながらぼそぼそと語った。「青い舟の名前の意味を知っているか。キチガイを川に流す舟のことだぞ。自分が精神病患者だと名乗って芝居することになんの意義があるのか、そこのところをどう思うかと言われたものだから、わけがわからなくなってあんなことになったんです。申し訳ありませんでした」と謝った。

「そういうことを、誰が言ったんだろう?」

「それは勘弁してください」彼は俯いて言った。

僕はあえてそれ以上聞かなかった。金ちゃんには彼なりの筋の通し方があるからだろう。だから追及しなかった。もちろん僕の仕事を批判的に思っている人たちがいることは予想できる話だが、金ちゃんから直接、僕に利用されるなと言われたということを耳にして、少なからずショックを受けた。医者か看護人あるいは患者だろうか。犯人捜しを始めてもどうにもならないと思いながらも、やはり胸の奥底に不快な気持ちが沈み込んでいくのをどうすることもできなかった。

「でもまた戻ってきてくれたのはどうしてなの?」

これだけは聞いておきたかった。

「中堂さんとマスターがやってきて、また一緒にやろうって誘ってくれたんです。トリさんは絶対に悪い人間じゃない。トリさんは自分たちと一緒に本物の芝居をしようとしているだけなんだって。たとえ病院とトリさんが自分たちを利用していたとしても、私はそれで病院がよくなるんだったら構わないと中堂さんが言っていたものだから……」

金ちゃんは平身低頭、恐縮しきって「また劇団に参加させてください。お願いします」と深々と頭を下げた。

僕はマスターや中堂さんに頭が下がる思いだった。彼らの気持ちの広さに比べ、僕がやろうとしていることは僕自身の野心だけなのだ。この舞台を自分の作品として成功させたいと思う気持ちで突っ走っている。それにしても彼らの気持ちは嬉しかった。なにより金ちゃんが再び仲間に加わってくれたことで、僕はずいぶんと勇気づけられたのだった。


「あら、やだ」美紀さんが空を見上げて小さな声を発した。

「どうしたの?」久美さんが尋ねた。

「雨が頰に当たった」美紀さんが頰を手で押さえた。「天気雨かな?」

「えっ、雨?」中堂さんも空を見上げた。「ほんとだ。顔に当たった」

「ポツポツ降ってきたみたい。引き揚げよう。濡れちゃうよ。『ハウス』に行こうよ」と玲央が立ち上がった。

僕らは早速、庭を抜け「ひまわりハウス」に駆けていった。

「ひまわりハウス」は営業時間を過ぎていたが、マスターの顔で会議という名目で使用することができた。他の患者はお引き取り願ったようだった。

倉本さんはこの患者さんたちが集う「ハウス」の存在をステキだと賞賛した。偶然、ケースワーカーの立原さんがいたので、倉本さんを紹介した。倉本さんはいろいろと立原さんと話が弾んだようだった。

倉本さんが持参したクッキーを頬張り、紅茶を飲みながら、それぞれが談笑していた。

倉本さんとみんなが打ち解けた頃、倉本さんが「みなさんはなぜお芝居をやろうと思われたんですか？」と尋ねたのだが、この質問にみんなはすんなりとは答えられなかった。ところが玲央はテーブルに頬杖をついて応えた。

「舞台はみんなの夢なの。どんな患者たちの実態が辛いものでも、舞台の上に立てばそれは夢として輝くから。その輝きに魅惑されたわけ。たぶんそういうこと」

思わず倉本さんは玲央の顔を見て、あっけにとられた顔をした。

「さすがあ」美紀さんが囃した。

「倉本さんの質問は漠然として考えを絞れない。ほんとうの答えは自分でもよくわからないところにあるんじゃないの」玲央がオーバーに肩をすくめた。

「たしかにそうですね……」倉本さんがうなずき顔を赤くした。

「さすがあ玲央さん……」陽ちゃんがテーブルの隅のほうでひやかした。

「わあーっ、ねえ虹が出ているよ。ほら、ほら見て」久美さんが突然テラス側の窓から空を指さした。

コスモスが咲いている雑木林の上の空に虹が架かっていた。雨は上がっていた。僕はテラスに出て虹を眺めた。

「ねえ、倉本さんとあなたはどこで知り合ったの？」と玲央がいつの間にか僕の傍に近づくとささやくように訊いてきた。

「僕がときどき行くお店でバイトをしてるんだよ。彼女」僕はテラスの手すりに手をかけて言った。

「ふうーん」と彼女は納得しないような顔をした。「彼女のことどう思っているの？」

「どうって？　別に、なんとも」

「朴訥な子ね。ずいぶんあなたと親しそう」彼女は僕の顔を見ずに前を向いて言った。

「精神科のほうで、将来仕事をしたいんだって」僕はなぜかどぎまぎしてしまった。

玲央はそれには応えず突然歌いだした。

映画「オズの魔法使い」の歌「オーヴァー ザ レインボウ」だった。歌詞を途中から忘れたのかハミングに変わった。

「いい歌だよな」僕はテラスの手すりに両手を置いて言った。玲央がこくりとうなずいた。

「子どもの頃ね、虹のふもとに宝物が埋まっているって聞いたものだから探しに出かけたことがあった」と僕が言った。

「それで見つかった？　宝物」玲央が僕のほうを振り返って訊いた。

「遠くまで歩いて探したんだけど、結局虹のふもとがわからなくてね」僕が笑うと玲央も笑った。

「今でも虹が架かるとそのことを思いだすよ」

「虹の向こうの空は高く、信じた夢はすべて現実のものとなる」玲央が虹を眺めながら歌詞を訳すようにつぶやいた。

「信じた夢はすべて現実のものとなる……」僕は彼女のつぶやきを繰り返し「だといいな」と言った。

玲央はじっと虹を見つめていた。

第六章　僕らのマッドパーティー

玲央に一週間の外泊許可が出た。このところ彼女が落ち着いてきたということもあり、外泊で様子をみたいというのが主治医の考えだったのだろう。稽古の都合上それは止めてほしいと頼める筋あいではなかった。

患者に外泊を勧めるのは、日常の様子が比較的に落ち着いてきているからで、見方によっては退院に向けての試験段階と言っていい。確かに玲央の様子は僕との会話ではトリッキーな面も多少あったが、明らかに異常と思えるような行動はなくなっていた。

当の玲央は外泊の前日、「急に決まったので、ちょっと世間の空気を吸ってくるからそれまでに自分のアリスの場面を完成させていてほしい」と僕に念を押して出ていった（入院時の付き添い、外泊の迎えは母親が来ていたという）。

嫌な予感が当たってしまった。坂本君のことだ。以前十見先生が坂本君の扱いについて気をつけたほうがいいと注意してくれたことがあったが、まさか彼とのいざこざがこんなふうに起こってくるとは思わなかった。

そもそも坂本君と顔を合わせても「やあ」とか「よお」とか声をかけ合うくらいの仲で、特別に親しい関係であったわけではない。もちろんバイクには義理で乗せてもらったこともあったが、それは職員スタッフと患者の挨拶程度のことだと思っていた。ところが彼にとっては違っていたらしい。というのも倉本さんがやってきた日、雨を避けるためみんなと「ひまわりハウス」に駆けこんだとき、坂本君も偶然やってきたのだが、劇団の会議で使用するということでマスターの田所さんが坂本君の入館をやんわりと断ったらしいのだ。そんなことがあったことを僕は知らなかった。それと玲央が彼を劇団に誘ったものの、こちらから再度勧誘もせず放っておいたことが、彼のプライドを傷つけたようなのだ（よくあることだが選りによって気をつけなければならない人にやってはいけないことをやってしまったのだ）。

偶然坂本君と出会って、僕が「よう」と声をかけても彼はプイと顔を逸らしてあからさまに僕を無視するようになった。それが何度かあったので、どうしたんだろうと不審に思っていたが、そう気にかけることでもないだろうと軽く考えていたのだ。

その日、準夜勤を終え、そろそろ帰宅しようと思っていた矢先だった。

坂本君が勤務室の扉を勢いよく開け、巨体をつんのめるようにさせて入ってくると誰に言うともなく「あれ、なんだ！　今日の夜勤は桜木さんじゃないのか」とあからさまに大声で嘯きながらソファにどっしりと体を沈めた。桜木という看護士は看護学校に通いながら勤務して四年ほどだという。若い患者から人気のある爽やかなイメージの男だった。

ときどき坂本君はこのようにして夜になると病棟にやってきた。主治医の十見先生から受け入れてやれと指示を出されていたからだった。が三病棟の看護スタッフには病院は下宿屋ではないという抗議の声が燻っていた。

「あいつまた来やがったな。しょうもねえ野郎だ」夜勤をやっている年配の看護人の熊谷さんが僕の耳元で坂本君に聞こえないように怒り混じりの不満を吐いた。うなずいたものの僕はどう応えていいかわからず黙っていた。

「ああ、やってらんねえよ」坂本君が大きな声で喚いた。

「どうしたんだい?」彼を無視してそのまま帰るわけにもいかず、僕は坂本君のところに近づいて、一応声をかけると「うるせえな！　おまえには関係ねえんだよ。椿さんの言うとおりだよ、おまえは！」と言って彼は立ち上がり、勤務室の扉を荒っぽく開け、廊下に飛び出していった。

彼はその夜、病棟には戻っては来なかったと翌朝の引き継ぎで知らされたが、それ以来、病棟中の看護士たちに僕のことを「トリは汚い」と言いふらしていたらしい。それを教えてくれた同じ病棟の看護士の話によるとどうやらことの原因は、演劇の稽古中に無視され、あのコスモスを見た日、やはり「ひまわりハウス」に入館を拒否されたことを根に持っているようだった。なるほどそういうことだったのか……彼は仲間外しにあったというふうに受け取ったのだ。攻撃的になってくる行動に異常なものを感じた。中でも去り際に「椿さんの言うとおりだよ。おまえは！」という捨て科白の意味に引っかかってしまい僕は気持ちをかき乱されてしまった。椿さんが僕に批判めいたことをほんとうに言っているとしたらいったいどんなことだろうかと考えてしまった。

その夜、僕は「クリフォード」に立ち寄った。

倉本さんが見学に来て以来、僕は彼女とは会っていなかった。あの日、彼女はケースワーカの立原さんにいろいろ訊きたいことがあるといって、行動を別にした。そんなこともあって、稽古を見せることができなかったお詫びと、差し入れのお礼も言ってなかったのでバーの扉を開けたのだ。しかし、生憎その夜はジャズライブだった。混雑していて、彼女と話を交わすこともできそうにないだろうと扉を閉め、引き返すことにした。戸口の外にまで景気のいいスイングジャズが流れてきていた。そのまま帰ろうと思ったとき、背後に倉本さんの声がした。

「今日十一時に『スワン』に来れませんか?」

「十一時? わかった。じゃあね」と僕は声をかけた。

三十分ほど遅れて彼女はやってきた。

「ごめんなさい。なかなか終わらなくて」そう言って僕の向かいの席に腰をおろした。急いで来たようで息が荒く、頬が上気していた。いつもとちょっと違った雰囲気だった。ライブ用に少し化粧を変えたのか、艶のある大人の雰囲気だった。馬子にも衣装と言ったら失礼だろうけど、僕は朗らかな気持ちになった。彼女もビールを注文した。

「今日あたり電話しようと思っていたところなの。ちょうどよかったです」

「盛況だったね。ライブ」

「私、ジャズライブって初めて聴いたけど、すごくいいものですね」

「いいアルバイトだな」

「ほんとラッキーだった」

運ばれてきたビールで乾杯した。

「先日はありがとう。みんな君のクッキーに感動していた。そのお礼が言いたくてね」

「そうですか。嬉しいです。玲央さん、上手くいってますか？」

「外泊になったよ」

「へえ、よかったですね。人によっては外泊によっていろいろ変わったりするとか言いますよね。楽しみですね」

「玲央は君とずっと一緒だったね。どんな感じだった？」僕はビールを手にして訊いた。

「高鳥さんのおっしゃる通り、不思議な魅力のある人でした。頭がよくて、なんとも言えないキュートな感じですね。あの人、私の妹にやはりどこか似ています」

「どういうところが？」

「どういう病気かよくわからないところ」そしてこう付け加えた。「おかしくないと言えばおかしくない。おかしいと言えばおかしい。そんな感じのところかな」

「なるほど、たしか言動が支離滅裂になって入院したが、そのあと鬱状態が続いて時間が経つに従って、それほど異常な感じではなくなる。だけど、どこかがおかしいという印象は拭えない」

「ただどうなのかしら、彼女一人っ子なんでしょ」

「らしいけど」

「母親との問題が結構あるんじゃないでしょうか。これは直感なんだけど、うちは妹といっても母が違うの。腹違いなんです」

「母との問題……」僕は煙草の火を灰皿に揉み消しながら言った。

「女同士というのは母と子でもいろいろあるんですよ」

彼女はうなずきながらつぶやいた。僕はよく理解できなかったので、どういう問題があるのか知りたかったが、踏み込んで訊くには家族のプライバシーを具体的に触れなければならないと思ったのでやめておいた。

「もうひとつ君に訊きたいことがあるんだ」

僕は最近の坂本君の行動をどのように理解したらいいかを訊きたかったのだ。

「じつは、理解できない男が出てきたんだ。その彼に翻弄されそうなんだ。もちろん病院での話だけど、彼の行動の原理を知りたいんだ」

僕は坂本君とのこれまでのことを説明した。

彼女は真面目な顔に戻って、僕の話を聞き、ややあって自分の感想というよりアメリカの精神科医が言っていることだけど前置きして話をした。坂本君の行動は、「境界性人格障害」という病理に当てはまるような気がする。つまり親から、とくに母親から見捨てられることの不安が人格の核になっていて、その不安で、安定した対人関係や自己像を作れないために出てくる行動ではないかと推測した。

「だとしたらどうして攻撃的になって現れるのだろう」と質すと、それは見捨てられる恐怖を上回るというか、いい子の仮面を剝いで怒りを表現するしかなくなり、そうすることで自分の不安を埋めるのだと説明した。「自分のことを批判したり、注意したりする人には徹底して攻撃をしてくるみたいです」

「そういうことか。なるほど」なんとなく理解できたような気がした。

「となるとこれからずっと続くわけだ」僕はため息をついた。「どこまで続くぬかるみぞというわけか」

「高島さんは無視したらいいんです。とにかく逃げるんです」

「逃げるしかないのか」

僕は残っていたビールをいっきに飲みほした。

倉本さんもビールを口にした。彼女は腕時計をちらっと覗くと「あっ、いけない。もうこんな時間だ。悪いけど電車がなくなるんで帰ります」と言った。

「よかったら僕のところに泊っていったら」と冗談半分に言うと、「じゃあそうしようかな」と彼女は上げた腰をまた戻した。

「えっ？」僕は本気で驚いた。

「冗談です」彼女はククッと笑った。

「驚くなあ」と僕は笑った。おちょくられているのはこっちなのか……

「そうそう、近いうちにまた稽古を見学に行くからお願いします。ここは奢ってください」と慌ただしく席を立ち、ドアの前でもう一度振り返り小さく手を振った。

「よくわからん奴だな……」残っているビールを空けた。

*

玲央が外泊した翌日だった。体育館に足を運ぶとみんなが卓球台の周りでひっそりなにかを話し合っていた。玲央がいない体育館は夏が過ぎ去った海辺のような寂しさを感じた。

「ねえ知っています？　田中君が昨日離院したんですってね」

久美さんが僕に小声で言った。

「うん、家には帰っていないらしい」と僕は言った。

「勉強がうまくいかないって、イライラしていたもんな」とマスター。「受験なんてナンセンスだよ！　いい歳こいて受かると思ってるのかな。二十七歳だろ。いまさら大学行ってどうしようっていうんだよ」二宮君が忌々しそうに言った。「受験勉強で悩んでいるなんてナンセンスだよ！」

「仕方ないですよ。人それぞれに空回りしているんだから」前田さんが寂しそうにつぶやいた。

「私知ってるんだあ」ハルミちゃんがニヤッと笑った。

「ナ、ナニを知ってるの？」佐々木さんがハルミちゃんに訊いた。

「どうしようかな」ハルミちゃんが首を傾げた。「言おうかな、やっぱりやめとこうかな」

「なにもったい付けているのよ！」久美さんがイライラして言った。「そこまで言ったんならちゃんと言いなさいよ」

「あのね、田中さんね、玲央ちゃんに振られたの」ハルミちゃんが笑った。

「えっ！」みんなが驚いた顔をした。

「ウ、ウ、嘘だろ！」佐々木さんが顔を天井に向けた。「あの受験生が。はあ、失恋かよ。ア、ア、アホか」

「私、もうひとり振られた人を知ってるよ」ハルミちゃんが再びニヤッとした。

「言わなくていいよ。そんなこと！」二宮君がハルミちゃんを睨んだ。

「オ、オ、おまえもか！」と佐々木さんが二宮君に顔を近づけて言った。

「違うよ。そんなんじゃないよ。俺は」二宮君が口ごもった。

「あのね」と僕は笑いたくなった。「これでうちも一人前の劇団というわけだ」

「どういう意味ですか？」中堂さんが興味深そうな目をした。

「プロの劇団でもね、男と女の色恋沙汰がいっぱいあるんだよ。若い男と女がいるんだもの、それはやっぱり、しょうがないよ。役者というのはそもそも恋愛好きな種族なんだな」

「トリさんも経験あるんですか？」久美さんがニヤニヤして訊いた。

「僕はないよ」さらりとかわした。

「嘘つき！」みんなが大声を揃えた。

「トリさんはスケベだもの。絶対あるよ。顔を見れば超スケベだってわかるよ」久美さんが力を込めて言った。

「やっぱりわかる？　認めますよ。だけど超ってことはないだろうよ。でも、やっぱり超かもしれないな」僕が頭を傾げるとみんなが笑った。

「コワッ。トリさんに気をつけよう！」美紀さんが笑いながら言った。

「違います。トリさんはそんな人じゃありません！」突然、前田さんがむきになって弁護してくれた。「トリさんはそんなことしません！」涙を流さんばかりの抗議だった。

「ありがとうございます」僕は赤くなりながら前田さんに頭を下げた。それをまたみんなが笑った。

「それにしても田中の奴、離院なんかしなくていいのにな」とマスターがため息をついた。

「リインって？」ススム君が真剣な顔でマスターに訊いた。

「ム、ム、昔は脱走って言ったんだけどな」佐々木さんが教えた。「ダ、ダ、黙って病院を抜け出ていくことだよ」

「脱走か……」陽ちゃんがケラケラと笑った。「昔はまさに大脱走だったよな。金ちゃんなんか大脱走の名人だったもんな」

「俺も若かったからなあ」と金ちゃんは頭を掻いた。

「ねえ、なんで脱走なんかしたの？」とススム君が不思議そうに尋ねた。

「えーっ、なんで、かだって？　オイ、オイ」陽ちゃんが驚いた声をあげた。

「そうか、知らない若人たちもいるわけだ」感心したように頭を振るとしみじみと言った。「あのね、昔はさ、精神病院というのは窓には鉄格子が全部塡まっていてね、いまでもそういう病院がたくさんあるけど、もう人間が生活するようなところじゃなかったんだよ。患者なんか人間扱いされなかったもんな」

「食事はひどいし、煙草は一日三本、手紙はチェックされるし、いつだって逃げ出したいって思ってたもんな」とマスターが付け加えた。

「信じられないだろうけど、面会なんて看護人が監視していて、病院への不満なんか少しでも洩らすものなら、あとで木刀持った奴らに半殺しの目にあったもんだよ。だいいち医者の診察なんて一年に一度あるかないかだったよな。あってもさ、『どう調子は？』それだけだぜ。あれにはまいったよ。『もう刑務所なんてもんじゃない』ってムショ上がりの男が話していたもんな。『俺は刑務所に戻りたい。あそこには自由があるから』っていうから笑っちゃうだろ。信じられないだろうけど、そうだったんだよ。ほんとうに」

陽ちゃんはそう言って風車が回るようにケラケラと笑い声をたてた。

「オ、オ、俺が前にいた病院なんて、イ、イ、いまでも薬を飲ませて寝かせているだけなんだぞ。ホ、ホ、ホ、保護室なんてひでえ匂いでさ。ブ、ブ、豚小屋なんてもんじゃなかったよ」と佐々木さんは苦々しい顔をして言った。「カ、カ、看護人なんか人を殴るのが仕事だと思っているんだから、まいっちゃうよ。ほんと」佐々木さんの目に涙が浮かんでいた。

「ネッ、そういう病院を脱走して捕まったらどうなるの？」ハルミちゃんがマスターに訊いた。「そりゃあデンパチだよ」とマスターがうなずいた。

「デンパチって？」とハルミちゃんが真剣な顔をした。

「電気ショックのことだよ。頭のここに電流を流すんだよ」二宮君が自分のこめかみに人差し指をあてた。「ハルミちゃんは経験ないの？」

「僕はあるよ」とススム君が自慢気に言った。

「へえ…」ハルミちゃんがススム君を見た。ススム君はにっこりうなずいた。

「昔はなにかあるとあれをやられるのよ。私なんかもう何百回やられたかわからないわ」

いままで台本に目を通していた中堂さんが、突然昔のいやなことを思い出したように苦々しい顔をした。

「あの恐怖ってものすごいものなんです。患者がちょっとでも暴れたり、言うことをきかなかったりすると、看護人なんか『てめえらデンパチやられたいのか！』って脅すんです。それだけでみんなおとなしくなるんです。私なんか麻酔もかけられずにやられたことが何度もありますよ。トリさんも一度やってみたらいいんですよ。あれがどんなものか」中堂さんは僕に向かってそう言った。

「いやあ、ちょっと遠慮したいな」想像しただけでぞっとした。

「デンパチをずっとやられると馬鹿になりますよ。私がそうなんですから」

遅れてきて話の輪の中に加わった小泉さんが突然、真剣な顔でそう告白した。「ほうデンパチのせいですか？　小泉さんのは」と陽ちゃんがとぼけた。

「ハイ」小泉さんが畏まって答えると、みんながどっと笑った。

「俺もそうかなあ」マスターが冗談とも本気ともつかぬ顔をした。

「田中君も戻ってきたらデンパチやられるのかしら」ハルミちゃんが急に心配そうな声をだした。

「そんなことはないよ。ここは大丈夫だよ」と僕は少しむきになって言った。

「この病院はいい病院ですよ」小泉さんがハルミちゃんを慰めるように付け加えた。「先生も看護婦さんも、みんないい人たちですからね。ここは天国ですよ。作業療法もないし、ほんとうに。頑張るんですよ」

小泉さんがハルミちゃんを励ました。ハルミちゃんはこっくりとうなずいた。誰も小泉さんを笑わなかった。きっと彼女も昔は酷い扱いを受けてきたにちがいなかった。

「ここは天国なんだってよー」陽ちゃんが皮肉を込めた声でケラケラと笑った。

＊

玲央が戻ってきた。

ひょっとしたらそのまま帰ってこないのかもしれないという不安はあったが、彼女は律儀に戻ってきた（知らせてくれれば付き添ってきた母親がどんな人なのか見たかった）。青いスタジアムジャンパーとデニムのジーンズスタイルで顔は薄く化粧をしているようだ。

「ワオ、きれいになった。どうしたの？　玲央ちゃん」久美さんが驚いて声をあげた。みんなもオッと驚いた顔を見せた。玲央はニコッと笑った。

しかし、この後の時間を通して、どこがどうとは言えないのだが、以前の彼女と微妙に異なった雰囲気を醸し出ているように思えた。なにか物思いに沈んだような寂しげな表情から、突然必要以上に明るく振る舞うその落差が引っかかった。

稽古が再開され、アリスの後半部分の本読みを終えた後、玲央が台本完成のパーティーをやろうとみんなをけしかけた。とりあえず僕が玲央の外泊中に彼女の出番のラストの科白を書きあげたからだ。まだ完成とは言えないのだとしきりに僕は説明したが、みんなはパーティーという言葉に魅了されたせいかその気になってしまった。

「そうだな、玲央も戻ってきたことだし、ではちょっと遅い時間だけどティーパーティーを開きますか」としぶしぶ認めることにした。

会場の「ひまわりハウス」に庭を通って行く途中、玲央は二人の新人参加者を誘ったと言った。ムーミンと清ちゃん、二人とも五病棟の患者だという。

ムーミンとは田丸守男のことだった。ぷくりと太った体形と優しそうな顔はムーミンと言われてみればなるほどと思えた。僕が閉鎖病棟で勤務していた頃、保護室にいた彼に便を投げつけられたことがあった。東京の有名な進学高校の優等生だったということを看護婦から聞いたことがあった。もうひとりは宮本清一さん。習志野駐屯地の元自衛官だったという。

「清ちゃんは　習志野の空挺団にいたらしいよ」玲央が歩きながらそう言った。

「習志野の空挺団といえばレンジャー部隊じゃないか」

「コワモテだけどとても優しい人だよ。昨日まで閉鎖病棟にいたらしいの」

配役はすでに動かすことはできなかったのでふたりには仮装のリハーサルの場面に登場してもらえばいいと思い、とりあえず了解した。彼らは会場で待っているという。

「ひまわりハウス」のドアを開けると、すでにみんなはパーティーの用意をして待っていた。玲央が入り口近くにいた新しい二人を僕に紹介した。

「ムーミンのことは知っているでしょ?」と玲央が言うとムーミンこと田丸守男は緊張した面持ちで引きつった笑顔を見せた。

「彼は清ちゃん」

宮本清一は背が高く体格のいい、キリリとした日に焼けたハンサムな男だった。三十を超えたばかりだろうか。僕は相手が自衛官ということを聞いていたせいか「よろしく」と手を差し出すと、嬉しそうな顔で僕の手を両手で握り「宮本清一と申します。こちらこそよろしく」と頭をさげた。顔に似合わないどこか女性的な仕草が印象的だった。玲央が「清ちゃんと呼んであげて」と言うと清ちゃんは嬉しそうに笑顔を作った。

「さあ、パーティーだ。パーティーだ」と陽ちゃんがみんなを急き立てた。

窓の外はすでに薄墨色に変化していた。病棟では看護婦たちが帰宅の支度をそろそろ始めているころだ。

部屋の中央に寄せられたテーブルには、誰が活けたのかオレンジ色の百日草の花が小さな花瓶に飾られている。僕らはテーブルを囲み、愛さんたちが紅茶をセットし、それぞれがビスケットとお茶を口にした。みんなに台本の感想を聞こうと思っていると、小泉さんが真っ先に口を開いた。

「あのう、お聞きしてよろしいですか?」

「もちろん」と僕は言った。

「なぜ皇后陛下は天皇陛下に〈あなた首をちょん切りなさい〉なんて恐ろしいことを言うんですか?」小泉さんの目は真剣だった。彼女は「アリス」に登場するトランプのハートの女王がヒステリクに叫ぶシーンを真似た個所を指摘しているのだ。

みんながどっと笑った。

「またあ、もうやめてよー」とハルミちゃんがテーブルの上にどさっと俯せになった。ハルミちゃんがそう言うのも無理はなかった。小泉さんは分裂病によくみられるような病状で、あちこち話が飛んで理解できなくなることが多いのだ。

「うまく答えられないかもしれないけど」と僕は小泉さんに答えた。

「アリスの童話にトランプの女王が出てきて〈首をちょん切れ!〉というシーンがあるんだけど、それを拝借したんだ」僕は小泉さんを説得させる自信がないまま説明した。

「そうですか、私はマリー・アントワネットのときのようなギロチンは嫌いなんです。私、革命は大嫌いです」

「カクメイ?」

僕は彼女から発せられたカクメイという言葉が、あまりにも日常的な彼女の生活感覚として発せられたことに驚いた。

「そうですよ。革命の好きな皇后陛下なんているわけありませんでしょ」

「だろうね……?」

僕は彼女の強い断定がどんな世界観から発想されたのかわからないまま、うなずいた。

「でもこのヒステリックさがあのトランプの女王を連想させるからおもしろいよ」と玲央が言った。

「そういう恐ろしいことはいやなんです私。皇后さまはもっとやさしいお方なんですよ」小泉さんはテーブルにこぼれている水を人差し指で押しつけながら言った。

「皇后さまって誰？」美紀さんがやさしく訊いた。

「誰って、皇后さまです」

「皇后さま？」美紀さんが驚いた顔で訊いた。

「そう、皇后さまは私のやさしい叔母さんなんです」小泉さんはなんの躊躇いもなくそう伝えた。自分が皇族の血筋にあるという誇大妄想の話は昔の精神病院でよく聞く話ということだったが、彼女にもその妄想があることに驚きだった。

「わかった。わかった」久美さんが話を収めようと乗り出した。「実際の皇后さま、小泉さんの叔母さまはそうかもしれないけど、これはお芝居のことなのよ」久美さんはそう言い、隣の席の中堂さんに「ねえ」と同意を求めた。中堂さんはにっこり微笑んだが口を挟まなかった。

「よくわからないなあ」陽ちゃんが首を傾げながらつぶやいた。

「とにかく革命を煽るようなことを言っちゃあいけないと思うんです。連合赤軍みたいなことはいけませんよ」

どうしたのだろう。この日の小泉さんはやけに冴えている。僕はどう答えようか迷っていた。

「ナンセンス！」玲央がテーブルを指でトンと叩いた。「なぜ革命を扇動しちゃいけないの。抑圧されたもの、差別されたものの当然の要求じゃないの」

「差別されているって誰のことですか?」きりりとした顔で小泉さんが玲央に反論した。

「私たちのことでしょ。それともあなたは差別されてないと思うの?」逆に玲央が小首を傾げた。

「差別なんかされていません、私は。だってみんな親切ですよ。それはあなたの僻みですよ。そういう気持ちでいるといつまでも病気は治りませんよ」

小泉さんはそんなふうに言い返した。僕はもう少し成り行きを見守ることにした。

「そうかしら、小泉さん。あなたも自分が精神病患者だということで偏見や差別を受けたことないの? 正直に考えてみて。いっぱいあるでしょ? 気持ち悪がられたり、怖がられたり、ただ病気だというだけで……病気と言ったって意味のない偏見じゃないの」玲央はそう言うとムーミンから煙草を受け取ってライターで火を点けてもらった。なぜか玲央の目に涙が浮かんでいた。

「オ、オ、オレはあるよ。差別されたこと」佐々木さんが口をとがらせて訴えた。

「私だってあるよ。そういうこといっぱいさ」ハルミちゃんが憤懣やるせないという顔をした。

「私たちは差別とか偏見とかそういったものと闘っていかなければならないわけでしょ。私たちにだって普通に暮らす権利があるのよ」玲央が興奮気味に声をあげた。

「ソ、ソ、そうだ!」

佐々木さんが興奮して拳を振り上げた。マスターが目を閉じ、腕組みをして聞いている。金ちゃんは礼儀正しく背筋を伸ばし両手を両膝に乗せ、顔を天井に向け、話の内容を整理しているようだ。二宮君はモクモクと煙草の煙を吐き出し、ススム君はさかんに欠伸をし、田中君は鼻毛を抜いていた。アキさんは窓越しに病棟のほうをじっと見ている。中堂さんは指でテーブルになにかの字を書いていたし、陽ちゃんは頭をしきりに左右に傾げていた。久美さん、愛さん、美紀さん、前田さんは黙って俯いて話を聞いていた。この日、初参加のムーミンは始終笑みを湛えながら玲央の隣で煙草を吸い、清ちゃんは玲央が話すと大きくうなずいている。玲央が続けた。

「いい？　私たちの病気というのは人間関係の歪み、捩れ、軋轢、家族や社会からの抑圧ストレス、そして自分自身へのストレス、そういった中から生まれたといっていいものなのよ。あるいは脳の中のホルモンのバランスが少しおかしくなっているということもあるらしい。だからってなんなの。私たちは根源的なより全体的な人間の回復を目指す闘いをしなくちゃならないの。そもそも私たちが入っている精神病院なんてものは隔離の発想から生まれてきているものなのよ。こういうところに入れられて精神病患者のレッテルを貼られて、差別されるわけなの」

どうしたんだろう。玲央の話ぶりは昔、大学のキャンパスでスピーカーから聞こえてくるような質の言葉がつづいている。椿さんから感化されたのだろうか。これが玲央の言葉とは思えなかった。どこか自分でも充実しているようには感じられなかった。やはり外泊中になにかあったのだろうか。

「私は」小泉さんは視線をテーブルの上から玲央のほうに移した。「みんなに幸福になってほしいんです。だから『首をちょん切れ』なんていうことは言ってほしくないんです。人類が平和であるように私たちは努力しなければならないのです。私は共産主義が嫌いです」

「ちょっと小泉さんの言っていること、うなずけない」玲央が冷たい笑みを浮かべた。

「あのさ」陽ちゃんが頭を掻きながら言い出した。「ちょっと混乱しているんじゃないかなあ」

「そうよ、混乱しているよ」ハルミちゃんが何度も小さく肩を上下に揺すっている。

「小泉さんは皇后さまの科白のことを言っているわけでしょ？　玲央はなんだか違うことを言っていると思うんだけど。俺、頭が悪いからよくわからないけど、違う？」陽ちゃんが僕のほうを見た。

「なんだか、そうみたいだね」と僕はうなずいた。

「要するにさ、小泉さんは皇后さまが『首をちょん切れ』なんて言うのはおかしいというわけだろ？」と陽ちゃんが自分の困惑をとぼけたように整理した。

「はい」小泉さんは同意を得たとばかりこくりとうなずいた。

「でも玲央さんはなんだっけ、全体的な人間性を回復するために闘いをするとか……ちょっとそういうの、俺にはわからないんだよなあ」

陽ちゃんがしきりに首を傾げた。と突然、挙手をして元保母の吉田さんが立ち上がった。

「こうしたらどうでしょう？　多数決で決めたらいいと思います」そう言って椅子に腰を下した。

「多数決ってなにが？」陽ちゃんが吉田さんに訊いた。

「『首をちょん切れ』という科白をなくすかどうかです」と吉田さんはきっぱりと答えた。全体がどよめいた。

「おい、おい、おいっ」と陽ちゃんが笑いを抑えようと口に手を当てた。「それはないでしょ、それは。それじゃあ、トリさんの立場がないでしょ」

いままで黙って煙を吐き出す煙突男になっていた二宮君が突然馬鹿笑いをした。

「サイコー。最高のマッドパーティーだよ」

玲央が両手を胸の前で握った。吉田さんは奇妙な顔して黙っていた。僕は陽ちゃんが言うように立場を失いはしなかったが、実際のところ白旗を揚げて降参寸前だった。

「吉田さん、トリさんにもプライドはあるんだぜ」二宮君がヒイヒイ笑いながら言った。「ねえ、トリさん」

「僕のプライドなんか捨てているから構わないよ」

「ああ、トリさんが拗ねてる」久美さんが僕を指さして笑った。

「あっ」吉田さんが小さな驚きの声をあげた。「ご免なさい、私そんなつもりじゃなかったんです。ご免なさい」

吉田さんは顔を真っ赤にして俯いてしまった。たぶん玲央が革命などというものだから民主主義を連想し、多数決に結びついたのだろう。

「いいんだよ。吉田さん、勘違いだということわかっているから。それにみんなからいつも傷つけられているし、僕のプライドなんかズタズタにされてもうないんだよ。でも多数決は勘弁してもらうとして、こういうふうに考えたらいいんだよ。小泉さん」僕は小泉さんに話を戻した。「人間誰だって気に入らないことがあったら、バカヤローとか言って鬱憤を晴らしたいことがあるでしょう？〈おまえは死ね〉とか言ってみたくなることがあると思うんだけど、そういう気持ちわかるでしょ？そんなふうに解釈したらいいんだよ」

「あの方はそんなひどいこと思わないですよ」小泉さんは憮然として言った。

「いや皇后さまのことじゃなくて、小泉さん個人のことさ。なにかイライラして『おまえなんかいなくなれ』って思ったりすることあるでしょ。小泉さんだって」小泉さんは考え込んでいた。僕は続けた。

「だから『首をちょん切れ』というのは相手に自分の不満をぶつけるということでいいと思うんだけど、単純に考えてさ」

「私は皇后さまと同じ気持ちでいたいと思います」

みんながまたざわめいた。彼女は病院の外では暮らしていけないだろうなと思った。

「だって皇后さまの気持ちなんかわかるはずないでしょ。小泉さんには」ハルミちゃんが呆れたように声を放った。

「わかりますよ。私には」小泉さんはことさら力むこともなく当然のような顔をした。

「まいったね」佐々木さんが天を仰いだ。

「よく言うよな」ムーミンがニコニコして隣の清ちゃんに笑いかけた。清ちゃんはムーミンに笑顔を返した。清ちゃんは優しい人だと思った。

「いいかな、これだけははっきりしておきたいのだけど、あの科白は仮装大会で皇后の仮装をするけど、皇后さまではない。だから皇后さまの性格にはこだわらないほうがいいと思うけど」そろそろケリを付けるために、僕は絶対者のような口ぶりで断定的に言った。

小泉さんはまだすっきりとしないようだったが、僕はこれ以上、その科白については触れたくなかった。とにかく彼女には今日のところわかった振りをしてもらわなくてはと思った。

「それじゃあ玲央ちゃんの言ったことは関係ないと考えていいんですか?」

陽ちゃんはみんなのために整理したというよりも、彼の潔癖性から僕に訊いたようだった。

「関係あるわよ」どうしたのだろう？　玲央の目に涙が溜まっていた。

「あなたは口を出さなくていいんです」小泉さんが人差し指と中指でテーブルをピシャリと叩いた。

「あなたも黙ってなさいよ！」

ずっと黙っていた、いやずっと我慢していたアキさんが小泉さんを怒鳴った。小泉さんはその声にびっくりしたのか「ハイ」と弾けるように返事をした。

「あのね」なんだか申し訳なかったが僕は笑いをかみ殺した。「直接には関係ないと思うけど、玲央の言っているのはあくまでもテーマであって、もっともこの芝居がそのテーマを持っているかどうかは別だけど、一つひとつの科白はやっぱりその人のリアリティ」僕はリアリティという言葉を他の言葉に言い換えなくてはと思った。「その人が一番ほんとうにその人らしく感じるための根拠というか、感覚を見つけて演じるべきなんだよ。ひとつの科白が自分のなにを刺激するかということなんだけどね」

僕は説明しながらまるで学生演劇の演出家みたいだなと自嘲した。玲央を意識するとどうもこんなふうになるようだ。

「じゃあお尋ねしますけど」と玲央は言った。「いまあなたは演ずる人のリアリティって言ったけど、それはどういうこと？　どういうことになるとリアリティがあるということになるの？」できれば避けて通りたい種類の質問だった。

「簡単に言うと自分に嘘をつかないで、演じられる感覚というか、そういうものがあると思うんだけど、その感覚のことだよ」

「自分に嘘をつかないというのはどういうこと?」

玲央が重ねて訊いた。僕はこの場で彼女との問答を続けていくべきかどうか迷った。周りの状況が気になった。ハルミちゃんなどはテーブルに俯せになっている。

「ねえ、みんな少し聞いてくれる。いま大切なところだから」僕はみんなの注意を引きつけてから話した。「たとえばね、老人の役があるとするでしょ。自分にとって嘘をつく表現というのは、老人というと腰が曲がっていてなんとなくよぼよぼしているという老人のイメージを演じることなんだ。一般的なイメージに頼らずに自分が感じている老人を演じる。それが自分の表現なんだよ。以前、イメージの稽古をしたことがあると思うけど、あれを思い出してほしい」

「そこよね。問題は」玲央が両手を合わせた。「狂気を演ずるには、どう表現すべきか。そこなのよ。問題は」

「狂気?」僕は予期しなかったその言葉に驚いた。

「そう、狂気よ。狂気をどう演じるかっていう問題なの。アリスを演じる場合はね」

俯せになっていたハルミちゃんが身を起こして落ち着かないような目をして、辺りを窺っている。気まずい沈黙がハウスの中に生まれた。

「虚実皮膜論というわけかな」

二宮君が席を立ちながら言った。僕は彼の動きを目で追った。彼はトイレに立ったのだ。

「虚実皮膜論ってなに?」美紀さんが僕に訊いた。なんて説明したらいいのか難しかった。

「面白い芸というのは、嘘、つまりフィクションと事実の微妙な間にあるというんだ。事実だけではなくウソというかフィクションがあるからこそ、より面白い芸になるっていう歌舞伎の演劇論なんだよ」

「難しそうだからもういいわ」と美紀さんが肩をすくませて笑った。場の雰囲気が微妙に変化したのをきっかけに僕は玲央を見て言った。

「君の言ったことは稽古のときに具体的に検討していこうよ。いまの話を続けていってもだんだんと抽象的になっていくだけだから」

「わかった」と玲央が言った。「でもあなたが言う一般的なイメージではなく自分の感性で演技するということは狂気の演技にも当てはまるはずでしょ」

確かにアリスは精神病院の患者ということになっているから理屈の上では狂気の世界も含まれるが、芝居はアリスの病の部分にスポットを当てたわけではない。しかし患者の演技を突き詰めていくと、その病の狂気の部分に触れざるを得なくなるのかもしれない。なぜなら演ずる役者が患者そのものなのだから。もっともそれには前提条件があり、自分の病に直面するというそんな本質的な場面を僕が台本上で設定し得たらということだ。だが、いま稽古をしているストーリーでは自分の病を誘発したり、もしくはその人の病巣に触れるような科白があるとは思えなかった。

それにしても玲央の言う狂気のリアリティーとは僕たちにしてみれば奇妙な位置にある言葉にちがいなかった。そもそもこの舞台においては狂気のリアリティを追求することなど必要ないといえば言えるのだった。なぜなら精神病院患者が精神病患者の役をやるといえば、それ自体ではじめから狂気のリアリティは保証されているのだから。芝居を観る側にいやでもちゃんとそういったフィルターがかかっているからだ。そのフィルターをこの芝居は逆手にとりたいと思っているのだ。

♪アリスちゃん　アリスちゃん
お昼寝覚まして　起きなさい
皇后陛下も天皇陛下もみんなみんな夢の中
小泉さんも夢の中
そういうオイラも夢の中
アリスちゃん　アリスちゃん
お昼寝覚まして　起きなさい
お目々をこすって　起きなさい

トイレの中から二宮君が即興で作った歌が聞こえてきた。みんなどっと笑った。小泉さんも笑っていた。僕は二宮君の即興の歌に感心した。「最高ね」と玲央が言った。

まわりの空気が緩み、みんなが銘々にお喋りに興じた。

僕らのティー・パーティーは帽子屋や三月ウサギやネムリネズミの主催するティー・パーティーとは異なり、いつまでもストップした時間の中で続けているわけにはいかなかった。僕はすぐに気がつかなかったが、椿さんが部屋の隅で僕らのパーティーの様子をパイプを燻らせながら見ていたようだった。

僕はみんなに芝居のチラシに載せる芸名を考えてきてほしいと宿題を出し、お開きにした。みんなは名残りおしそうにそれぞれの病棟に帰っていった。

「楽しい時間だった」清ちゃんが外に出ると言った。

「よかったわね。ムーミンは？」玲央が訊いた。

「楽しかったよ」ムーミンが笑顔になった。

玲央がムーミンと清ちゃんの手をとって三人で病棟のほうへ歩いていった。

「バイバイ」玲央が僕のほうを振り返って言った。

「トリさん、明日いろいろお話ししたいです」清ちゃんも振り返って言った。

「いいですよ」僕も手を振って応えた。

見上げると、真ん丸な月が出ていた。

*

パーティーの翌日、約束通り清ちゃんと稽古の前に一時間ばかり「ひまわりハウス」でお茶を飲みながら話をした。

彼は玲央から誘われ、芝居をやってみたいと思った理由は、いままで自分で想像もしてもいなかった世界のことだったからだと言った。でも演劇を指導してくれる人がどんな人なのかわからないうちは、まだ迷いがあったという。でも昨日、僕を見て決めたという。嘘つきじゃない顔だったからだという。穴があれば入りたい気持ちだった。

彼は元習志野の第一空挺団空挺教育隊の一曹だった。日本の旧陸軍で言えば兵長か曹長という位で、下士官の長だ。パラシュートによる降下訓練の指導をしていた。C-130という輸送機から降下訓練をやっていると、風の匂いで空の状態がわかるようになるのだという。僕は感心してパラシュート降下の話を聴いたが、彼は退職の理由についてはあまり話したがらなかった。彼ははっきりと言ったわけではないが、自分がゲイであり、その口振りではそのことと仕事場での絡みが大きな悩みになっていたようだった。

彼は典型的な躁鬱病だった。テンションが高くなると、女言葉が出てくるらしい。いまでは普段から女言葉を使うようになってしまったと言っていた。一か月ほど閉鎖病棟にいたことも僕は知らなかった。彼は鬱状態でほとんど外に出なかったからだ。

今回はちょっとしかない出番だが、この劇団が街の市民ホールでやると聞き、その勇気ある行為にぜひ参加してみたいと思っているとも言った。

「この劇団の人たちはみんなほんとうに心根のいい人ばかりで、一緒にいることが楽しくて仕方ありません」と目を輝かせて言った。「私を誘ってくれた玲央ちゃんはほんとうにステキ。あの子が大好きです。彼女が言ってくれたんです。ここに来たらすべてに遠慮しないで、自分を解放したらいいと。演劇は自分を解き放つのに勉強になるって言ってくれたんです」

「たしかに自分を解放するためには訓練が必要だけど、きっかけさえ摑めたらいい気持ちになれると思う。出番と科白は今回、少ないけど、それがかえっていいかもしれない」僕は彼のためにシンデレラの台詞を用意してきた。原稿を渡すと清ちゃんは嬉しそうに「嬉しい。ドレスを着られるんですね。すぐに覚えます」と両手を胸の前で組んだ。「私のことわかってくれたんですね。ありがとう。トリさん」

僕は腕時計を見て「よし、行こうか」と清ちゃんを促した。

倉本さんが再び、稽古の見学にやってきた。みんなとの再会を喜び合った。玲央は満面の笑みを浮かべ、古い親友に会ったように肩を抱き合ってはしゃいでいた。

二宮君は倉本さんが女子大生だということにハイになっている。女子大で心理学を学んでいるというファクターが玲央もそうだったが二宮君にも刺激的なのだろう。

その日の稽古を始めた。いよいよ玲央がアリスに取りかかるのだ。

まずは少女が公園を出て家に辿り着き、父と母との絡みの場面だ。玲央、マスター、そして小泉さんが台本を持ち舞台に上がった。不安そうな顔をしたマスターと小泉さんに比べ、玲央は目を閉じ、いかにも集中していますといった態度で僕の合図を待っていた。僕は両手を打った。

暗闇の中にスポットが当たり、アリスが浮かび上がる、

アリス　タダイマア。（間）やっとお家に帰れたわ。お家はやはりいいわ。タダイマア。タダイマ。

あれ、おかしいな、返事がないわ。私よ、帰ってきたのよ。タダイマ。どうしてオカエリナサイと言ってくれないの。どうしたの、私なのよ。

皇后陛下と天皇の衣装姿の男女が現れる。

アリス　タダイマ。
皇后　タダイマ？（夫の顔を見る）
天皇　タダイマ　ってねえ……
アリス　そうよ、タダイマって言ったらお帰りなさいって応えてくれるものでしょ。
皇后　そうです、いつも私どももそう応えていますよ。それが普通です。
アリス　そうでしょ。ああよかった。やっぱりお家はいいわね。
天皇　お家って、ここは……
アリス　（欠伸する）ああーー。
皇后　あなた、欠伸してるわ、この子。しかも口に手も当てずに。
アリス　私とっても疲れているの。やっとお家に帰れたんだもの……あっち、こっちでいろいろあったの、もうたいへんだったんだから。
天皇　あの、お家ってなにか勘違いなさっているんじゃないでしょうか？
アリス　勘違い？　そうなの、私もう慣れちゃっているの、だからもう気にしていないわ。

天皇　そんなふうに言われても……なあお前。
皇后　そうです。気にしますよ。
アリス　だから出ていってほしい。そう言いたいんでしょう？
天皇　ええ、まあ、そんなふうに言いたくはないんだけど、きっとなにかご事情がおありなんでしょうけど……
アリス　そうなんです。ちょっとした事情があってなの……
天皇　それで、そのご事情というのは？
アリス　いやだわ。お父さんたらそんなにかしこまって。（笑う）
皇后　まあ、お父さんだなんて！
天皇　困りますよ、突然お父さんだなんて。誤解されるじゃないですか。私はいたって、ずっと品行方正でそんな身に覚えないんですから。ほんとに。
皇后　あなた、どういうこと？　お父さんだなんてどういうこと？
天皇　違いますよ。ほら妻が誤解してるじゃないですか。困りますよ。そういうのは。
アリス　誤解じゃないですよ。お父さんはどう考えたってお父さんでしょ。
天皇　困りますよ。そんな無茶なことを。ごらんなさい。妻の目を！
アリス　なに考えているの！　お母さん。
皇后　お母さんて、私のこと？　はあ？
アリス　なにを言ってるの、お母さん。いったいどうしたっていうの？

皇后　やだわ、あなた。この子、私のことをお母さんだって。
天皇　あのー、ほんともう。どちら様ですか？　あなたは？
アリス　あれ？　お父さんもどうしたの、ねえ、なに冗談言ってるのよ。私疲れているんだからそういう回りくどいお遊びはあとにしてほしいわ。
皇后　ちょっとあなた、いったいあなたはどういうつもりなの？　人の家にノコノコ上がってきて。
アリス　まあ！　なんてことを。自分の家に帰ってきたのよ。いくら夢の中だからと言ってもう少し優しく迎えてくれてもいいんじゃないの。怖い夢はもうたくさんなの、私。せっかく帰ってきたのに出ていけなんて言われるのは辛いわ。

本読み段階では、自分の演技の感覚を捕まえるまでは棒読みでも構わないと玲央に指示してあるので、この段階で彼女の演技を評価するつもりはない。なのに、なぜか玲央はしきりに頭を傾げながらしっくりとこないような様子だった。皇后を演じる小泉さんと天皇役のマスターは台本を読むのが精一杯で玲央とかみ合うはずもない。まあそれは仕方がないとしても、玲央の頭の傾げ方が気になった。

「どうしたの？　なにか引っかかっているのかい」と僕は玲央に尋ねた。

「夢の中……それとも現実……」と玲央はひとり言をつぶやき僕の質問には応えなかった。「アリスにとって現実なの、そう現実なの……」玲央はじっとなにかを思案していた。

もう一度、三人に舞台の上で本読み兼立ち稽古をさせたが玲央の演技には先ほどのもの以上に変わったところは見えなかった。

稽古が終わったあと、僕と玲央と倉本さんは「ひまわりハウス」に寄った。僕が倉本さんと二人で帰ろうとすると、玲央が倉本さんの手を離さなかったのだ。仕方がないので一時間だけ話をしようということになった。

ハウスには椿さんがいて、パイプを燻らせながらいつものようにフォーレの「レクイエム」を聴いていた。椿さんに倉本さんを紹介すると彼は椅子から立ち上がり彼女と握手した。倉本さんはこの曲は自分も好きだと言って椿さんの顔をほころばせた。僕はキッチンからコーラを窓際のテーブルに運び、三人でそこに腰かけた。

「椿さん、ここでお喋りしていても邪魔にならない?」玲央が断りを入れると、椿さんは「どうぞ」と笑顔を見せた。

「ここから夜の病棟が見渡せるんですね」カーテン越しから見える病棟の明かりを倉本さんが眺めながらつぶやいた。明かりの中には患者の姿が見えた。

「倉本さん、どうだった?　稽古を見て」玲央が倉本さんに訊いた。

「面白かった。中堂さんと二宮さんとの絡みのところも、玲央さんのところはこれからどんなふうに稽古が進むのかとても興味深かった。私が気になったのはアリスが家に戻った場面で、家にいた天皇と皇后は少女にとって本当の父と母に見えたのか、夢の中だから父と母が異なった顔をしていても気にしないと思ったのかよくわからなかったんだけど、玲央さんはどういうところで演じているんですか?」倉本さんがコーラの中の氷をストローでいじりながら質問した。

「そう、いい質問だわ。そこのところは私も引っかかっていた」玲央もストローでコーラを軽く吸い僕を見つめた。「私はここで少女と両親の問題が出てくるのではないかと思っていたんだけど、軽くかわされた気がするのね。でも考えてみれば、よその家に上がって両親と話を交わすわけだから、ここは狂気というか妄想の中だと思うのね」

「ということはあの二人を実際の両親だと思い込むという意味ね」と倉本さんが玲央に訊いた。「あそこで家族というか個人の問題が起きても不思議じゃないわよね」

「でしょう?」と玲央が言った。「そういうことですって。高鳥さん」

「台本の話? なにか問題があるわけ?」と僕は煙草に火を点けながら二人の言葉を待った。

「あの場面でアリスがウサギの穴に落ちた理由の一端が見えても、おかしくないなと思ったんだけど……」倉本さんが僕を見て言った。

「鋭いわ。倉本さん、私もそう思う。そういうことなんだよ」玲央がうなずいた。

「そういう質の異なる芝居をあそこではやれないよ。つまり君たちはあの場面で、個人の病状に触れるような背景がほしいと言っているのだろう? まあわからなくはないけど、そこを突き詰めていくと、少女の病理の背景が展開されることになるだろ。そうなるとアリス個人の事情を展開することになるんだ。家族の問題とか、そんな話を残念ながら僕は書けないし、作らないほうがいい」

いつだったか倉本さんがサイコドラマのことを僕に尋ねたことがあったが、彼女はアリスの病状を認識していくドラマに興味があるのだろう。確かにそういう作り方もあるのだろうが、僕はアリスの病状に触れたくなかったのだ。なぜなら病とはそれぞれの成育史や家の問題によって微妙に異なるはずで、それは僕の力では描くことができないと思ったからだ。それにこの病気の本質を浮き上がらせる視点を僕は持っていなかった。

しかしいまの台本とは異なった描き方はできたかもしれない。それはアリスが家に帰ってきたときに父母だけでなく兄弟、学校の先生、近所のおばさんらがどっと現れてアリスを追い詰めていく。つまり日本の共同体の在り方がアリスを責めていくというような芝居は書けるかもしれない。しかも彼らは仮装行列の人々の姿をしている。つまりアリスを夢から覚めさせずにアリスの逃げ場をなくしていくというストーリーも考えられた。しかしそれはあくまでも作りえない贅沢な発想だ。演技力、稽古の期間などを考えれば劇団「青い舟」ではとても無理な展開だった。

「でも私はそこをなんとか追求したいなあ」玲央が僕を見つめながら言った。「私がウサギの穴に落ちた背景を書いてくれたらものすごいものになるよ」

「君の病気の背景？」僕と倉本さんは顔を見あわせた。「君はなぜ病気になったかということを知っているというわけ？」

「狂気は存在するだろうけど、病気ではない。私はね」玲央がケロリとした顔で言った。

「それは面白そうだ。それは次回、玲央が書けばいいんだよ」

僕らの会話を訊いていたのか、椿さんが突然玲央にそう声をかけた。

「そうですよ、そうです。玲央さんが今度台本を書いたらいいですよ」倉本さんが賛成した。

「たしかに椿さんの言う通りだよ。次回は玲央に書いてもらおう」と僕も本気で思った。

玲央は返事もせずにじっとなにかを考えているようだった。椿さんが玲央を見つめていた。「レクイエム」の五楽章が甘美な合唱を奏でていた。

僕と倉本さんは津田沼駅に出て市川に向かった。彼女はあらかじめ「クリフォード」に遅くなると伝えてあったらしい。

電車の中は人々がそれぞれ物思いに耽っているような重い空気が流れていた。

「ねえ」と倉本さんが車内のドア近くの席で口を開いた。「玲央さんの芝居のことなんですけど、彼女のやろうとしていることは、かなりサイコドラマに近い突っ込み方のような気がするんですけど」

「というと?」

「芝居の役作りというよりも、家に帰った自分という問題にこだわっているんじゃないかなって。高鳥さんがいう科白の根拠を彼女は自分の家に帰ったという場面に設定して演技しようと思っているんじゃないのかしら」

「玲央は自分の病気の問題を、あの場面でどう展開させるかというところに求めているということかい?」

「そんな気がするんです。アリスがウサギの穴から脱出するために」倉本さんが小さく肩をすくめた。「サイコドラマ的にというか治療的にみると、本来、演技は彼女の思考をほぐして柔軟にしなければいけないのに、芝居をすることで、逆に自分の課題を狭めて掘っていくことになっていくような気がする……」自分の足元を見つめながら倉本さんが言った。

「演技は思考をほぐすって、どういう意味?」

「普通、役作りというのは、科白の根拠を自分の内面であれこれと自分の感性に即したものを手がかりにしていくって高島さんが言っていたでしょ。それって思考をほぐして自分を柔軟にしていく作業だと思うんです。でも彼女の場合は、どんどんと自分を突き詰めていくというか……」倉本さんは顔を上げて僕を見た。

「思考を柔軟にさせるべきものが逆になっている？」

「そんな気がするんです」彼女は小さくうなずいた。

「自由になろうとして、どんどん不自由になっていくということか？」

「よくわからないけど、彼女を見ているとそんなふうに思えます。あの場面はほんとうにいろいろな可能性を秘めていると思うんです」

「芝居は玲央を不自由にしていくっていうわけか」

「ちょっとそんなふうに思えたんです」

車窓には夜の街の灯が流れていた。電車の扉が何度か開閉し、人の出入りを繰り返した。

「私、稽古を見ながら思いました。彼女は必ずあの場面で、いろいろ反応を起こすような気がするって」

「どんな？」

「わからないけど自分の問題に引きつけて反応するんじゃないかって。だって患者にとって家って大きな問題が潜んでいるでしょ。そういうところを刺激する場面だからです」

「台本の科白は家に帰りたかった少女がようやく家に辿り着いて、ほっとして父母と対面する。それだけなんだよ」

「それでもリアルな自分の問題を突きつけられるんじゃないでしょうか、患者にとっては。いえ、玲央さんにとっては」

「リアルな自分の問題……どうしても話がそこへいくんだね」

「だって演技は自分の中にぴったりとした感覚を見つけないとリアリティがあるものにはならないといつも言っているでしょ。自分のことを突きつめていくとそういう風景が出てこないかしら」

「それは……君が意識しているサイコドラマからの視点という意味ではどうなの？　両親から拒否をされている自分をどう解決するかという問題になるわけ？　解決できないから病気になったんじゃないの。病気こそが自己表現だったんじゃないのかな」

「そうです。私もそう思います。解決できないから病気になった。その視点からドラマを展開させる方法があるんじゃないかって思ったんです」

「どういう意味？」

「母や父に個人的に思い切ってなにかことを起こすんじゃないでしょうか。無茶苦茶思いをぶつけるとか……」

「その場面をプライベートに表現するのか？」

「うん、でも一歩間違うと大変なことになるってこともわかりました」

「いつか君がサイコドラマを利用して、患者の治療に当たったらいいよ。精神療法以上の効果が出るかもしれない」

「ほんとうにそう思いますか?」

「理論的にはありうるかもしれない。療法としては。具体的には患者に全面的に信頼してもらう必要があるだろうね。その意味で治療者の技術がいるだろうな」

「難しいけど、あり得ますか?」

「うん、たぶんね」

「よかった」

「なんだい。よかったって?」

「だって端から馬鹿にされるんじゃないかと思ったから」

「馬鹿にするわけないだろう。博識ある君の考えなんだから」

「ほら、それが馬鹿にしているんです!」倉本さんが頰を膨らませて、ズボンの上から僕の太股をつねった。

「驚いた! 君がそんなことをするの!」

「しますよ。私」真面目な顔だった。

「まいったな」

「なにがまいったんですか?」笑顔もなくそう言った。

「いやいや、人は見かけによらない」

「そういうことです」倉本さんが声にならない奇妙な笑い方をした。

僕もその笑い方がなぜかおかしくて笑った。

ようやく僕らの間に淀んでいた重い空気が軽くなってきた。

「ねっ」と彼女は話題を変えた。「高鳥さんのやろうとしている芝居、すごいテーマを持っていると思います。玲央さんの能力をきちっと表現できたら、ほんとうに演劇として画期的な事件になると思うんです。でも玲央さんのテンション、少し高くなっていないですか？　なんだか鋭すぎて」

「そうなんだ、すべては彼女にかかっているよ」

僕は玲央を思った。別れ際の玲央のなんとも言えない表情を言葉にすることができなかった。「もし、この芝居ができなくなったら、芝居というものからいっさい手を引くよ。病院もやめるだろうな」

「それだけ本気だってことですね」

「うん。本気になっている。これだけは通したい」

「とにかくここまで来たら青い舟が難破しないようにしないと」

「うん、すべては玲央しだいだ。祈ってくれよ」

「嵐に沈まないように祈ります」倉本さんが笑顔で大きくうなずいた。

電車が市川に着き、僕らはホームに降りた。

帰り道、別れ際の玲央の恨めしそうな表情が頭から離れなかった。そして「玲央は芝居をすることで、より不自由になるような気がする」と言った倉本さんの言葉が気になっていた。

第七章　どこかに帰りたい……

僕が病棟の廊下をいつものようにモップで掃除をしていると、清ちゃんが僕のいる三病棟に来て「自分にもお手伝いさせてください」と申し出た。

「手伝いってなにを?」と尋ねると彼は「お掃除です」と神妙な顔で言った。「トリさんがお掃除をしているのを見ていると、なんだか申し訳なくて落ち着いていられなくなるの。自分は」と清ちゃんは畏まりながら言った。

「これは僕の仕事だもの。ぜんぜんそんなこと気にすることないですよ」と僕は頭を振った。「だいいちこれを取り上げられると仕事がなくなるんです。僕はね、モップがけをしていると仕事をしているっていう気持ちになるんです」と冗談交じりで言った。「モップがけは修行なんです。僕にとっては」と付け足し、清ちゃんに笑いかけた。「そんなこと気にしないでほしいな」

「申し訳ありません」と清ちゃんが頭を下げると「それはそうと、あのう……」とためらいがちに口ごもりながら言った。「玲央ちゃんのことなんだけど……」

「玲央がどうしたんです?」僕はモップを動かす手を止めた。

「あの、こんなところで話すのもあれなんだけど、最近玲央ちゃんと一緒にいる時間が多いんだけど、なんだか彼女、思いつめているような感じなの。彼女にこれから踏ん張ってもらわないと、困るじゃないですか。だけどなにかいままでと違うのね。これあくまで直感なんだけど」

「なるほど……」

「変なことを言ってごめんなさい」清ちゃんが頭を下げてから心配そうな顔になって「とにかく、気をつけないといけないと思うんです」と言った。

「たしかにそんな感じだね。僕も意識して彼女を見ることにします」

「そうしてください。すみません。よけいなことを口走ってしまって」彼はそう言った後、僕を見つめた。「あの、これもまたよけいなことかもしれませんが、自分が思うには玲央ちゃん、外泊してなにかあったんじゃないかしら？　男とか……」

「男？」

「いえ、いえ、例えばの話です」清ちゃんは肩をすぼめた。

「まあ、家に帰ってから……たしかになにかあったのかもね」

「さあ、そこはよくわからないんだけど、自分の勘ではそうじゃないかなって。まさか本人に訊くわけもいかないし、これぱっかりは……でしょう？」

「まあ、そうですね」僕はわけもわからないまま返事した。

「ほんとう、人間とはやっかいなものね」そう言って含み笑いをすると清ちゃんは小首を傾げ、手を可愛く振って去っていった。

僕はなんだか狐につままれたような気になりながら清ちゃんの背中を見送った。

清ちゃんが話した、玲央に関しての心配の種が僕に関係することだと知ったのは、その夜自宅に戻ってからだった。


倉本さんから電話があり、十一時にバイトを終えるから駅前の「スワン」で会いたいと言ってきた。彼女はあれからもう一度、稽古を観に来ていたが、「クリフォード」のバイトがあるので、急いで帰っていった。それもあってしばらく僕は倉本さんには会っていなかった。

「スワン」に赴くと、すでに彼女は待っていた。

「ごめんなさい。急に呼び出したりして」と倉本さんが声を潜めた。

「どうしたの？　珍しいこともあるもんだね。こんな時間に君から呼び出すなんて」

僕は煙草に火を点けた。彼女はしばらく黙って俯いていた。

「ほんとうにどうしたの？」僕は再び尋ねた。彼女がようやく口を開くと、「どうしようか迷っていたんです……」と俯き加減で言った。

「なにを」

「玲央さんと話したこと、言うか言うまいか……」

「あの、あとなにか話したの？」

「電話を教えてって言うから私の家の番号を教えたんです。それであとから何回か電話がありました」

「病院から？」

「そう、面会に来てほしいって」

「それで会いに行ったわけだ」僕は運ばれてきたビールを口にしてから言った。

「行ったほうがいいかと思って」

彼女はすぐには核心を口に出さずにまだ迷っているようだった。「私もビールを飲もうかしら？」

彼女は手に持っていた紅茶のカップに口をつけずにお皿に戻した。

「どうぞ」僕はウエイトレスに彼女の分のビールをオーダーしてから訊いた。

「話しにくいことなのかな？」

「というか、私がまだ整理ができていなくて、どういうふうに話をしたらよいかわからないからなんです」彼女は小さな声で言った。

「うーん、それは困ったなあ。君がそんなに口に出せないような話ってなんだろう？」

灰皿に煙草を揉み消しながら言った。ずっと伏し目がちだった倉本さんがおもむろに僕を見つめると力ない笑みを浮かべた。

「私、自分に自信がなくなったんです。これから進もうとしている仕事は自分には向いてないいんじゃないかって思いはじめたんです」彼女は運ばれてきたビールを一口飲んでからため息をついた。

それからようやくなにか決心をしたように口を開いた。

「話の要点がいくつかあって、私なりに整理して話します」

彼女は面会室ではなく、「ひまわりハウス」の隅のテーブルで玲央と話したという。

玲央が訊くには、心理学を学んでいる人の目に、自分（玲央）のことはどんなふうに見えるかと。その質問に対して倉本さんは臨床的に精神医学のことはよくわからないけど、単純に言って玲央さんは言語能力も、コミュニケーション能力も優れていてなにが病気なのかわからないほどだと答えた。

玲央は幼い頃の話をしたという。小学校に入る前から母親の勧めでバレエをやりはじめ中学のとき拒食症になったこと。自分はバレエをやめたいと思ったが母は強く反対した。母は自分の夢を自分に押しつけることで、自分が苦しんでいることさえ知らないような女でいまでも許すことができないという。

この病院に来て、演劇をやりはじめたのはアリスのウサギの穴に落ち込んだ世界を旅して、自分もアリス同様に現実の世界に戻ることとだという。まさに運命的なアリスとの出会いだったという。しかし玲央はこの物語のラストが気に入らないようだった。以前彼女が語った家に帰って夢だと知ったアリスはいつしか公園にいて雪の降る中で一人ぼっちで死んでいくという一編の詩的なストーリーにしたいようだった。アリスの死は私の再生なのだという。倉本さんの意見はどうかと訊かれたので、やはりいまの台本、つまりアリスをはじめ仮装大会に出た患者全体が決意、再生するイメージを取りたいと伝えた。アリスの死は患者そのものの死を連想させるきらいがあると話したという。

玲央はその意見から不機嫌な様子になり、私と高鳥とはどういう関係かと問われた。自分は演劇が昔から好きで病院の劇団活動に興味を持ち、高鳥さんからはいろんなことを教わっていると言うと、あなたは高鳥のことが好きなんだろ。そういう気持ちがありありと見える。そういう邪な気持ちをもって私たちの活動にかかわらないでほしい。高鳥の関心を引くような行動はやめてもらいたいと興奮気味に話した。玲央さんは二度と私に会いたくないと言った。だいたいがそんな話の内容だった。

「ショックだったのは私が高鳥さんから手を引かなければ、玲央さんは病院を変えて芝居もやめるっていうんです。まるで新派芝居です、これは。そもそもこの話だって私が黙っていて自然と離れてしまえば済む話だったんです。なんで私がこんな話を高鳥さんに打ち明けたのか……自分でも嫌になっています」

彼女はそう言うと視線を自分の足下に落とし黙ってしまった。僕は咳払いをした。その場の重くるしい空気を変えたかった。

「そうか……そんなふうに言われたら結構きついよな。彼女はそういうことを考えもなしに平気で言うんだよ。気にしないほうがいい」

「それはわかります。でも彼女は真剣だった。本気でした。それがよくわかったんです。玲央さんは高鳥さんに確実に恋愛しています」

「以前君が言っていた転移？」

「たぶん、そう恋愛だと思います……」

「転移ねえ。かもしれないけど、よくあるだろう。少女漫画なんかで、兄の近くにいる女性を敵視する妹というような……そういう妹感覚じゃないのかな」

「高鳥さんは女性というものをよくわかってらっしゃらないんです。怖いですよ、女性は」

「君がそんなふうに言うと、なんだかほんとうに怖く感じてくるから不思議だ」僕は笑いながら言った。

「どういう意味ですか?」僕を睨んだ。

「いやいや、君の話で思ったんだ。昔の話だけど、男を作って逃げてった女を思い出したものでね。彼女も怖い人だったのかなって……もっともすべては自分のせいなんだけど」

「ご愁傷さまです」倉本さんが薄い笑いを顔に浮かべた。

「笑った。人の不幸を笑ったな」

「笑ってません」笑いを我慢している顔だった。

「まあいいや。笑いは百薬の長」

「なんですか? それ」

「文字通り、笑えば健康になるってこと。君まで玲央の言葉で踊らされることはない。君はそもそも男なんかには興味がない知性の人なんだから」

「はあ? どういう意味ですか」倉本さんがむっとした顔をした。

「玲央が君と僕のことをどうこう言っても笑って済ませばいい話だってことじゃないか」

「高島さんは玲央さんのことをどう思っているんですか?」

「どう思っているって?」

「患者と看護助手あるいは演劇の指導者、それ以上の関係を超えた気持ちがあるんじゃないですか? それを玲央さんは感じているから」

「いや、まさか、そんな気持ちはまったくない。もちろん他の人よりも気持ちの交流は強いかもしれないけど、だいたい僕はあの子を面白い女性だと思っているけど女として感じていないから」

「そうですか……だとしたら安心しました」

「安心？　なんで」

「いいえ、なんでもありません。私にもチャンスがあるかなと思ったものですから」眼鏡のくもりを気にするような素振りをして僕を見ずに言った。

「えっ、なにそれ？」

「嘘、冗談です」

「冗談か……冗談にしてはずいぶんシリアスな表現だったな」

「忘れてください。お願いします。ハハハハ」と彼女は声を出して笑った。

「変な人だな」と僕は首を傾げ、明るく言った。それから煙草を取り出し火を点けた。「玲央は外泊中にやはりなにかあったんだろうな」

「たぶん、そうだと思います」と彼女はつぶやいた。

僕は紫煙を追いながら玲央の顔を思い浮かべた。

*

僕は倉本さんからの話を当然ながら玲央には黙っていた。

清ちゃんに指摘されるまでもなく、倉本さんが見学に来てから玲央にそれまでと異なった危うさが漂っているように思えたのは確かだった。玲央の演劇に対する思いがいままで以上に高まったのだろうか。あるいはそうした思いに紛れ込んで倉本さんや僕への感情が整理できずに渦巻いてきていたのかもしれない。

中堂さんと二宮君の稽古の後、女の入院患者三人が掃除をしている場面を稽古していたときのことだ。病院暮らしの切なさを嘆く女の患者三人がチェーホフの「三人姉妹」の科白を借りて演じていた。玲央はその稽古を見ながらぶつぶつつぶやいたり、食い入るように見ては大きくため息をついたり、あるいはひとりでいつまでもクスクスと笑い続けていたりしていた。それでもはじめのうちは舞台へのイメージを自問自答しているようなところが見受けられた。が、そのイメージが発酵状態になったらしく、突然シャンパンのコルクが弾けたように玲央はその言葉を他人に向けはじめた。

「舞台には風が必要なの。悲しいときに悲しそうな態度をとるのは風が吹かないわ。熱い風がイリーナの体から起きてくることが大事なのよ」

神託を告げる巫女のように舞台上の三人に言葉を撒き散らした。聞き方によっては表現論のイメージとしては適切な比喩に聞こえるが、稽古場のダメ出しの言葉としてはわけのわからない内容に思えても仕方ない。そのうえ彼女は演出家ではないのだから。

「なにゴチャゴチャわけのわからないことを言ってるの。あなたはいったいなんなの！」

久美さんが舞台の上から反撃した。「ほんとに、いったいなんなの、あなたは！　どういう立場でものを言ってるの、もうやめてよ」と怒るのは無理もなかった。アキさんも二人の罵声よりもっと大きな声で叫んだ。

「ほんとうに、そうだよ。ゴチャゴチャとうるさいんだよ、お前は。引っ込んでろ！　冗談じゃないよ」

「玲央さん、黙って見ていな。感想があればあとで、僕に直接言いなさい」玲央の発言を僕もたしなめた。言われた当人はしばらく黙っていたが同じような言葉を繰り返した。

「もう、いい加減にしろ！　静かにしていられないんだったら出ていけ！」

僕の怒鳴り声は自分でも驚くぐらい大きかった。「ちょっと頭を冷やしてこい」

「玲央さん、ちょっと外に行こう」

すかさず愛さんが玲央の肩に手を置き優しくささやいた。玲央は愛さんに促されるままぶつぶつ言いながら体育館から出ていった。


翌日玲央は稽古を休んだ。同室の患者に殴られたという。僕は稽古を終えると、やはり彼女の様子が気になり二病棟に足を運び、看護婦から彼女の具合を訊いた。

ぶつぶつつぶやく玲央の声が気になって苛立った患者が彼女を殴ったらしい。目蓋は腫れ上がっていたが、ケースワーカに付き添われ、近くの眼科で診てもらったところ視神経には異常はなかったと。ひとまずは安心した。

玲央に殴りかかった患者は攻撃性の強い中年の女性で、同室の全員がやられていたから玲央に特別の原因があるとは思えない。しかし彼女はこのところ深夜でもホールで独語していることが多かったからと看護婦は説明した。僕は勤務室で玲央が来るのを待った。勤務室は日勤の看護婦たちが帰ったあとでひっそりしていた。勤務室の奥のガスコンロの大きな薬缶から湯気が上がっていた。

二病棟のホールの灯りも点いていて、まだざわめいている。テレビはキャンディーズが「春一番」を歌っているのを四、五人の患者がぼんやり眺めていた。

色の浅黒い若い女が僕に興味をもったのか勤務室のドアを開けて入ってくると、僕の前でニヤニヤした。目をそらし窓の外を眺めると、その女はやはり廻り込み僕を見続けた。

「こんばんは」仕方ないからそう挨拶した。

「こんばんは」その女がニヤッとした。「ねえ話していい?」

「いまはちょっと用があるんだ。悪いんだけど、ごめんな」

「じゃあ、今度ね」女が寂しそうな笑顔を見せた。

「うん、そのうちにね」と僕はやさしく言った。

女はホホホホッと奇声をあげ勤務室を出ていった。入れ替わるようにしてジャージ姿の玲央が入ってきた。眼帯をしていて目許近くが赤く変色していた。

「私、会いたくなかったんだから、こんな顔で」玲央は頬を膨らませた。

「お見舞いに来たんだ。談話室に行こう」

「談話室?」彼女が不平そうな顔をした。

「だってその顔じゃどこへもいけないだろ?」

談話室は四畳半くらいの広さで、テーブルとソファーがあり、僕は玲央の差し向かいに腰をおろした。テーブルの手編みの蔓籠には香港フラワーの赤い薔薇が三本ほど差し込んであり、その花片にはうっすらと埃が積もっていた。

「外泊といえば、この前はどうだったの？　うまく過ごせたの？」

彼女が倉本さんへ電話をした件をなんとか聞き出せないものかと思ったが、話の糸口は見つからなかったし、彼女もその件は口にしなかった。「外泊中でなにか変わったことはなかったの？」

僕がそう尋ねても、玲央はため息をつきながら天井の蛍光灯をぼんやりと眺めて黙っていた。

「で、どうなの？　最近は眠れている？」

ちょっと事務的な質問をしてしまったなと思ったら、玲央がすかさず切り込んできた。

「眠れてますか？　お薬は飲んでいますか？　お通じはありますか？」玲央が軽く肩をすくめて言った。「あなたは私のなにを知っているの？」

「君の？」

「そう」

「どういう意味？」

「私のいろんなこと。カルテに書いてない私のいろんなことだよ」

言われてみればカルテに記されたこと以外ほとんど知らない。

「正直言って君のことはあまり知らない。そういうことって舞台にあまり必要ないことだし」そう答えながらも、なぜか後ろめたさを消せなかった。

「でもあなたは治療に携わる人なんでしょう？」

「僕は君に対して治療者として関係しているんじゃないよ」苦し紛れに言った。

「そうね、まあいいわ」玲央が小さくため息をした。「でも、あなたは私がどうしてウサギの穴の中に落ちたのか興味はないの？　それとも私に関心がない？」

「君がウサギの穴の中に落ちた理由？　もちろん関心はある」

話を続けようとしたとき、ノックの音がしてドアが開いた。振り返ると若い太った女が顔を覗かせた。

「ねえ、私も入っていい？」その女がにやっと笑った。

「ゴメン。いま大事な話をしているんだ。だから申しわけないけど」と僕は軽く頭を下げた。

「ゴメンね」と玲央もやさしく彼女に謝った。

女は照れくさいような、悲しそうな顔をしてドアを閉めた。

「私はね、自分の狂気を材料にしてそれを表現することを追求したいの。狂気の向こうに行きたいの」

玲央は秘密を打ち明けるように声を落として言った。

「狂気の向こう……」

「君は以前アリスを演じることで病気を治したいと言っていた。狂気の向こうというのはそう言うことなんだろ？」

「私っておかしなことを言っている？　正常のようなキチガイ？」玲央が僕をじっと見つめて訊いた。

「いや、おかしなことは言ってない。でもこの前も言ったけど、いまやろうとしている芝居は人間の狂気をクローズアップしたものじゃないんだ。そこに焦点を当てているんじゃない。わかるだろ？」

「でもアリスは狂気を脱しようというアンダーグランドの旅なんだよ。違う？」

「君の演技は狂気を脱するためのものであり、即それが表現だということを言っているんだろ？」

「狂気の向こうに自由があるの」

「だから病気を治すという意味で、君の演技があると言っているんだろ？」繰り返し確認した。

「アリスがアリスを演じることはそういうことでしょ？　だけど、アリスが逃げちゃうの。どうしてもアリスが逃げちゃうの。アリスを演じられないの。あなたも一緒に私のところに来て、一緒に捜してアリスを」

「言っていることがよくわからない」

「どうしてわからないの？　あなたはアリスのことを知っているの？　アリスがアリスを演じることを知っているの？」

「たぶんよくわからないと思う。だから僕はあまり知らないことは書いてないつもりだけど」

「私はアリスの世界がわかるのよ。私はアリスを表現しなければならないのよ。私のために、私のためなの」

「そうだね。ウサギの穴から脱出しなければならないんだから……いずれにしろ」

僕は彼女の言っていることに共感したのではなく、彼女がこだわっているところが本当によく摑めなかったのだ。しかし彼女は突然、思いもつかぬ話を持ち出した。

「私いま、椿さんの絵のモデルになっているの。知っていた？」

「絵のモデル？」大きな声で訊き返した。「椿さんが君をモデルにして絵を描いているということ？」

「そう。椿さん、何年かぶりに絵を描きたくなったんだって。〈百万本のバラ〉のピロスマニの心境だって。ピロスマニという画家を知ってる？」

「椿さんから教えてもらったことがある。彼が憧れているグルジア（ジョージア）の画家だっていうことを」

「その画家のことを歌った歌がソ連で流行しているんだって。私そのカセットを聞かせてもらったんだけど、とてもいい曲よ」（この曲は日本でも加藤登紀子の歌『百万本のバラ』で有名になった）。

「ソ連の歌か、全然知らないな」僕は頭を振った。「絵はどこで描いてるの？」

「みんなが帰ったあとの体育館の部屋。いつも使っているあの部屋よ」

「気がつかなかった」僕は煙草を取り出し、火を点けた。「君ら二人だけなの、そのときは？」

「当然でしょ。なぜ？」

「なぜってことはないけど」僕はなぜか自分だけが知っている玲央に他の男が接近しているようなそんな嫉妬混じりの気持ちを覚えた。「芝居をやったり、絵のモデルをやったり、大丈夫なのか？ちょっと張り切りすぎるんじゃないのか」そんな遠回しな言い方をして自分の感情を誤魔化した。

「大丈夫よ」彼女は肩をすくめた。「彼は自分のアリスを描きたいんですって。私を見ていると、アリスを捕えることができそうだっていうの。いろんな話をしているよ。彼は私からいろんなものを触発されるんだって。私も彼と話しているとアリスを捕まえられるような気になるの」

「アリス？　彼のアリスだって？」

「そうよ。彼のアリスだよ」

彼女が澄ました顔でうなずいた。

「なんで彼がアリスを描きたいなんて言い出したんだ?」椿さんがたまに体育館に足を運んで芝居の稽古を眺めていたのは知っていた。「どういうことなの? いったい」

「さあどうしてかしら。あなたが描くアリスより、もっと私に相応しいアリスを見つけたからじゃないの」

「それはどういう意味? 君に相応しいアリスってどういう意味なんだ、え?」

「さあ、それは私にもわからない」玲央が両手を広げ肩をすくめた。

「なんなんだ、それは。だいいち、なんで彼がアリスを描きたいなんて思うんだ」彼の真意がわからなかった。僕に対する挑戦か? なぜか嫉妬に似た腹立たしい気持ちが湧いてきた。僕は彼を尊敬していたところがあったが、その思いは急激に退き、激しい敵愾心のようなものが湧き上がってくるのを抑えられなかった。

「私をどんなふうに描くか楽しみにしているんだ」玲央はやさしい笑顔で言った。

「彼がなぜアリスを描くなんて言い出すのかわからないよ」しかし彼の描くアリスとはどんな少女なのか一目見たいとも思った。「その絵はどこに置いてあるんだろう。一度、見てみたいな」

「見せてくれないわ。絵が完成するまでは、私だって見られないんだから」彼女はそうつぶやくと僕に近寄り、僕の手を取った。「ねえ、あなたは私を捕まえなくてはならないの。私のところに来てくれなくちゃダメ。私にはあなたが必要なの。あなたも私が必要なはずだよ」

玲央はそう言いながら僕を眼帯をしてないほうの片目でじっと見つめた。彼女の真剣な眼差しに一寸たじろぎながらも彼女の狂気の世界を受け止めるしかないと思った。

*

高く晴れ上がった十月の空の下、看護士がスタートラインの横に立ち、競技用ピストルを鳴らした。患者たちは頑なに二〇〇メートルばかりのトラックを走った。顎を上げ、足をガクガクさせ、息絶え絶えに走っていた。

ビニール製の万国旗が庭の中央に設えた柱から八方に張られている。その旗の間を赤トンボが突然どこからともなく編隊を組んで現れ、患者の頭の上を飛び交っていた。

病院の運動会。家族や知人もほとんど来ない内輪だけの行事だ。僕は他の看護士たちと一緒にレースの参加者を募ったり、競技に必要な道具を揃えたりしていた。

玲央の姿が見えないので気にかかったが、僕は心配する暇もなく忙しく動きまわっていた。

ラジオ体操のあと、二人三脚、パン食い競走、借り物競走、紅白玉入れ、綱引き、そして昼食を挟んで恒例の仮装行列が始まった。

魔法の棒を持ったコメットさん、月光仮面、三人のチンドン屋、志村けんふうバカ殿様、三角帽子と赤と白の縦縞模様の服を着たピエロ、そして山高帽のチャップリンがチンドン屋の奏でる音楽に乗って行進している。

仮装をした人が誰かを当てるのがこの競技の趣向なのだろう。本部のテントからマイクでアナウンスされ、それぞれの正体が判明したときの爆笑が続いていく。チンドン屋の三人組が医師と看護婦、バカ殿様が理事長だと判明したときは受けていた。ひときわ動きの派手なキャラクターはチャップリンとピエロ。ちょび髭のチャップリンは山高帽をかぶりステッキを廻しながら蟹股歩きで、太ったピエロはそのあとを真似して跳ねたり跳んだりしていた。みんなは二人の動きを見ながら正体は誰だろうと頭を悩ませていたようだ。

そうか！　だから姿が見えなかったのだ。

チャップリンが僕に向かって投げキスを送ってくる。ピエロもそれを真似して投げキスを送ってきた。チャップリンがピエロをリードしながらワルツふうに踊りながらグラウンドを廻っている。

それにしても玲央はチャップリン姿がよく似合っていた。ちょび髭も彼女をよりチャーミングに見せるポイントになっている。悲しげにメイキャップをされたピエロはムーミン。このコンビで物語を作りたくなってきたほどだ。

チャップリンが投げキスでは足りなくなったのか、僕のほうに駆けてくると「どう、よく似合うでしょ？」とささやいた。「私いま最高にエロチックな気分なの。ねえ今夜私を誘ってくれない？」と片目をつぶった。

「いいよ。待ってるよ」と僕がそう言うと玲央チャップリンは「オオウソツキ！　ドスケベ！」といって、ムーミンのほうへ駆け戻っていった。

玲央はどうやらチャップリンの衣装が気に入ったらしく、仮装大会のプログラムが終わってもステッキを回しながら客席に向かって山高帽を脱いではお辞儀をしてまわっていた。ムーミンピエロも同じように続いた。玲央のテンションが高くなっていることがわかった。

運動会のラストのメインイベントである二〇〇メートル競走が始まろうとしている。参加者は十人ほどいる。劇団のマスター、ススム君、陽ちゃんらもスタートラインに立った。ピストルが鳴り、彼らが走った。三人とも一生懸命だ。僕はマスターの背を目で追った。マスターはすっかり元気を取り戻していた。つい先日まで稽古に出てこなかったのだ。

こんなことがあったのだ。

マスターは芝居の仮装では天皇を演じていたが、それはなんとか乗り切ったものの、後半のアリスの父親役の科白がなかなか入らなかった。見ているほうがつらくなるほど項垂れていることが多くなった。妻を演じている相手役の小泉さんも乱れていた。マスターが科白を思い出して演じようとすると、小泉さんは科白をあちこち飛ばしてしまう。そのためマスターはさらになにがなんだかわからなくなって立ち尽くすことがしばしばだった。まずいなと思っている矢先だった。マスターが稽古を休みはじめたのは。

僕はすぐに五病棟に足を運び、彼のいる病室に様子を窺いに行った。

畳敷の六人部屋の奥の窓寄りのところが彼の寝場所だった。布団に横たわっているマスターの姿を目にすると、ふだん意識したこともない彼の存在が侘びしいものに感じられた。彼だけではなく、いつも思うことなのだが、患者の身の回りの荷物はほんとうに少ない。何年も入院していてもボストンバック二つくらいのものしかないのだ。小学生の頃、友達の家に遊びに行き、貧しい家の中を目にし、見てはならないものを見てしまったときのような、自分の世界しか知らなかった鈍感さと無知を恥じるような悲しい気持ちになった。

彼は若い頃、母親を出刃包丁を持って追いかけまわしたという陰惨な過去を持っていたが、そんな風景は微塵も感じさせない幼い顔で横たわっていた。

「みんなが心配していますよ。マスターが出られなくなったら、この芝居はおしまいだって」彼の枕元でそう言った。「それと、小泉さんが自分に責任があるんじゃないかって、落ち込んでいるんですよ」僕はあえてみんなが困っているような口調で尋ねた。「明日は出られますか?」

マスターは黙って窓際の壁を見ていた。

「体の具合がよくないんでしょ? ちょっと疲れ気味かもしれませんね」

あくまでも今度の彼の欠席は体の不調と考えているように伝えた。そのほうが彼のプライドを傷つけないと思ったからだ。

「ハウスの仕事も俺ひとりでやらなきゃいけないし、劇団の稽古もあるだろ。だから、やっぱりちょっと無理なんだよな」

マスターが独り言のようにつぶやき、寝返りを打ち天井を見つめた。

「これまでずっと一緒にやってきたんじゃないですか。なんとか頑張れないものですか? せっかくここまできたんだし……」

彼は黙っていた。

「台本ができるのが遅かったからマスターには迷惑をかけて申し訳ないと思っていたんだけど、もしよかったら、科白を短くしましょうか」

「ハウスの仕事が終わってからだと疲れるし……」マスターが口ごもるように言った。彼は科白を覚えられないとは言わなかった。

「やっぱり少しきついかもしれないですね。両方の掛け持ちは」彼の気持ちを汲んで言った。「じゃあ、やはり科白を短くしたらどうでしょう。マスターの負担を少なくするために」

「うん」彼はうなずいた。「それでもいいよ。自分は別に……」

マスターは心なしか安心したような声になった。

五病棟の彼のいる部屋はほとんど長期入院の患者たちだった。何人かが僕をじっと見つめていた。


二〇〇メートルレースを終えたマスターとススム君と陽ちゃんがにこにこしてやってきた。

「一着だったよ」ススム君が息を弾ませ、嬉しそうに言った。

「頑張ったな」僕は彼の肩を叩いた。

「だってみんな遅いんだもん。やんなっちゃうよ」とススム君の得意そうな顔。

「若いんだから当たり前だよ」マスターが口を尖がらせた。

「ああ、しんど」一緒に走った陽ちゃんがへばりながらやってきた。「足がガクガクしてまいったよ。これで鉛筆一本だとよ。薬飲ませておいて走れってんだから、正気じゃないよ。やつら」

「僕は平気だよ」とススム君。

「体に溜まった毒の量が違うの。バケツ五杯分くらいの薬が体の中に溜まってるんだよ。ねえ、マスター」と陽ちゃんがマスターの肩に手をかけた。

「そうだよなあ。俺なんかバケツ十杯くらいだろうな」マスターが畏まった顔でうなずいた。

「でもマスターが元気になってよかったよ」と僕が彼の肩を叩いた。

「俺より速かったんだからたいしたもんだよ」と陽ちゃんが褒めた。

「まあなあ」

マスターが照れくさそうに、でもまんざらでもなさそうだった。


職員たちによって万国旗やテントなどが取りはずされ、運動会のあと片づけがはじまっている最中に突然マイクを通した男と女の声が聞こえてきた。

「お願いここから出して！」男が女の声色を使っていた。

「アリス待つんだよ。いいかい。必ず出られるよ。私だってここを出ていくつもりなんだから」今度は女の声。

あの声はムーミンと玲央だった。グランドにいた人たちはいったいなにが起こったのかと、作業の手を休めてあちこちあたりを見廻している。

「教えて、どうすればいいの？　どうすれば」とムーミン。

「いいかい街の人たちは夢を見ている。夢から醒めた夢を見ながら今日お前たちを観に来る。いいチャンスだ、アリス、街の人たちの夢を醒ますんだ。その夢を壊して、ここを這い上がるんだ」と玲央の声がつづいた。

二人の姿を探すと「ひまわりハウス」のテラスを舞台に二人が仮装大会の衣装のままで芝居をはじめたのだ。

「できない、そんなことできないわ」マイクの前でムーミンが首を大げさに振った。

「できるさ。いいかい今日集まった街の人たちはアリスを観にやってきた。だからお前はアリスとして、その人たちを見つめ返してやるんだ。じっと黙って、秘かに見つめ返してやるんだ。いつまでもいつまでも、ただじっと」と玲央がタカラヅカの男役のように老婆を演じた。

「アリスとして……」とムーミン。

「そうさ、お前はアリスをやるんだ。それだけがお前のやれること。ただじっと見つめ返して夢を醒ますんだ。さあいまにやってくるよ。お前の見たコインロッカーの闇に飛んでいた蛾たちが、朝の空をがんばりながらやってくる。朝の青空は蛾たちでいっぱいになる。今日の運動会は楽しみだ」

玲央が大仰な身振りで芝居のラスト場面を演じた。近くにいた患者の数人が拍手を送った。すると作業をやめてテラスに寄って二人を観ていた職員たちからも拍手が起こった。

玲央が帽子を脱ぎ、お辞儀をすると、傍に置いたあったカセットから音楽が流れ出した。スイッチを押したのはムーミンだ。聞いたことのない曲が流れ出した。どうやらロシア民謡ふうな歌だった。玲央がその歌に合わせてロシア語ふうの歌詞を歌い出した。甘いメロディで哀愁の漂う歌だった。きっと玲央が話していた「百万本のバラ」という歌にちがいない。「もうひとりのアリス」のラストに流れる音楽としてはなかなか憎い演出だ。ラスト場面はフォークダンスの「マイムマイム」を僕は考えていたからだ。

玲央が歌い終わると拍手がまた起こった。テラス近くにいた椿さんと坂本君だった。その拍手は広がっていた。玲央は帽子を脱ぎ、四方八方へお辞儀した。

看護婦がテラスに現れなにやら二人に話しかけると、玲央は大げさに肩をすくめチャップリンの歩き方でハウスの中に入っていった。そのあとをムーミンが続いた。それにしても玲央が老婆の科白を完ぺきに覚えていたのにも驚いたが、「百万本のバラ」のロシア語をそれなりに暗記してしまう能力にも舌を巻くしかなかった。

＊

玲央のことはほんとうにどう理解していいかわからない。どんな精神の病なのか、精神医学の教科書を調べても、それらしき病名は見当らなかった。そもそも彼女は病気なんだろうかとさえ思ってしまう。僕は主治医の大沢医師に彼女をどう診ているのか聞いたことがあるが、彼も「どういうものなんだろうねえ」と口を濁すのみで、断定的な診断を僕に示すことはなかった。もちろんカルテには非定型精神病と記されている。つまり、ボーダーライン。いったい、なんなんだ。精神医学というのは、インチキ医学じゃないかと内心、悪態をついた。

病院に勤めているとはいえ、僕は彼女を治療する医者でもないし、看護人にすぎない。演劇を通して病気の回復を試みるなんて考えは当初から病院にも僕にもなかった。もちろん演劇にかかわるようになった患者の病気について主治医と話し合うこともなかった。

ただ玲央は才能豊かな魅力があり彼女の能力をなんとか舞台に取り入れ、芝居の大きなエネルギーにしたいという気持ちになったからだ。しかし、その思いが募り、いつしか彼女を特別な異性として感じ、そしてその魅力に引き込まれそうになっていることを微かに感じていることは否めなかった。とはいえ、それはどう考えても恋あるいは愛というようなものではないと自分では思っていた。それでも倉本さんが言うように僕が玲央に引き込まれそうになっていると感じたのは直観的に正しいのかもしれない。きっと、彼女は僕が玲央を過大評価するその心根の部分を見透かしていたとも言えなくもない。


帰宅しようと病院の門を出たときだった。

「オカエリナサイ」

門の近くで女の声がした。驚いて声のほうを見ると革ジャンを羽織った玲央が門灯の光の中に立っていた。

「オカエリナサイ」玲央が微笑みながら繰り返した。

「なに？　どうしたの」

僕は不良少女に突然呼び止められた気弱な少年のように警戒した。

「オカエリナサイと言ったらタダイマと答えるものよ」

玲央が台本のアリスの科白を言った。

「こんなところで、いきなりどうしたの？」

「**オカエリナサイ**」玲央が返事を催促した。

「わかった。わかりました」僕は白旗を揚げ、「タダイマ」と応えた。

「ダメ、そんな言い方じゃ」玲央は頭を左右に振った。

「タダイマア」今度は少し陽気な声を出した。

「ダメ」玲央がまた首を強く振った。「どこの家に帰ってきたつもりなの？」

「どこの家って……どう考えても自分の家なんだけどね」

「誰もいない空っぽの家ね」

「うん、まあね」

「だったら私が家で待っていてあげる。だからもう一度言ってみて」玲央が首を傾げて微笑んだ。

「君が待っている？」

「そう。私が妻で、家で待っている。いいでしょ。ここが私たちのお部屋なの」門燈の灯りを指し示し、玲央はその場にしゃがんだ。「もう一度、向こうからやってきてよ」

「しょうがないなあ。これ一回きりだよ」僕はお芝居に付き合うことにし、門の内側に一度戻り、玲央のところにやってきた。

「タダイマ」芝居気たっぷりに玲央の隣にしゃがんだ。

「オカエリナサイ」玲央が僕を見てはじける笑顔を作った。「なかなかいいよ。でもね、もう少しほっとした気持ちがこもっているといいんだけど……。もう一度やってみて」

「ほっとした気持ち？　表現していたつもりなんだけどな」

「つもりじゃダメ。じっさい、ほんとうにほっとしなければダメだよ。そういうダメだしの意味はわかるでしょ？」

再度、付き合うべきか迷った。腕時計を覗くとバスの発車時刻にはまだ少しあった。

「早く」玲央が催促した。

「わかった。もう一回だけだよ」念を押し、もう一度、繰り返した。

「タダイマ」再び玲央の隣にしゃがむと、彼女は「オカエリナサイ」と笑顔で応えた。

「どうだった？」玲央の反応を窺ってしまった。

「お食事にする？　それともお風呂？」玲央は続きをはじめようとしている。

「ちょっと、待って。もう時間がないから僕は行くよ」

「行くって、どこへ？」

「帰るんだよ」

「帰るって、どこに帰るの？」

「だから自分の家だよ」

「お家はここでしょ？　どこに行こうって言うの」

「ちょっともう、なに言ってるんだ。お芝居はおしまい」

「いやだあ」玲央が突然大きな声を出し、頭を膝につけ、じっと蹲ってしまった。

「どうしたんだ?」訊いても反応がない。「どうしたんだよ、ほんとうに?」

「私の頼みを聞いてください」顔を上げずにくぐもった声で言った。

「なに?」彼女そのものの頼みかと思った。

「あの私がタダイマって言いますから応えてくれませんか。オカエリナサイって」

陽ちゃんの科白を言ったのだ。

「もうちょっといい加減にしろよ。僕は帰るよ」僕は立ち上がり玲央の両肩に手を当て言った。彼女も背を伸ばし、立ち上がると僕の顔に自分の顔を近づけ、**「まあ、いいじゃないですか。タダイマって言いますから、言ってくれませんか。オカエリナサイって」**と芝居の科白を繰り返した、いったいどういうつもりなのか玲央の行動を理解できなかった。

「さあ、僕は帰る。君も病棟に戻るんだよ」

そう強く言い、玲央から離れると踵を返し、足早にバス停に向かった。

「行かないでよ」と玲央が追ってきた。「私の頼みを聞いてください」あとを追いかけてきたが、僕は振り返らずに無視した。

病院の門から葱畑に挟まれたその道をバス停まで僕はダッシュした。彼女は諦めて戻るかと思ったが、彼女も駆け出し追いかけてきた。

バス停は住宅街の入り口にあり、水銀灯の下には五、六人がバスを待っていた。みんな何事が起こったのかと僕らのほうを見た。

精神病院から男が走ってきて、そのあとを女が追ってくるのだから、きっとただならぬことが起こっているにちがいないと思ったはずだ。このままバス停に着いたとしても玲央は僕を解放してくれるはずがない。僕は人前で悶着を起こすのはいやだったので、急に立ち止まり、病院のほうに逆戻りした。ところが、追いかけてきていたはずの玲央の足音が聞こえない。

どういうつもりなのだろう。玲央は遊びに飽きた子どもが家に帰るような顔をして、バス停の列に並んでいたのだ。息を整え、腹立たしい気持ちを抑えて、彼女に近づいた。バス停にいた人々は露骨には見なかったが、あきらかにこちらを意識していた。

「どうしたの?」なに食わぬ顔で彼女と並んだ。「さっ、戻るよ」周りを意識して病院とは言わなかった。

「隙間風をたよりに、私、街に行くの。お家に帰るわ」

玲央は台本のアリスの科白を持ち出し、澄ました顔をした。

「玲央、いい加減にしろよ」

小声で厳しく咎めた。並んでいた初老の男が振り返った。

「私、このバスで帰ることにしたの」

彼女はそう言ったが、僕は強く頭を振った。

駅に向かうバスが住宅街の角から現れ、近づいてきた。僕はこのバスで帰るのを諦めた。バスが止まり、扉が開いた。人々が乗りはじめると玲央もそのあとにつづこうとしたが、彼女の手を引っぱり乗車口に乗せなかった。

「やめて、離してよ」玲央が僕の手を振り切ろうとした。「お願いだから離して」

彼女が大声で喚いた。バスに乗った人たちが露骨に好奇心を向けてきた。

「どうするの？　お客さん。乗るの？　乗らないの？」運転手が苛立った声で聞いた。

「すみません。乗りません」玲央の手を引いて謝った。バスが発車した。

「いったい、どういうつもりなんだ！」

本気で怒ると、玲央は幼い子どものような目をして僕を睨み、突然大声で泣きはじめた。最初は泣き真似ではないかと思ったのだが、どうやら彼女はほんとうに泣いているようだった。

静かな住宅街だったから彼女のしゃくり上げるような泣き声は辺り中に聞こえたにちがいない。バス停に面している家々の窓が開く音がした。

「どうしたんだい。ほんとうに」

玲央を泣きやめさせようと彼女の手を取り、片方の手を彼女の革ジャンの肩にかけた。彼女の泣き声は止まらなかったが、徐々に声は小さくなってきた。僕は彼女の肩を抱えながら病院へ向かった。ひょっとしたら「お帰りなさいごっこ」をやったせいで、ほんとうに家に帰りたくなったのかもしれない。彼女が空を見上げ突然なにかつぶやきはじめた。

お星さまチカチカ、チカチカ喋ってる
わたしは魔法にかかったお姫さま
チカチカお話しします
みんなで楽しくお話ししましょ

アリスは青い舟に乗る
みんな一緒に行くんだね
舟を浮かべる水は深いよ
鳥が飛ぶ空は高いよ
青い舟、どこへ行くのか、だあれも知らない
行き先なんてだあれも知らない
だあれも知らない物語
チカチカチカチカお話ししましょ

子どもが歌うような声だった。

「なんの歌?」

「Alice in dreams っていうの」

「いま君が作ったの?」

「そうだよ。青い舟の歌と、どちらがいいタイトルかな?」

「どっちもいいな。面白い歌だよ……君がどこかで歌えるといいな」

僕が感動してそう言うと、玲央が満面の笑みを浮かべ夜空を見あげた。僕も足を止め彼女の肩に手をかけて夜空を見あげた。圧倒されるくらいの星空だった。

「あっ、流れ星」玲央が空を指さした。スーッと流れていった。

「流れ星消えちゃった」

玲央は僕に体を寄せ僕の肩に頭を傾けた。

僕は彼女の体を片手で支え、病院へ一緒に歩いた。

「帰りたい……」と玲央はつぶやいた。

「家に帰りたいのか？」と訊くと彼女は頭を左右に振った。

「どこへ帰りたいの？」

「わからないけど、どこかへ……」消え入りそうな声だった。

＊

津田沼から電車に乗り、車窓を流れる夜の街を眺めながら先ほどの玲央とのことを振り返っていた。

病院の門近くまで来て、彼女に別れを告げ、踵を返して戻ろうとしたとき玲央が手を握って離さなかった。僕の手を強引に引っ張り、旧病棟近くにある売店小屋のほうへ導いた。そして僕の体にしがみつき顔を寄せてきた。僕は玲央から身をかわし彼女の体を引き離そうとした。僕が理性的だったというより、芝居のことを考えると危険な行為に思えたからだった。

「キスして」

「………」応える言葉を探した。

「私が嫌いなの？　それとも私がキチガイだから？」

「いや、君は僕にとって女優だから」

浮いた言葉だと自分で思いながら体を玲央から離そうとした。しかし彼女は「行っちゃいや！」としがみついて離そうとしなかった。

「お願い、私を離さないで……」とつぶやくように言った。「まゆ子と逢っちゃいや」玲央の口から突然まゆ子という名前が出た。「まゆ子とは逢わないで」

「まゆ子？」

「倉本まゆ子。あのブス」強い口調で発した。

「どうして倉本さんのことが出てくるの？」

そう問うと彼女は怒ったような目つきで僕を睨んだ。

「彼女とは別になんともないよ」僕は笑いながら彼女の両肩に手を置いた。「なんでそんな変なことを考えるんだ」

「変なことじゃない。あのブスはあなたを盗もうとしている」

「なわけないだろ。だいたい僕と彼女は別にどういう関係でもない。ただの友だちだよ」

「そうじゃない！　あの子には気をつけなくちゃいけない。あなたを盗られたら、もうアリスをやれなくなる」

「盗む？　だいたい、盗むってどういう意味だよ」

「決まってるだろ、そんなこと、私からだよ」

先日、倉本さんと会ったときの彼女の話を思い出した。とりあえず玲央を冷静にさせるしかなかった。

「なぜ倉本さんが僕を盗もうとしていると思うんだ？　彼女は勉強好きな子なんだよ」

「違う。まゆ子の目を見ればわかる。あの子は腹黒いからそう見せているだけ。私にはその魂胆が見える」

「僕はほんとうに彼女とはなんの個人的な付き合いはしていないし、そういう関心はない」と言った。

「ほんとうね。彼女には近寄らないでね。もう逢っちゃダメだよ」

「わかった。逢わないよ。彼女とは」別にこんな言い方をする必要もなかったのだが彼女を落ち着かせ、とりあえずこの話を終わらせようと思ったのだ。

「だったらちゃんと証拠を見せて。キスして。本気で私と」玲央は両手を僕の背に回し、抱きついてきた。

「ちょっと、待って。ここは病院なんだぞ。職員と患者がそんなことをするのは許されないことなんだよ」僕は彼女の体を腕で押し戻した。

「やっぱり私のことなんか関心がないんだ？」玲央は僕を睨んで言った。

「そうじゃないよ。君は病院に入院している患者なんだよ」

「私をキチガイだと思ってるんだろ。やっぱりおまえも」

「おまえもって……そういうことがあったのか」僕がそう問い詰めると彼女は僕を睨みながら押し黙った。

「いいかい、そういうことじゃないんだ。僕たちは一緒に芝居を作る仲間だろ」

「関係ないよ。愛し合っていればどこでキスしようが誰にとやかく言われることじゃない」

「違うだろ。さっきも言ったけど、患者と職員、劇団でいえば演出家と役者の関係だろ。僕たちは」

「だからなんだ。それが愛し合っちゃいけないのか？」

「だから、いいか、落ち着いて訊いてくれよ」僕は両手で彼女の腕を押さえて言った。「ほんとうのことを言うよ。君が僕を好きになってくれるのはとても嬉しい。僕も君のことは女としてステキだと思うよ。でもいま僕はね、女を好きになる気持ちになれないんだ。いままで暮らしていた女のことがいまでも頭から離れられないんだ。そんな気持ちで他の女とつきあうなんてことできないんだ。僕には」多少なりとも大袈裟に自分の傷心ぶりを吐露して相手の気持ちを冷静にさせるようとした。いや、それは僕の本音かもしれない。去っていった女のことで受けた傷はいまでも癒えているとは言えなかった。それを胡麻化すために他の女を好きになったり、抱いたりすることは情けないことだと思っていた。

「前に言っていたあの女のことか……」玲央は悲しそうな目をした。

「もっとお互いがよく知り合って、一緒に演劇を完成させて、信頼関係ができてからだろ？　そういうつきあいは、なっ」恥ずかしげもなく優等生の発言になった。

「わかった……私もどうかしていた」

「悪かったな」笑顔で謝った。

彼女の瞳から涙が溢れてきた。腕の中の玲央が愛しく思えてきた。僕は彼女を懐に引き寄せ彼女の肩を優しく叩いた。

　そのときバイクのエンジンの音がし、そのライトが僕たちを浮かび上がらせた。バイクはそのまま、病院の駐車場に進みエンジンの音が止まった。いやな予感がした。止まったバイクのほうに目をやると、案の定、ジャンパー姿の坂本君が「ひまわりハウス」のほうに向かって肩を怒らせて歩いていくのが見えた。たぶん僕らの姿を目にしたにちがいない。まずいと思った。

「どうしたの？」玲央はバイクの乗り手が坂本君とは思っていなかったようだ。

「いや別に……。じゃあ行くな」軽く手を掲げた。

別れ際、玲央が「私、あなたが驚くようなアリスを演じるわ」と言った。僕は「うん、期待しているよ」と言い踵を返した。

「私を離さないでね」と玲央が背後で言った。

「もちろんだよ」僕は振り返りうなずいた。

玲央がじっとその場で佇んでいるのを背中で感じていた。

「まゆ子に逢ったらダメだよ。絶対にダメだからね」

背中で玲央の声が聞こえた。それから小走りに駆けてくると「あなたの電話番号を聞いたらダメ？」と言った。

「それはまた、また今度な」

「いいわ。今度で」彼女はそう言うと僕の胸の中に飛び込んできて、僕を見つめた。月の光を浴びて玲央はきれいだった。僕は彼女のおでこに軽いキスをした。

「私は自由になれるわ」玲央が潤んだ瞳でそうつぶやいた。

「二人で作るんだぞ、アリスを」

「うん。頑張るね」玲央が微笑んだ。

「まゆ子に逢ったらダメだよ」背後でもう一度言った。

「わかった」僕は手を振ってバス停に向かった。

＊

やはり自分の行為は軽率だっただろうか……もっと非情に対処すべきだったのかもしれない。玲央をどこか愛おしく思いはじめた気持ちになったのは事実だ。玲央の一つひとつの振る舞いが僕には作為のない純粋な気持ちの表現のように思えたのだ。すがりつくような玲央の体を腕の中で感じたせいか彼女を異性として感じてきているのかもしれない。

市川駅で降り、そのまま帰宅する気になれず「クリフォード」に寄った。倉本さんの顔を見るのはなんとなく気が引ける気持ちもあったが彼女に逢えば、玲央への気持ちをもっと冷静に思えるような気もした。

店の扉を開けると、レスター・ヤングの「love Me or Leave Me」がかかっていた。この曲は倉本さんのお気に入りの一枚。客が大勢入って賑やかだった。空いていたカウンターに腰かけた。マスターが奥のほうから手を上げた。彼女は忙しそうにテーブル席に飲み物と料理を運んでいた。すっかりウエイトレスの動きが身に付いている。

彼女の思考や発言はいたって健全で安心感を抱かせる。その点、同じような年頃の玲央の境遇と行動を思うと彼女はなにか痛々しく感じさせ庇護しなければならないような気持ちにさせるのだった。


忙しいのか倉本さんは型どおりの挨拶をしただけで僕の傍にはやってこなかった。この夜はカウンターの小林君が気を利かせてビールを出してくれた。倉本さんは先日、「スワン」で彼女が話した玲央の願望どおりに、自分から僕と距離を置こうとしているのか。そんな頑なところのある女性なのかもしれない。いまこちらからなにかを働きかけることはしないようにしよう。

そんなことを思いながらスコッチを舐めながらぼんやりと曲を聴いていた。よしと気合を入れて腰を上げた。

マスターが「まゆちゃん、高島さんが帰るんだって」と声をかけると、倉本さんは僕に向かってお辞儀をし、客との話にもどった。

おっ、いい度胸してるじゃないか、あいつは。彼女の態度をなぜか微笑ましく感じた。

「今日はずいぶん早いね」と言いながらマスターがレジで倉本さんのほうに目をやり「あの子、ちょっとこのところ元気がないんだよね。失恋でもしたかな」と言った。

「まさか」と僕は笑い、店を出た。

第八章　狂っているのは君だ！

病院の庭の銀杏の葉が鮮やかな黄色に色づきはじめた。公演まで一か月ちょっとだ。体育館に僕が管理責任ということで二台の石油ストーブを入れてもらった。

これからまだ手をつけてない後半から最終場面に力を入れなければならない。それなのに中心になる玲央の様子がおかしい。あの夜、病院の門の近くで、二人の距離が近くなったせいなのか、いやに玲央が不自然に馴れ馴れしく近づいてくる。僕が意識的に離れれば彼女はよけい近寄ってきた。清ちゃんが僕に近づき、しきりに奇妙な咳払いをした。ハルミちゃんも「なんか玲央ちゃんはおかしいわね。変なの」と不満そうな声を洩らす。久美さんはあからさまに「玲央ちゃんどうしたの？　トリさんとできちゃったの？」と冷やかすと、玲央はニッと笑って親指と人差し指でＯＫ印をつくった。やはり玲央とのことはまずかったと思ったが、批判的な目が特に僕に注がれなかったのは、玲央の行動が明らかにおかしいとみんなが感じてきたからだろう。

玲央が緊張した顔で舞台の上で無言のまま立っている。公園を抜けて家に辿り着き、父と母に会うところの場面だった。マスターと小泉さんに向かって玲央が「タダイマ」と言ったあと、本来なら「ああよかった。やはりお家はいいわね」と続くのだが、玲央は「タダイマと言える家があるということは、ふつうは嬉しいことなのでしょうが、家の中には喜びや不安や怒り、絶望、諦めなどが渦巻いているのがわかります。それでも家はそれらの感情をひた隠しにしてなに食わぬ顔をしています」と勝手にモノローグふうに変えて語った。当然、小泉さんはどう対応していいかわからず俯き、マスターもおろおろしていた。しばらく沈黙がつづき僕はその時間に耐えていたが、その科白の変更は意味のあるものではないと判断し玲央に声をかけた。

「なに、いまのそれは?」と僕は訊いた。

「なにが?」玲央は悪びれずに訊き返した。

「なにがじゃないだろう」と僕は苛立って言った。「どこにそんな科白があるんだ? 勝手に変えたら相手が困るだろう。相手役はどうすればいいんだ?」

僕は内心、アドリブはアドリブとしてそれもありかもと思ったが、この劇団での芝居つくりでは成り立たたなくなってしまう。だいいち彼女のアドリブではアリスが帰宅する意味合いが変わってしまう。

「びっくりしたなあ。あんな科白なかったもの」マスターが胸を押さえ大げさに言った。

「ほんとうですよ」小泉さんも自分に非がなかったという安堵感いっぱいの表情で相槌をうった。

「芝居はひとりでやっているんじゃないくらいのことはわかっているだろ」と僕は注意した。「もう一度返すからこんどはちゃんとやってほしい」

玲央は黙っていた。「じゃあ最初から」僕は両手を打ち合図を送った。

「**タダイマ……**」玲央が舞台中央に近づくと声を出したが、そのあとは黙ったままだ。相手役のマスターと小泉さんも不安そうな顔でその場に突っ立っていた。

「どうしたの？　なにかあったのかい？」と玲央に尋ねたが無言のままだった。

「どうしたのかって訊いているんだけど」僕は返事を催促した。

「私、母親を見た瞬間、どうしたらいいかわからなくなったの。逃げ出したらいいか甘えたらいいかわからなくなったの」

玲央が口ごもるように言った。マスターと小泉さんは金縛りがほぐれたようにほっとした顔になった。

「まいったなあ」マスターがため息交じりの声を出した。

「困りますよ、ほんとうに」小泉さんも大げさに訴えた。

「いまさらこんなことを言うのもおかしなことだけど、役づくりは舞台に上がる前に決めておくべきだろう。舞台の上で日によって異なるなんてことはあり得ないんだから」と僕は玲央を諭した。

「ただ私は嘘を演じたくなかったの」玲央が悪びれずに答えた。

「でも舞台の上ではじめて考えるんではなくて、ちゃんと母親との関係を決めてから役づくりがあるべきだろう。そんなことイロハのイだろ？」

「母親はね、いろいろ変わるのよ、私どうしたらいいか、よくわからなくなってしまうの。私を愛していると言いながら、ほんとうは憎んでいるのがわかるから。ママは私を寄せ付けなかったの。どうしたらいいかほんとうにわからなかった」

やはり倉本さんが指摘したどおり、玲央は自分の家族の問題をこの芝居の中に持ち込もうとしているようだった。

「わかった。たしかにそういうことを感じてのことかもしれないけど……」僕は間をとった。本来なら彼女にとって大きな問題を投げかけてきているわけだから、彼女の演技の根本を押さえるには精神療法のような方法が必要になってくるのかもしれない。しかしそれは僕の取り組む領域を超えている。ここは治療の場でない。とにもかくにも個人の問題として飛ばすしかなかった。

「個々の親子関係はそれぞれいろいろあるんだろうけど、ここはそこのところにあまり引っかからないでほしいな。君だって普通でありたい親子関係のイメージって持っているだろう、ここはそれでいいんだよ」

そうは言ったものの、彼女はきっと「普通でありたい親子関係」という言葉に引っかかるだろうと思った。案の定、テンションの高い声で彼女は言った。「普通でありたい親子関係？　なにそれ？　それがわからないの！」癇癪を起こしたように両手を上げ下げしながら彼女は「それがわからないのよ。私には！」とヒステリックに喚き、しゃがみ込んでしまった。僕は伝えたいことをどう話したらいいのか迷った。

「たしかに普通の親子関係っていうのも変だけど、つまり破綻をきたしていない牧歌的な親子。愛がいっぱいの親子だよ。とにかく信頼関係がある親子を演じたいと思ってくれないか」説明すればするほど指摘した普通の親子関係のが遠のいていくように感じたがそう言うしかなかった。

「とにかく、いまはそこにこだわらないでほしい。いいね、もう一度行くよ」

再度同じ場面を指示すると、玲央もしぶしぶ所定の位置についた。

玲央が中央に立ち「**タダイマ**」と言う。天皇姿の父と皇后姿の母が現れる。しかしまたもや彼女はずっと沈黙していた。

「どうしたの？　なにに引っかかるというの？　自分の家に帰ってきたんだよ。普通の親子関係だよ」僕は苛立つ気持ちを押さえ、優しく言った。

「私、自分が家に帰ったらどんなやりとりをするかって考えたの。でも実際は他人の家に上がり込んでいるわけでしょ。で、その他人を自分の両親だと思うということは、妄想、つまり狂気の中にあるということだから、私は自分のそういうところを考えていたわけなの」

僕が指摘した内容とまた次元の違うことを言い出してきた。彼女の言っている部分だけをとってみれば、僕がいつも要求する演技の質を考えているといってよかった。しかし彼女は妄想の中で、その本人の振る舞いを演技しようと言っているのだ。これでは台本の科白のもつ意味合いが変わってしまう。彼女のこだわりを解きほぐすことに時間をかけることはできない。周りからまたかといった苛立ちを感じたからだ。

僕はその気を察し、長い討論会になるのを避け、すぐにもう一度やり直すことを指示した。しかし、玲央はまたもや台本と異なった科白を勝手に吐いた。科白を個人的な視点で翻訳しようとしているのだろうか、それとも彼女の病理そのものの世界に入ってきているのか僕にはわからなくなってきた。

「あのね、科白にはその科白の意味する幅というのがあると思うんだけど、この家に帰った場面というのは、家に帰りたかった女の子が、その家に戻った安心感を表現できればそれでいいんだよ。科白の中に君のこだわりを表現する幅はないだろう」

みんなが焦れていることを感じながらそう指摘した。もうこの種の演技論は打ち切りたかった。しかし玲央が反論した。

「演技は個人の問題を引き付けなければダメだって、あなたは言ったわ。だから私はそうしたの。たとえ何気ない小さな科白でも」

「君が言っていることは部分的には正しいよ。しかし木を見て森を見ないというたとえがあるだろう。君のこだわりはそういうものだよ」と僕は言った。「意味をつけないで、棒読みでいいからやってくれないか」

「それは私にものを考えるなということね」

「そんなことは言っていない」

「私は病院から家に帰りたかったのよ。でも帰った家で出てきたのは私が思っていた母ではなかったの。そういう問題なのよ、私の演技は！」と玲央はそう言い訳をしたかと思うと突然、芝居がかった調子でつづけた。

「私が帰りたかった家は私の家ではなかったの」彼女は悲しそうな表情をした。「母のあのなんとも言えない視線を一瞬で感じたの。だから私は帰ったことを突然後悔したの。みんなにもそういう体験ない？」みんなに問いかけるような顔をした。「私は母に心からお帰りって言われたかったの。それを科白にこめたかったの。私の言っていることはおかしい？」

玲央は僕に向かってというよりみんなの心情に訴えていた。みんなも静まり返り彼女の言葉に共感しているようだった。

「それは私もわかる……」とハルミちゃんがぽつりと言った。

「私も……」と愛さんもつぶやいた。

「私は家なんかに絶対帰らないよ。絶対帰らないから！　帰らなければいいんだよ」アキさんが興奮して怒鳴った。

「そんなことありません。お母さまを大事にしなければいけません！　母はいつだって子どものことを心配しているんです。私は母を尊敬していました。母は大切な人なんです。そういうものなんです、母は。わかりましたか？　わかりましたか！」舞台の上の小泉さんも興奮して大声を張りあげた。

「なにを言ってるんだ！　母親なんかぶっ殺せばいいんだよ！」二宮君が興奮して怒鳴った。

「そんなこと言うのは甘ったれているんだよ。私はずっと苦しんでいた。私はね、母を殺してなんかいなかった！　それがわかったの。母を殺してなんかいなかった」と中堂さんも興奮の渦の中で叫んだ。

「そういう話じゃないでしょ。ああ、やってらんないわ！　いったいなんなの！」久美さんがテーブルを叩いた。「これはお芝居なんだよ。しかも夢の中の話じゃないの。みんな、なに言ってるのよ。ほんと信じられない！」

「ちょっと、みんな落ち着いて！　落ち着いてよ。いったいどうしたというのよ！」美紀さんが両手を胸の前で組んでヒステリックに声をあげた。「母親がどうだこうだと言ってることじゃないでしょ！」

「オーマイ・ゴオッード」ムーミンが両手を開いて天を見上げた。

「みんな、みんな、ちょっと落ち着こうよ。どうしたのよ。いったい」清ちゃんが立ち上がってみんなに声をかけた。体育館の中は騒然としていた。

子どもが家に帰ったときの父母とのやり取りがこんなにも奇妙な貌で立ち現れたことに、僕は驚いた。家の問題がそれぞれ噴出してきたとでもいうのだろうか。何気ない「タダイマ」という言葉を吐くだけの場面なのに。まったく！　なんでこんなことが問題になるんだ。いったい、おまえらの頭はどうなってるんだ！　僕はもうおまえらとはつきあいたくないと、この場を去りたかった。しかし、ここが踏ん張りどころだと思いなおした。

「ちょっと、みんな静かに。そうじゃないんだ！」僕は大声を出した。「そういうことじゃなくて書かれた科白をちゃんと科白どおりに演じてくれればいいんだ。ここは！」

「私は私を表現をしたいの！」と玲央が僕に叫ぶように言った。

「家に帰ったという安堵感があればそれでいいんだ。表現はそれしかない！」

「愛し合ってない家族に安堵感なんてないわ」玲央が食いさがった。

「そういう問題じゃないんだ。ここは。余分なことは考えなくていい。余分なことはしなくていい！」彼女の言い分もあり得るかもしれないと思いながらも僕は腹立ちまぎれに大声で続けた。「こんな問題で時間をとられたくない。僕の言うことがわからないというんならそういう処置をとるしかない。美紀さん悪いけど、台本を持って玲央の替わりをやってくれないか」僕は美紀さんに興奮気味に伝えた。

「どういうこと?」玲央が驚いた顔をし、その意味を理解した。「いや、私がちゃんとやるわよ」玲央が大声を出し僕を睨みつけた。

「美紀さん、早く替わって」玲央を無視して美紀さんを促した。

「私がやるんですか……」美紀さんがおずおずとした態度で僕を見た。

「私がやると言ってるでしょ」両手を開いて、足を踏ん張って抗議した。そして舞台から飛び降りて、自分の椅子に置いてあった紙袋から台本を取り出すと再び舞台に駆けあがった。舞台に上がりかけた美紀さんが戸惑っている。玲央はバラバラになっている原稿の束を揃えようとしていた。

「とにかくね」と僕は玲央に言った。「美紀さんにやってもらわないと稽古が進まないから、玲央、君はひとまず降りてくれないか」

そして美紀さんに強い調子で命じた。「美紀さん、舞台に上がって!」

「ハイ……」美紀さんは小さな声で返事をすると舞台に上がった。

「いや、いやよ。私替わらないわ! 絶対降りないわよ」玲央が台本を胸の中に抱きかかえるようにして声を張りあげた。「どうしてそんな意地悪なこと言うのよ。あなたは! 私を見離さないって言ったじゃないの。あなたは約束を破るの!」

あの夜のことを言っている。

「約束を破ったのはどっちだ」僕は続けた。「考えてごらん。君はもう科白を覚えているはずだ。それを自分勝手に変えてしまったら、どうやって稽古になるんだ。一人芝居をやっているんじゃないだろ。そのくらいのことは君もわかっているはずだ。僕の書いた本が意に沿わないというなら降りてもらうしかないだろう」

舞台の上のマスターと小泉さんは自分が叱られているみたいに項垂れていた。美紀さんは居場所がないといったふうに立っている。玲央は僕をじっと見つめていた。

「もう私はアリスをやれないということなの？　そういうことを言っているの？」

玲央がきつい語調で訊いた。全員が張り詰めた空気の中にいた。

「僕も辛いけど、みんなの迷惑になるからやめてもらうしかないよ。とにかくもう本番まで三週間もないんだ。いまの調子でやられたら本番は無理だよ」僕は自分でも驚くくらい怒りが込みあげてきた。

「いや、いやよ！　私はやるんだから。アリスをやるんだから。アリスを表現しなければならないの。私しかやれないのよ。それは！」

「科白を勝手に作り変える役者がどうやって役を演じるというんだ！　いい加減なことを言うんじゃない！　君がアリスをやりたいというから本を書き直したんだ。それをまた自分勝手にやろうとしているんだ、君は！」

だんだん気持ちが昂じて卓球台を叩いて怒鳴った。「君のおかげで台無しじゃないか！　アリスは君だけのものじゃないんだ！　僕だって、みんなだって賭けているんだよ。このアリスに」自分でも驚くくらいの大声を張りあげてしまった。

そのとき、背後から泣き声が洩れてきた。振り向くとハルミちゃんが手で目を押さえながらしくしく泣いていた。前田さんも俯いて泣いていた。

「トリさん、もう一回だけやらせてあげてください。玲央が可哀そう」

いつも玲央に噛みついていたアキさんが小さな声で訴えた。

アキさんだけでなく二宮君や愛さんたちも声を揃えて「もう一度やらせてあげて」と懇願した。玲央は台本を開き、自分の科白をぶつぶつ読みなおしていた。

腕組みし、呼吸を整え、自分の興奮を抑え、僕はしばらくじっとしていた。

「わかった」僕は玲央を見て冷静に言った。「みんなが玲央に期待していることがよくわかった」みんなを見まわしてから続けた。「そういうことをちゃんと君は自覚してほしいし、自分の演じたいことを整理して、台本どおりに科白を完璧に入れてほしい。あと二日だけ待つことにする。わかった?」

「わかったわ」玲央の顔にようやく笑みが洩れた。

「よかったね」美紀さんが玲央にそう言うと、舞台から軽い足どりで自分の席に戻ってきた。

「しっかりね」

小泉さんが玲央に声をかけた。みんなもほっとしたようだった。一番胸をなでおろしたのはもちろん、この僕だった。

それにしても……僕は思った。玲央が台本にはない科白を演じようとしたのは、見学に来た倉本さんが、今度は玲央が台本を書いたらいいと煽ったことが刺激になった一因かもしれない。それに玲央は椿さんの絵のモデルになっているというが、その二人の時間の中でテンションが上がってきているということも考えられた。椿さんが玲央を自分のイメージに合わせて作り上げているということはないのだろうか。いやそれは違う。玲央は倉本さんのいう科白を自分の問題として深く潜行させていった挙句、収拾のつかない状態になってきたのではないか、つまり彼女の過去に戻り、現実の自分に戻ってくる帰り道が見えなくなってきているのではないかと想像した。やはり彼女の立ちすくんでいると思えるその風景を僕は知る必要があるのかもしれない。

＊

翌日ケースワーカーの立原さんが、僕がいる三病棟に足を運んでくれた。彼女の話によると椿さんが玲央に熱を入れてしまい、彼女を解放しないのだという。玲央は芝居が終わるまで絵のモデルはできないと断ったらしいが、もう少しで完成するからそれまではどうしても付き合ってほしいと椿さんから懇願されたらしい。あれ以来玲央は睡眠もとらずに、深夜ホールで芝居の稽古をしているという。

「それはまずい。まずすぎる」

「そうなんですよ。クスリも飲んだふりして捨てていることがわかったんです。とにかくテンションが上がりっぱなしなんです。だから睡眠をとらせないと。このままでは完全にアウトです」と立原さんは心配してくれた。

主治医の大原先生は、クスリを拒否するなら鎮静剤のイソミタール注射をするしかないと指示したという。急いで玲央のいる二病棟に出かけると、玲央はホールの隅で帳の降りた外に向かって稽古をしていた。ホールの中は彼女に関心を向ける人はいないようだった。

「なにをするんです！　やめてください。やめてください。私の夜に闖入してくるあなたたちは誰なの！　ねえ誰か私を起こしてください。小鳥の囀り、朝の風にそよぐカーテンの優しさ、お父さん、お母さん、寝ぼすけ早く起きろ！　そう怒ってください。ほっぺを叩いて起こしてください。私は目をこすりながら朝の平和な歌を感じながら起きたいのです。ああ、なのに私はまだ、私は夢の中をこうして彷徨っているのです」

ラストシーンの科白だった。僕は看護婦に立ち会ってもらい、彼女に声をかけた。僕に気づくと玲央は微笑んだ。

「話があるんだ」

「科白は完ぺきに入っているわよ」

「それはわかった。君にお願いがあるんだけど」

「なあに？」

「出されたクスリを飲んでほしい。しっかりと頭を休めてほしいんだ」

「飲むよ。飲むけどね」玲央が笑みを返した。「だいたいね。クスリなんて体を壊すだけよ。脳を治すクスリなんてあるわけないのよ。脳を麻痺させるだけ」

「脳を休めるために眠らないと。君は交感神経が高ぶっているから神経が休まらない。だから眠られなくなっている。悪循環だよ。神経を休めないと。そのためのクスリだよ」

「玲央ちゃん、お芝居に出たいんだったら、しっかりと睡眠をとらないと差し障るでしょ。みんな心配しているのよ」

看護婦が僕の脇で投薬用の小さなコップと睡眠剤の入ったクスリ袋を手にして言った。どうやら睡眠薬ベジノールは二五ミリの強いものになっているようだった。

「僕の目の前でクスリを飲んでほしいんだ。舞台に出たいんだったら僕の言うことを訊いてしっかりと休んでくれよ。頼むよ、君を頼りにしているんだから」

「わかったわ。そんなに言うなら飲みますよ。飲めばいいんでしょ」

玲央はクスリ袋を開けて錠剤を口の中に放り込み、コップの水を飲んだ。

「ほら、飲んだでしょ。アーン」口の中を大きく開けてみせた。「これでいい？」

「はい。オーケイです」看護婦がにっこりうなずいて戻ると、玲央が面談室に来てほしいと言った。

僕は玲央に続いて部屋に入った。

玲央があずき色をした人造革のソファーに腰をおろしたので、僕も彼女に向かい合って腰かけた。

「どうしたの？」僕が尋ねると玲央が僕を神妙な顔で見た。

「私、結婚を申し込まれたの」いきなりの告白だった。

「なに、結婚？」思わず大きな声を出した。「誰から！」

「気になる？」ちょっと得意げな顔をした。

「当たり前だろ。で、誰から？　以前付き合っていた彼か？」玲央は首を振った。

「彼とは別れたと言ったでしょ」彼女は声を潜めた。「誰からか知りたい？」

僕が黙っていると「知りたくないんだったらいいわ」と彼女が立ち上がった。

「待てよ。聞かせてほしい。誰?」慌てて尋ねると彼女は再び腰かけなおした。

「あなたが知っている人」彼女が笑みをこぼした。

「僕が知っている?」思い当たる男たちの顔が頭の中を駆け巡った。

「見当つくでしょ」玲央が顔を傾げた。

「誰だ?」一人の男が浮かび上がった。「えっ、まさか」半信半疑だった。「で、どうしたの、君は?」

「どうしたと思う?」玲央は僕の顔を見つめた。

僕は息が詰まった。玲央はじっと僕を黙って見ている。それからおもむろに口を開いた。

「断ったわ。私はいま芝居のことしか考えられないし、愛している人がいるって言ったの」

「愛してる人?」

「そうだよ。誰かと訊かれたからはっきりと伝えたわ」

「そしたら?」

「黙っていた。悲しそうだったけど、仕方ないわ」

彼女は目線を前方上にやり、宙のなにかに訴えるように語り出した。「あの人は私を理解していてくれているわ。なぜ私がいま舞台に立ち、アリスを演じようとしているかを……。あの人は、私が悲しむと一緒に悲しむの。私が嬉しいと、あの人も嬉しがるの。私が笑うと、あの人も笑うの。あの人は私の前にくると男の子になってしまうの。あの人は絵を描きたくても描けなくなってしまった。自分の才能に絶望したの。あの人はもともと自分に才能がないということを知っていたの。だから社会的な存在を主張するようになったの。でも彼は絵描きになりたかった。私はあの人を慰めることはできない。私には愛する人がいるから。でもあの人は私と結婚したがったの」信じられないような話だ。彼女の独白をどこまで信じていいかわからないが直感的には肯けるような気がした。

「結婚？　彼がほんとうにそんなことを口走ったのか」

「私の言うことを信じないの？」

まったく考えもしなかったことだったので、彼女の告白を一概に受け入れることができそうにもなかった。

「嘘だと思うんなら本人に訊いてきてご覧なさい」と玲央は微笑んだ。

「まあとにかく、どういうことかよくわからないけど」こんな時期に結婚などとよく言ってくれたものだと腹立たしい気持ちになった。なにか悪意のようなものさえ感じたのだった。ソファーから立ち上がり、大きくため息をついた。

「なに？　どうしたの？」玲央もソファーから立ちあがった。

「いや、なんでもない」僕はなんと言っていいかわからない気持ちを持て余していた。

「あなたは私を離してはいけないの。捕まえていてね。絶対よ」

「わかった。とにかく今日は早く休んで眠ってくれよ」僕はいらつく気持ちを抑えた。

「わかったわ。ねえキスして」彼女が近寄ってきた。

「それはできない。この前、話したじゃないか」

「もう、イジワルなんだから。じゃあ送っていくわ」彼女は薬が効いてきたのか大きな欠伸をした。

「いいよ、それは。それより君は早く休むことだ。いいね」

「もう、バカ！」もっと大声をあげた。「トリのバカヤロー」

僕は面談室のドアを閉め、そのまま病棟の勤務室まで行き、夜勤の看護婦に玲央のことをよろしくと伝えて病棟をあとにした。

玲央の話はほんとうのことなのだろうか。玲央にプロポーズだって？　玲央が嘘をつくはずもないだろうが、かといって彼が結婚を口にするとはとうてい思えなかった。しかし、冷静に考えてみれば玲央に関心をもっているからこそ彼女をモデルにして絵を描いているのだ。だから彼女に恋愛感情をもっても不思議ではない。玲央は美人ではないが才能を感じさせる魅力的な女性にはちがいない。しかし本気で結婚を考えているのだろうか。もしそれがほんとうならなぜこの時期、いまなのだ？　いろんな思いに激しく揺すられていた。

＊

僕の足は自然に「ひまわりハウス」に向かっていた。椿さんに会っても、なにから話していいのか考えてもいなかった。

驚いた。昔、ラジオでよく聴いたことがある六〇年代に流行したロイ・オービソンの「In Dreams」という歌に合わせ椿さんが悦に入って熱唱していた。身振りを交えあまりにも陶酔しているような歌い方だったので、途中でやめさせるのも気がひけて、僕は入り口で彼が歌い終わるのをしばらく待っていた。曲が終わり、声をかけた。

「あの、いいですか？」

椿さんはびっくりしたような顔し、ばつが悪そうな顔で僕を見ると、カセットをしまい窓の傍の椅子に腰かけた。

「珍しい曲をかけてましたね」僕は感情を抑えて言った。

「ああ、あれね？　玲央から教えてもらったんだ。懐かしい歌だったから……」

いつもだったらその歌に触れて話も弾むのだろうがそんな余裕はなかった。

「話があるんですが、いいですか？」僕は返事を待たずに彼の前の椅子に腰かけた。

「どうしたの？」僕の語調にただならぬものを感じたのかむっとした顔をした。「ちょっとこれから十見先生との打ち合わせがあるんだけど」

「玲央のことなんですけど、少し時間をください」僕は単刀直入に切り出した。

「玲央がどうしたの？」サングラスの奥の目が僕をきつく探った。

「とても言いにくいことなんですが、彼女に絵のモデルを続けるのを芝居が終わるまで休んでもらえませんか？」

「どういうこと？」パイプに新しくキザミを詰めて火を点けながら言った。

「彼女はいま具合がよくないんです。芝居がうまくいっていないんです。絵のモデルになっていることが、かなり刺激というか、負担になっているように思えるんです」

「でも、あれは玲央に描いてほしいと頼まれたから描いているんだけど」

「あれ、そうなんですか？」それは逆じゃないかと喉元まで出かかったが反論しなかった。「もし彼女が続けるように頼んでいたとしても、できれば断ってもらえないでしょうか」僕は椿さんの顔を見つづけた。

「自分のアリスを描いてほしいというから描いたんだけど、彼女さえ納得するんだったらやめても構わない。しかしいったん筆を置いたら、僕は二度と描けないだろうな」

「それはそうかもしれませんが……」これ以上説得すべき言葉が見つからない。僕は頭を下げて頼むしかなかった。「とにかくいまは休ませてほしいんです。舞台を成功させるためです。お願いします」僕は頭をさげた。

「玲央の芝居がうまくいってないのか」パイプの燃え殻を灰皿に落としながら余裕のある顔で僕を見た。

「そうなんです。かなり彼女のテンションが上がってきているんです。この芝居はすべて彼女にかかっているんです。いまギリギリなんです」

「彼女がダウンしたら芝居は中止か？」椿さんはパイプに再び葉っぱを詰め、ジッポーのライターで火を点けた。

「だから、そうならないために最善をつくさないと……この芝居を絶対に成功させたいんです」

「玲央を犠牲にしてまで作品の成功を勝ち取りたいというわけだ。君は」彼はパイプの煙を吐き出した。

「玲央を犠牲に？　どういうことですか？」

「玲央はこのままいったら完全にアウトだ。君は彼女が壊れてもいいと思っているのか。自分の作品のためなら」

「いや、彼女が倒れたら芝居はできなくなってしまいますよ。だから絵のモデルをやめさせてほしいと頼んでいるんです。彼女が壊れてもいいなんて、そんなこと思うわけがないでしょ」椿さんのパイプの葉巻の葉が赤い炎になって燃えている。

「いや君はいま自分のことしか考えていないんじゃないか。もし彼女が途中で倒れても、彼女とかかわりなく、それでも君はピンチヒッターを起用してなんとかやろうとするだろう。僕はそう見ているけどな」

「椿さん、それはかなりの悪意ある見方だと思いますが、どうしてそんなふうに思うんですか？」

「玲央は君の才能を過信している。彼女はだんだんと自分を追い詰めていっている。それが僕には見える。君は彼女を不幸にしていっているんだ。彼女は方向を見失っている」パイプを指で強く叩き、灰をしっかりと落とした。

「言っていることがよくわかりません。彼女がテンションを上げてきたのは、たしかに芝居の稽古が絡んでいますが、彼女は演技をすることで自分の病気を乗り越えようとしている。それと僕が本気でこの芝居に打ち込めると思ったのは彼女が現れたからなんです。だから彼女にダウンされたら困るんです」

「彼女はまだいまだったら現実に踏みとどまれる。このまま舞台でやろうとしたらアリスは裏側の世界から抜け出せなくなってしまう。そうなったら君は責任をとれるのか」

僕は椿さんが彼女の幸福のため、結婚を申し込んだのかと喉まで出かかったが抑えて言わなかった。

「とにかく彼女の頭を冷やさなくては、彼女のためにならない。僕は彼女に幸せになってほしいと思っている」椿さんはそう言うと腰を上げた。「玲央は死んでしまうかもしれないぞ。彼女は芝居に挫折したら、それこそなにもかも失ってしまう。そうはさせたくないんだ。玲央のために」椿さんはパイプをジーンズの上着のポケットにしまい僕をきっと見た。

「君は彼女を愛しているのか？　君は玲央のために死ねるか？」いままで僕に見せたことのない椿さんの顔だった。論理の飛躍というより妄想がかった解釈だった。彼の狂気の貌を垣間見た気がした。

「君はほんとうに玲央を救えるのか、こころの底から救う気持ちがあるのか？」

「玲央のために死ねるか？」僕は椿さんの言葉を繰り返した。「なんでそんな話になるんですか？　舞台を成功させたい、彼女の芝居を成功させたいから絵を描くのを中断してほしいと頼んだだけですよ。あなたこそ、自分の美を描きたいために玲央を必要としているんじゃないですか？　あなたこそ彼女をカンバスの中に閉じ込めようとしているんじゃないですか？　彼女はアリスを演じて狂気を超えたいと願っているんです」

「狂気？　そう、言ってみれば君は玲央の狂気、あるいは患者の狂気を利用して、舞台を作ろうとしているんだ。君のほうが狂っているんだ。そうだ。狂ってる、君のほうが」と僕をきつく睨み、それから声のトーンを落として僕にこう言った。「そもそも、君は舞台に出る人たちに、自分たちの役は精神病患者であり、アリスがアリスをやるという宣言の科白の意味をちゃんと伝えているのかね。

精神病患者が精神病患者の役を演じるという意味を知って、そのことを自覚させて舞台に立たせようとしているのか、どうなんだ？」

椿さんは立ったまま僕を見おろすように詰問した。僕は返す言葉に詰まった。正直言って僕は迷っていたのだ。その科白の意味の確認はタイミングが必要だと思っていた。玲央がアリスはアリスを演じる（やる）という最終場面の稽古に入ったとき、僕は確認しようと思っていたのだ。いや、あえて確認などしなくてもいいのではと考えたりもした。つまりその行為は「あなたたちは精神病患者なのだ」ということを強迫的に刷り込む行為になるのではないかと思いはじめてもいたからだ。あるいはそうじゃないとしてもデリケートに患者の気持ちを傷つけずに受け取ってもらう言葉を捜しあぐねていたのだ。

もし科白の意味をここに来て必要以上に問い直し、そういうことならやめると言い出しかねない人もいないとは限らない。寝ている子を起こすことを正直恐れていた。だから僕は椿さんにこう言うしかなかった。

「まだそのところを確認しあう段階ではありません。そのときになったらそうするでしょう」と。またこうも付け加えた。「そもそも、この芝居を外で公演するという段階で、シャラントラン病院の話を椿さん、あなたに問いかけたはずですよ。いまさらあなたが患者の自覚がどうたらこうたら言うほうがおかしいんじゃないですか？　やりたい奴がやる。面白がる奴だけでやるのが本物だと言ったのは椿さん、あなたですよ」

「それは自分の役柄を自覚した者がやるならばだ。つまり舞台の内容と質によるよ」椿さんはそう言うと灰皿を持ってキッチンのほうへ移動した。

「舞台の内容と質？　それはどこへ持っていっても恥ずかしくないものです。世界に勝負を挑めるような作品になるようにやっているんです。そのために玲央が必要なんです」

「君は悪魔に魂を売り渡そうとしている。とにかく青い舟に玲央を乗せるのはやめたほうがいい」カウンターの傍で言った。「十見先生と会わなくてはならないから失礼するよ。戸締りをするから先に行ってくれないか」

「とにかく玲央のこと考えてください。お願いします」

僕は頭を下げ、ハウスを出ると、勤務室にもどり、興奮する気持ちを抑えながら帰宅の支度をした。やはり椿さんは玲央に結婚を申し込んだのだと確信した。彼はどうやら僕に敵愾心を燃やしていると思えたが、それには僕はどうすることもできなかった。

*

約束の二日目になった。玲央が体育館に姿を見せたときは、あきらかにテンションが高くなっていた。しかも自分の執着する世界を独自の論理で主張して、柔軟なコミュニケーションをとれる余裕も見られなくなったようだ。

稽古に入って彼女の出番になり、家に帰った場面になって、彼女は自分で改作した科白を演じて稽古にならなかった。僕は気力が失せるほどがっかりした。

「約束していたはずだよ、今日までに台本通りの芝居ができるようにって」僕は悔しかった。「君は科白は入っていたはずだ。でも君はあいかわらず科白とは異なったことを演じたいと思っているらしい。それでは稽古にならない。だから、少し休んで様子をみるしかないと思う」

と僕は冷静に伝えた。と同時に彼女の母との問題を探らなければならない。そこを押さえないとたぶん進むことはできないだろう。しかしそんな時間はない。しかも当然のように玲央は黙って引き下がりはしなかった。

「アリスは私がやるわ。素晴らしい舞台になるわ。いまはアリスが見つからないの、とりあえずなの、いまは。そういうことなんだから」

「とりあえずなんていうものはないんだよ」

「あなたはわかってないのよ」

「なにが？」

「私が考えていることよ」

「たぶんね」

「あなたはわかってないのよ」玲央がもう一度大きな声で繰り返した。

「なにがわかってないっていうんだ！」

「アリスのことよ」

「アリスのこと？」

「アリスがアリスを演じることよ。アリスのことをあなたはなにも知っていない」

「とにかく芝居は共同作業なんだ。いまの君のありさまはそれができる状態じゃない。少し休むしかないよ」

「玲央さん、言うことを聞きなさい！」

小泉さんが突然、厳しい声で叱りつけた。

「玲央ちゃん、しばらく休んだほうがいいよ」

みんな口々に彼女に声をかけた。玲央は黙って僕を見つめていた。そして突然、以前二宮君が作った歌をオペラのソプラノのように歌い出した。彼女は歌いながら舞台に上がった。

♪アリスちゃん　アリスちゃん
お昼寝覚まして　起きなさい
皇后陛下も天皇陛下もみんなみんな夢の中
小泉さんも夢の中
そういうオイラも夢の中
アリスちゃん　アリスちゃん
お昼寝覚まして　起きなさい
お目々をこすって　起きなさい

一瞬みんな狐に摘まれたような顔をした。と、二宮君が拍手をした。

「サイコー。玲央サイコー」

　稽古は早めに終えるしかなかった。僕が玲央を病棟に送っていった。彼女は「あなたは私を見離さないと言ったのに」と何度も僕をなじった。

「見離したわけではなく、休息をとってもらいたいだけだ。一番悔しいのは僕だよ」僕はほんとうに玲央を殴りつけたかった。椿さんを呼び出し「おまえのせいでこうなった」と詰め寄りたかった。

「なっ、正直言ってなんで君が台本どおりに演技をしないのか、僕は知りたいんだよ。たぶん君にはなにかのこだわりがあるからなんだろう」僕は冷静に彼女の理性に呼びかけたかった。「僕に君の家の話を聞かせてくれないか。君とお母さんのことを話してくれる時間をつくってくれないか？」

「そんなこといま話しても仕方ないよ　知りたかったら大原先生に聞いたらいいじゃないの」独断的な口の利き方をした。「私はちゃんとやれるよ。もうちょっとだよ。待っててくれる？　ねえ、ねえ、私いいアイディアを思いついたの」突然彼女が渡り廊下のところで嬉しそうな顔を僕に向けた。

「お芝居の最初の出の場面があるでしょ。仮装の練習風景のところ。あそこはね、みんなでワルツを踊りながら、仮面舞踏会のメロディで登場してくるのよ。いいでしょ。ハチャトリアンのワルツか、ショスタコービッチでもいい。とにかくワルツが流れるの」

　彼女はその曲が聴こえているようにワルツのステップを踏み出した。そして僕の手をいきなり引っ張ると「ねっ、ねっ、踊って」と僕をワルツのパートナーに仕立てた。仕方なく彼女の手を取り三拍子のステップを踏んだ。

「そうよ。うまいわ」

冷静に話し合えることは無理だと判断した。僕は彼女のリードのまま階段口のところまで付き合うしかなかった。

「そう、ワルツで全体が登場する。それもいいね」と僕は手を解いて彼女を見つめた。「それよりも君がもっと落ち着くことが先決だよ」両手で彼女の肩を抑えて言った。僕はまだどこかで彼女に希望を託したかった。

「ねえ」玲央が急にいままでのテンションが嘘のように鎮まった声でささやいた。「私、怖いの……」

「どうしたの？　なにが怖いの」

「アリスを演じていると、もうもどれないような気がしてきたの。狂気の向こうは狂気のような気がしてきたの……私もどれないかもしれない」

「玲央……」彼女は冷静に客観視できる自分を取りもどしたかのように思えた。いや、それは演じることの怖さを彼女はどこかで感じてきたのかもしれない。

「いろんなことを考えないで、とにかくいまはゆっくりと休んで、初心にもどろう。やれるよ。アリスを」情けないことに僕は彼女が舞台に復帰することをまだ望んでいたのだ。彼女は含み笑いをしたかと思うと僕にささやいた。

「大丈夫、私は落ち着いているから、大丈夫よ。心配しないで。私はアリスをやるからね。もどれるよ。私は」と玲央は言った。

「そうだよ。もどれるよ」そう言うしかなかった。僕らは見つめ合った。

「キスして」玲央は目を瞑った。病棟近くだったが構わず僕は玲央にキスをした。

「さあ、もう休んだほうがいい」彼女に階段を上るように促すと素直に従った。

「私はアリスを追いかけているのかしら……それともアリスに追いかけられているのかしら。もう私はアリスかもしれない」玲央は階段を上りながらつぶやいていた。それから足を止め、僕を見て微笑んだ。「私を愛してる？」

「……」切ない気持ちが込み上げてきた。うなずくしかなかった。

「私を捕まえていてね」玲央の瞳が潤んでいた。

「うん……」僕は再び彼女を胸の中に取り込んで肩をやさしく叩いた。

「私っておかしい？」玲央が真剣な目で僕を見て訊いた。

僕は頭を振ると病棟の扉を開け彼女を促した。玲央は泣いた。そして悲しそうに笑った。


翌日、玲央は閉鎖病棟に移されることになった。彼女の病状が明らかに悪化していると診断されたからだ。玲央のことはやはり断念するしかなかった。

「アリスのことはなにもわかっていない」と僕をなじった玲央の言葉を思い返していた。「アリスがアリスを演じることがわかっていない」とも言った。

そして閉鎖病棟に移る前に「狂気の向こうは狂気のような気がする」と言った玲央の言葉は雨降りの日の一瞬の晴れ間に摑んだ彼女の理性だったのかもしれない。

僕は作ろうとしていた舞台の奈落に落ち込んでしまったような気がした。

*

玲央は閉鎖病棟の個室のベッドで、鎮静剤コントミン注射を打たれて眠っていた。小さく口を開いて、無邪気な愛らしい寝顔だった。誰にもらったのか、枕元に刷り上がった公演用の「もうひとりのアリス」の赤いチラシがあった。

彼女の芸名も載っている。「渋谷パー子」。パルコのもじりだと面白そうに話していたのを切なく思い出す。

僕が彼女を芝居に誘わなければ、こんな状態にはならなかったはずだ。椿さんの言うように僕は自分のために玲央を起用した。彼女はアリスを演じようとして、さらに精神に混乱を生じさせてしまったにちがいない。そう思うと、やるせない気持ちでいっぱいになった。横たわって眠っている彼女の中に一人で苦しみ続けてきた懊悩があるのかと思うと、抱きしめたいほど愛おしさが込み上げてきた。僕に微笑むこともなく玲央は眠ったままだった。しばらく手を握っていたが、目を覚ましそうもないので、その病室をあとにした。

僕は勤務室で婦長に玲央の様子を訊いたが、いまはしっかり眠ってもらうように指示が出ていると説明してくれた。

玲央のいない体育館は夏休みの校庭のように寂しかった。

玲央の場面はとりあえず愛さんに台本をもって立ち稽古をやってもらった。

玲央が出演できないとなったら、彼女が絡んでいる赤ずきんちゃんの場面は当然カットとするしかない。さらに最終場面のアリスを美紀さんに無理をしてでもやってもらうしかなくなるだろう。しかしそうなると今度は美紀さんの負担が大きくなり、彼女が持つかという心配が出てくる。あるいはひょっとして玲央の復活が……。いや、もうそれは見込めないだろう。だったら公演を中止するしかないのか。いやここまできた以上、なんとしてでも公演は実現させなければならない。いざとなれば、以前、僕が所属していた劇団の若手女優に助っ人で参加してもらうという手がなくもない。玲央のパートは代役をつけてなんとか切り抜けなければと自分を奮い立たせた。


久々に倉本さんから電話があった。彼女はケースワーカの立原さんに連絡をした際に、玲央が閉鎖病棟に移った話を聞き、公演を心配していた。倉本さんはときどき、自分の進路の先輩として立原さんに連絡をしているようだった。彼女の声は元気な倉本まゆ子を取り戻していたようなので、会おうと誘った。

駅前の「スワン」で会った。

倉本さんは立原さんから玲央の状態を詳しく聞いていたようだった。

「いまのところ愛さんが台本を持って段取り的に動いてくれているけど、彼女は以前から舞台には立たないとはっきり宣言していたので無理なんだ」と僕は現状を説明した。

「美紀さんか久美さんが代役をやることは無理なんですか？」

「そうだね。もう二週間ちょっとしかないからな」

「玲央さんが復帰できる見込みも立たない……」

「ほとんど絶望的だと思う。大原先生からも演劇はストップという指示があったしね」僕は手もとのビールを飲んで笑顔を作った。倉本さんはため息をつくと「ほんとうにごめんなさい」と小さな声で謝った。「こんなふうになったのは私が悪かったんです。彼女を刺激してしまったのは私なんです。申し訳ないと思っています」倉本さんが急に改まった声で頭をさげた。

「どうしたの？　別に君のせいじゃないだろう」

「いえ、私にはわかるんです。私の存在が彼女を刺激したんです」と倉本さんは言った。「私、彼女を見ると妹を思ってしまうんです。妹は非定型精神病と診断されて、最近また入院したの。そっくりなんです。玲央さんと」

僕はなんと言っていいかわからなかった。

「あの、こんなことを言うと怒るかもしれないけど」と彼女は口ごもって言った。「芝居を軽く見ていると誤解されたくないんだけど、もし私でよかったら玲央さんの代役をやらせてください。棒読みの素人芝居しかできないけど、なんとか舞台を成功させたいんです」言葉遣いも改まっていた。

「君がアリスをやってくれるというのか？」僕は煙草に火を点けた。

「はい。チビ、デブ、ブスの私では穴埋めにはならないと思うけど、もし演じる人がいなくて困っているなら、なんとか公演に漕ぎつけるお手伝いができればと思うんです」

「ありがとう。気持ちだけでもありがたいよ」

「気持ちだけなんて言わないで、本気です。私」彼女は強く訴えた。

「倉本さんがアリスを……」煙を大きく吐いた。

「私が出たら喜劇になるでしょうか?」

「まさか。チビ、デブ、ブスではないよ。君は可愛い」本気で言った。

「そんな。嬉しいこと言わないでください」倉本さんは顔を赤らめて恥ずかしがったが急にしゃきっとした顔ではっきりと宣言した。

「科白も三日あればなんとか、完全に覚えられます。この前もらった台本を何度も読みました。特に玲央さんのところはほとんど覚えてしまうくらいに」

最終的にアリスを誰も演じる者がいなくなったら、かつて所属していた劇団の若手女優に頼もうと思っていたくらいだから、一般の女性が芝居に出たところでまったく問題はないと思っていた。いや、むしろ一般の人のほうが相応しいかもしれない。しかし、最終場面の家に帰るというアリスはやはり患者が演じるのがこの芝居の狙いなので、そう簡単に結論は下せなかった。なにより、もし倉本さんがアリスを演じたということを知ったら、玲央はどんなことになるかわからない。そのことは倉本さんもわかっていての話なのだろうが……。

「とにかく君の申し出はありがたく受けるよ。でも少し時間をくれないか、考えてみるよ」煙草を揉み消しながら言った。

「私、『青い舟』に難破してほしくないんです」倉本さんの目は真剣だった。

第九章　百万本のバラ

その日、準夜から夜勤の看護士の桜木さんが出勤して僕と顔を合わせると、ホールのテーブルのところへ僕を誘った。彼は坂本君が慕っている看護士で僕を椅子に座らせると、実は、と話を切り出した。内容はこうだった。

他の病棟の看護婦たちから聞いた話だが、劇団の何人かが看護婦に体調が悪くても休めないし、そのことがプレッシャーになって眠れない。稽古を休みたいと申し出てもダメだと言われるなどの不満が出てきている。そもそもレクリエーション活動というのは気晴らしにならなければ意味がないものなのに、それが苦痛や休養にならなかったらやる意味がないのではという看護スタッフの意見も出てきているというのを耳にした。

玲央がダウンしたのも稽古のやり方と公演のプレッシャーからだと担当医の大原医師も意見を洩らしたとか。

そういう演劇の公演に否定的な意見が持ち上がっていることを知っていますか、と桜木さんは僕に訊いた。それは以前にも聞いた話で僕の中では昇華した話だと答えた。しかしつい最近、この公演は患者の人権を無視しているという意見も出てきているらしい。その人権という言葉にはどこか胡散臭く、なぜかにわか仕込みの匂いを感じ嫌な気持ちになった。

桜木さんはこの一連の動きをなぜか坂本君が知っていて、逐一桜木さんに知らせてくるというのだ。どうやらこの動きの発信源に椿さんが一枚絡んでいるのではないかと桜木さんは声を低めて示唆した。

桜木さんは十見医師を尊敬していて、彼の提唱した精神病院の開放化に同感して勤務しているのだが、他の精神病院では考えられないような催しを支援しようとしているのに、患者のぼやきにも思える愚痴を人権的なテーマにすり替えて、開放化をないがしろにするような動きに義憤を感じているのだという。医局も一枚岩ではなく古典的な精神医療に固執する医師もいるので、とにかく公演ができるように自分も応援するので、頑張ってほしいというのであった。僕は彼に感謝して頭を下げた。

もしこの一連の動きがほんとうに椿さんを発信源だとすると、彼の目的はなにかということになるが、僕はこのままなにもせずにいていいのだろうか。もっともこちらから打つ手は考えられない。劇団の稽古を早く仕上げることだけを考えるしかなかった。とはいえ、もう一度椿さんと話をする必要があると思った。

＊

病室で眠っている玲央の顔を見ていると椿さんの言葉が浮かんでくる。

「玲央が壊れても、それでも君はピンチヒッターを起用してなんとかやろうとするだろう」

こうなったら当たり前じゃないか。ここまできておめおめと公演を中止するわけにはいかない。玲央だって戦ってきたんだ。戦士の休息だよ。なあ玲央、僕は突っ走るしかない。倒れたらそのときはそのときだ。僕は玲央の頭を撫ぜると病室をあとにした。

それにしても椿さん自身はどうしているのだろう。このところ彼の姿を見かけなかった。彼は本気で芝居をつぶそうとしているのか。だとしたらなぜだ?

とにかく舞台のほうが気がかりだった。僕は桜木さんからの報告を耳にしたことで、みんなの様子を注意深く観察していたが、気になるような気配は感じられなかった。それでも一応みんなには「これから少し稽古がしんどくなるかもしれないけど、体調が悪くなったり、具合が悪くなったりしたら遠慮なく言ってほしい」と伝えた。みんなは屈託もなく「はーい」という返答をしてくれた。不穏な気配は感じられなかったのだが。ただ中心となる中堂さんに元気がないのが気がかりだった。

まずは玲央が演ずるはずだった場面を稽古しなければならなかったので、玲央の代役をとりあえず愛さんに台本を持ってもらい稽古を進行させた。

代役の愛さんはもともとマネージャーとして参加したいという女性で、役者として舞台に立つ気はないと端から断言していた。しかしこの三、四日間の彼女の立ち稽古を見ていると、台本は手にしてはいるものの、ほとんど科白は覚えているといっていい。美紀さんに無理してお願いするか、倉本さんの申し出を受けるしかないと思っていたが、できればこのまま愛さんに演じてもらうのがベストにちがいない。稽古の終わったあと、僕は愛さんに体育館の小部屋に残ってもらった。

愛さんは確か二十七歳で入院前は東京の食品会社に勤めていた。改めて見ると顔立ちは整っているのに化粧気がないせいか、目立たない容貌に見えた。いつもながらのグレーのジャージにジーンズだ。僕に呼ばれたせいか彼女は落ち着かなそうに部屋の隅に置いてあった折りたたみ式の椅子に浅く腰をかけた。僕は机の前の椅子に腰かけ彼女に向かい合った。

「できればこの際、君に玲央の替わりをやってもらえると嬉しいんだけど、どうだろう……」と僕は単刀直入に切り出した。

「困ります」彼女は泣き入るような声で答えた。「そういうつもりじゃなかったので」

「このままだと、公演はできなくなるかもしれない。君の力でなんとかできないものだろうか」

「だからといって私には無理です。それは」

「でも君は科白もすでにちゃんと入っているし、僕はやれると思うけどな」

「私は臨時のお手伝いだと思っていたからやれたんです。私には無理です。絶対できません」

彼女は俯きながら頑なに首を振り、僕の申し出を断り部屋から逃げるように出ていった。

「やはり無理か……」窓辺に立ち、帳の下りた外を眺めた。

考えてみれば愛さんの演劇へのかかわり方がよく理解できなかった。彼女はあくまでもマネージャーをやりたいと言って参加したのだが、僕は内心、いつか役者もやりたいと言い出すのではないかと期待していたのだが、どうやらそうではなかったようだ。彼女はそれこそ小まめにお茶を入れたり、プロンプターを買って出てくれたり、具合の悪い人の世話などを甲斐甲斐しくやってくれていた。

そういった参加の仕方をする彼女にさして疑問も持たずに僕は過ごしていた。しかしこんなふうに突き詰めると彼女は改めて演劇のなにに興味を抱いていたのだろうかと考えた。彼女の主治医は朝倉先生だった。

僕は帰りがけに朝倉先生と話をするつもりで医局に立ち寄ったが、まだ彼は戻っていなかった。十見先生がテーブルで新聞を開きながらコーヒーを飲んでいた。僕が部屋に入って来たのを目にすると「おう、演劇はうまく進んでいるか？　島崎が気にしていたぞ」と声をかけてきた。「最終場面を演じる玲央がダウンして代役をどうやって立てるか苦しんでいます」と伝えた。

「ふーん、栗本玲央か……彼女の替わりはいないのか？」と興味深そうに訊いた。

「まあ、最悪のことは回避するように考えてはいるけど、それより病棟の看護婦さんや看護士が公演の中止を要請するとかいう噂を聞きましたが、聞いていますか？」

「ほう、そんな話が出ているのか？　なんでまた中止をしないとならないんだ？」新聞を畳みながら不思議そうな顔で僕を見た。

「街での公演は患者の精神的な負担と、患者の人権の無視だそうです」

「はあ？　誰が言ってるの？」

「看護士のある人が心配して聞かせてくれました」

「ふーん、うちの病院にはまだ、そんなことを言うバカがいるのか。ほっとけ、そんなもん。アホくさ。やりたくない人間はやらないでいい。やりたい人間がやればいい。それだけのことだよな」

十見先生は僕を見てうなずくと椅子から立ち上がりドアを開けて出ていった。別にあらたまって対策をどうとかいう話でもないというのであろう。十見先生らしい態度だと思った。彼が出ていくと、すぐ替わりに部屋に入ってきたのは朝倉先生だった。

僕が水沢愛さんのことで話があると言うと、外で飯でもどうかと誘われて、彼のクルマで津田沼駅前のレストランに出かけることになった。僕は現在の劇団の進行状況を説明し、玲央の代役を愛さんにしたいと思ったが、断られた経緯を話した。

朝倉先生は一部始終を聞いて、こんなことを言った。

愛さんを舞台に立たせるのは難しいだろうと。というのも彼女は重度の鬱状態で入院してきたのだが、鬱の原因は母親との関係にあり、彼女は母親から愛されたいと思う一心で、自己のすべてを否定する「ダメ女」に自らを位置づけているというのだ。愛さんの母親は彼女を一見可愛がっているようでいて、実際は自分にしか関心がない母親のようだ。

愛さんの罪悪感と自分への幻滅感はそこからくる負のエネルギーではないか。

愛さんが人のために一所懸命お世話をするのは、その場にいることで自分が価値ある人間であることを証明しないといけないと思うからにちがいない。彼女がお芝居に憧れるのは、なし得ない自己実現への欲求がそこにあるからだ。

しかし彼女は現実には自分が見捨てられはしないかという不安のほうが先行する。この心理の構図の根源には、やはり母親から認めてもらえない不安があるからだ。愛さんがアリスを本番で演じることを断ったのはもしアリスを演ずることになれば、みんなのためという建前が壊れ、自分の自己実現の色合いを剝き出しにされるからだろう。しかし彼女は断りながらも飛躍してみたい欲求もあるにちがいない。本来なら時間をかけて彼女が自分に自信を持つように仕向けていくことが必要なのだろうが、ここは愛さんにみんなのためにぜひ演じてほしいと何度も頭を下げてお願いをすることだ。彼女にみんなのために一肌脱ぐという役回りにさせることだと思う。もしそれがうまくいったら彼女の治療的な側面でも大きく前進すると思う。ひょっとしたら母親を相対化できるきっかけがあるかもしれないし治療もうまくいくかもしれないと。

朝倉先生はそう僕に熱く語った。愛さんの病理的な背景をおおよそ摑めたような気がした。もう一度愛さんに頭を下げ頼んでみようと思った。

「なんですか！　これ？・」僕はあまりにも驚いて大声を発した。

朝倉先生がカバンの中からシワになったＡ３判くらいに折りたたんだ画用紙を取り出し、そのスケッチ画を広げて見せてくれたからだ。木炭で上半身裸の少女が描かれていた。椿さんのスケッチだという。

「わかりますか？・」先生が僕を見た。咄嗟に言葉が出てこなかった。

「玲央じゃないですか。どうしたんですか、この絵？・」その絵に、目が釘づけになった。玲央の目が虚ろだった。それに反し乳房が健康を主張していた。どういうつもりでこんな絵を描いたのだろうか。息苦しくなってきた。ここに描かれた少女が椿さんのアリスだというのか。玲央は裸になってモデルをやったのか。

「椿さんの病室の彼用のゴミ箱に丸めて捨ててあったらしいんです。五病棟の婦長が届けてくれたんですが、彼が具象画を描くなんて珍しいんです。いつも抽象画しか描かない彼にしては不思議です。しかも玲央の裸です。高島さんになにか心当たりがないかお訊きしようと思って」

「百万本のバラか……」僕が思わずつぶやいた。

「百万本のバラ？　なんです？　それ」

僕は椿さんから聞いたグルジアの画家、ピロスマニの話をした。

「女優に恋をした貧乏画家か……」と朝倉先生が目を遠くに向けた。

彼女が椿さんに結婚を申し込まれたということを話すべきかどうか。

「椿さんの姿がこのところ見えないんだけど、この絵となにか関係ありますか？」

「彼はいままでにもときどき無断外泊というのか、そういうことはよくあったんだけど、十見先生には連絡が入って了解ごとになっていたんです。でも今回は連絡がないものだから少し心配しているようです」と朝倉先生は語った。

「実は」と僕は切り出した。「玲央が閉鎖に移る前、彼女と話をしたんですが、そのとき彼女が椿さんに結婚を申し込まれたと打ち明けたんです」

「結婚？　それで」朝倉先生が思わず身を乗り出した。

「玲央は断ったと言っていました」

「振られたということか」朝倉先生が信じられないという顔をした。

「椿さんがいなくなったことと関係がありそうですか？」と訊いた。彼は深いため息をついて「そういうこともあるかもしれない。それにしてもなぜなんだろう」と僕を見て言った。「彼の絵は構成の中心となるテーマがいつもなかったんです。抽象画でもそれは断片しか描けなかった。だからこの絵を見たとき僕は驚いたんです。テーマがしっかりとあり、しかも具象画ですから」彼はそう言って煙草に火を点け、大きく煙をはきだした。「椿さんが玲央に結婚を申し込んだのですか。知らなかった……」ひとり言のようにつぶやいた。

胸になんともいえない息苦しい思いが込み上げてきた。僕はコップのビールを一息で飲み、煙草に火を点けた。

「変なことを訊きますが」と朝倉先生が煙草を灰皿に揉み消しながら言った。「プライベートなことでなんですが、高島さんは玲央のことをどう思っているんですか?」

彼は僕と玲央が普通以上の親密さをもっていることを知っているようだった。どう答えてよいかわからなかった。彼女とどうしたいかとまで考えることがなかったからだ。しかし彼女を愛しく思うようになったのは事実だ。

「まだどうこうしたいという気持ちはないですが、彼女とはいずれ付き合っていくかもしれません。まだよくわからないですが」と僕は答えた。

「そうですか」と彼は大きくため息をつくと続けた。「僕の医学部時代の友人に優秀な男がいたんですが、精神病院に勤務してすぐに患者と恋愛したんです。やめとけというのを無視して結婚したんですよ。どうなったと思います?」

「当然、破局……」

「彼女に自殺されて、友人は精神科医としての能力を疑い、精神科医をやめました。彼女は彼を愛したのではなく、自分を救ってくれる王子様に感情転移したんでしょうね。これは精神科の治療者が自覚しておかないとならない鉄則なんですよ」

「こころします」僕は倉本さんの言葉を思い出しながらその忠告を嚙みしめた。

僕は絵に描かれた玲央の虚ろな目を見つめながら、公演の中止を求める声のことを知ってるか聞いてみた。

「まあ、そんな声がくすぶっていることは僕の耳にも聞こえていますが、誰がそんなことを言い出したのか……」彼は肩をすくめると「いずれにしろ、高鳥さんたちはここまで来たんですから、『青い舟』の舞台を成功させなくてはいけません。これはほんとうに冒険なんですよ。こんなに患者が手をかけてもらえるなんてことは通常あり得ないことなんです。祭典なんですよ。だから途中で火を消したらダメなんです。高鳥さん頑張ってください。僕も応援します」

朝倉先生が珍しく熱くなっているのがわかった。その期待に応えたいと思った。

*

翌日、愛さんは具合が悪いと言って稽古に出てこなかった。翌々日も稽古の開始時間が過ぎても彼女は現れなかった。

朝倉先生と話をした翌日、病棟のホールのテーブルでぼんやりしていると、清ちゃんがやってきて、

「トリさん、きっと愛さんのことを考えているんでしょう」とずばり指摘した。

「そんな顔をしていますか?」

「そんな顔ですよ」と彼は微笑んだ。彼の人の心理を読む能力の高さに驚いた。

「自分は愛さんのことが大好きです。いえ、女としてじゃなくてですよ。わかるでしょ。ずっと自分も気になっていたんで、彼女にお願いしたんです。みんなのためというより、トリさんのために無理してでも、舞台に出てもらえないだろうかって。余計なことですけど、お願いしたんです」

「えっ、僕のために?」

「はい。ついそう言ってしまったんです」

「そしたら?」

「黙っていました」

「そう……」

「でもなにか、彼女やってくれるような気がするんです。自分の勘なんですが」

「ありがとう。感謝します」僕は頭を下げた。

「そんな改まられると恥ずかしいです」清ちゃんは小さく体を振った。

「そうですね。僕も、もう一度お願いしてみようかな」

「そうしてください。自分からもお願いします」清ちゃんが突然、僕の手を掴み揺すりながら言った。「ラストスパートですよ。鞭をいれなくちゃ。ね、トリさん」

「ラストスパートか、そうですね」

そんなやり取りがあったあと、僕は昼過ぎに二病棟を訪ね、愛さんに面談室に来てくれるように看護婦に伝えてもらった。彼女はお馴染みのジャージを着て、テーブルを挟んで僕の前に座った。彼女は恥ずかしそうに俯いて僕の顔を見ないようにしていた。

僕はいま芝居をここで断念したくないし、なによりも自分のためにも、この芝居を完成することに本気で取り組んでいると正直に訴えた。そのためにぜひ君の力を貸してほしいとお願いした。愛さんは黙って聞いていた。

「愛さんどうしたんでしょうね」マスターが僕に訊いた。「彼女まだ具合がよくないんだろうか」

「迎えに行ってこようか？　私」ハルミちゃんが僕の様子を窺った。

僕は玲央の代役のことを、つまり僕が以前所属していた劇団員か倉本さんの起用を話そうと思っていた。話すとしても僕なりの結論を出していないと、みんなを不安にさせるだけなので、もう少し時間が必要だった。

「あのう」と美紀さんが僕に声をかけた。「もし玲央ちゃんの替わりがいないとなると、私がやることになるんでしょうか？」

「美紀さん、大丈夫？」久美さんが心配して美紀さんを窺った。

「だって玲央ちゃんがあれだから、愛さんが来なかったら公演がやれなくなるんでしょ？」美紀さんは不安そうな顔で僕を見た

「いまいろいろと考えているところだけど」そう言いながらも僕は、美紀さんに頼むしかないと考

えていた。「万が一のときは美紀さんがやってくれるのがベストなんだけど、そんなことは可能かな」と美紀さんの反応を窺った。「どうだろう?」

彼女は俯き加減でなにかを考えているようだったが答えなかった。

「でも、もう時間がないものね。本番まで二週間もないもん」久美さんが美紀さんに同情するように言った「無理だよねえ」

そのときだった。舞台側の戸口から愛さんが朝倉先生に伴われて現れた。

「愛さんだ!」清ちゃんが感激したような声を出した。

「愛さん、愛さんだ」ハルミちゃんも声を出し嬉しそうな顔をした。

「よう、愛さん!」二宮君が大声をあげ、拍手した。

つられてみんなも一斉に拍手。不思議な拍手だった。なにも言わなくても、それぞれが感じていたにちがいない。愛さんは照れくさそうな笑顔で白衣の朝倉先生に二言三言話をすると、僕らの前にやってきた。

「遅れてごめんなさい。ちょっと朝倉先生と話をしていたものですから」と愛さんは卓球台の近くに来てみんなに話しかけた。「実は私、一昨日、昨日とトリさんから玲央ちゃんの代役をやってくれないかと頼まれまして、それはできないと断ったんです。でもいろいろ考えて朝倉先生に相談して、やはり玲央ちゃんの代役を引き受けることにしたんです。うまくいかないかもしれませんけど、一生懸命やりますので、よろしくお願いします」

愛さんはそう挨拶すると頭を下げた。またみんなが大きな拍手を送った。朝倉先生が何度もうなずいていた。

「ありがとう。愛さん。ほんとうにありがとう」

僕は愛さんに駆け寄り、彼女の手を握りしめた。

「愛さん。素敵、ありがとう」清ちゃんは涙声になり、僕にウィンクをした。

「ありがとう。愛さん」みんなが声を揃えた。愛さんは嬉しそうな顔をして頭を振っていた。それにしてもあんなに頑なに断り続けていた愛さんはなぜ気持ちを変えてくれたのだろうか？　しかも、きっぱりと堂々と話す愛さんがこんなに変わるとは信じられなかった。朝倉先生はどんな話で彼女の気持ちを変えたのだろうか。もちろん清ちゃんの言葉もきっと伝わったにちがいない。


舞台に台本を持たずに、すっと立った愛さんの姿は驚くほどに存在感があった。マスターと小泉さんとの絡みも、ゆっくりとしたセリフ回しで不思議なアリスを感じさせた。ラストで布団をめくると現れる老婆とのやりとりは棒読みに近いものだったが、却ってアリスという存在のリアリティを増しているように思えた。こういうアリスもありなのだと僕は改めて思った。演技を終え、舞台から下りてきた愛さんの目に涙が溢れていた。

「愛さん、自分の中に信じられる感覚が見つかるまで、いまのようなやり方で構わないよ。科白を説明することはまったくいらないからね」

僕がそう言うと、愛さんは「はい」と答え、卓球台の席に戻ると声を出さないようにして、肩を震わせながら泣きはじめた。隣に腰かけた小泉さんが彼女の肩を優しく叩きながら「頑張ったね」と声をかけた。みんなも「よかったよ。愛さん」と口々に彼女を称えた。彼女がどうして泣いているのか微妙な心理はわからなかったが、後ろ向きの涙ではないことだけははっきりとわかった。きっと彼女の中のなにかが弾けたのだろう。

愛さんがひとまず落ち着くのを見計らって、みんなにダメだしをしようと思っていたときだった。体育館の小部屋の電話が鳴り、二宮君が走っていって電話に出た。医局から僕への驚く知らせだった。

玲央が病院から失踪したという。

昼食後、閉鎖病棟の外出着になった患者たちと一緒に日光浴で庭に出ていたときだった。普通、閉鎖病棟の患者たちがまとまって庭に出るときは、看護スタッフが庭のところどころで監視しているので、そう簡単に庭の外に出られないはずなのだが、玲央はちょっとした隙に姿を消したらしい。ある看護者によれば玲央がテラスに上がっていくのを見たという話もある。とすれば「ひまわりハウス」にいた誰かと話をしに行ったとも考えられる。とにかく病棟に戻るときには玲央の姿が見えなかったというのだ。

計画的に出ていったわけじゃないと思う。たぶんお金もそう持ち合わせていないにちがいない。実家に連絡を取ったが、他に心当たりがないかと主治医から僕に問い合わせがあった。僕は昨日、玲央と会ったときのことを思い出しながら彼女の行方を考えてみたがわからなかった。

いったいどこに行ったというのだろう。まさか芝居と現実を混同してしまったわけでもないだろうが……。

失踪の前日、玲央が僕を呼んでいるというので、閉鎖病棟の彼女の病室に様子を見に行ったのだった。

玲央はベッドの上にしゃがみ込み、窓の隙間から冬の暗い空を見ていた。

アリスは自分が演じると訴えてくるのだろうと僕は思っていたが、彼女の口から洩れてきた言葉は違った。それはまるで睡眠時に夢を見ているような内容だった。自分がどこかに行ってしまった。ベッドの上にいる自分は自分じゃなくて、抜け殻だという。僕は薬を飲んでゆっくりと休むようにとありきたりなことしか言えなかった。そんなことをつぶやいた玲央はそのままもうひとりの自分のことを考えているかのようにじっと相変わらず空を眺めていた。

僕は体育館の窓辺に立ち、彼方の街を眺めながら玲央がこの寒空にどこを彷徨っているのだろうと考えた。まさか彼女の訴えるように自分を探しにはるばると果てしのない旅に出たというわけでもあるまい。やはり彼女の実家だろうか。実際どう考えていいかわからなかった。窓から見える空は相変わらず重く曇っていた。

玲央の失踪は結局みんなの知れるところとなった。

すでに玲央の代役を愛さんが演じるということが決まっていたせいか、玲央が離院したことをあまり深刻に受け止めている様子はなかったようだ。僕もさほど心配することもないと思おうとしたが、頭の片隅で椿さんの不在がひょっとしたら関係しているのではと思わないではなかった。

＊

夜、帰宅すると、すぐに倉本さんから電話があった。「クリフォード」からだ。午前中、倉本さんの自宅に玲央から電話があったという。電話の様子から、彼女が病院から無断で外出しているのではないかと心配してのものだった。

「高島さんの電話番号を聞かせてほしいって頼まれたんです。もちろん病院の勤務者の連絡先はたとえ玲央さんでも教えられないって断りました」

「そしたら？」

「怨むと言われました。教えたほうがよかったでしょうか」彼女は心細そうな声を洩らした。

「いや、そんなことはない。それでよかったんだよ」と言いながらも、僕はあの夜、電話番号を教えておけばよかったと悔やんだ。電話が僕あてにあったほうがことを早く収めることができたのかもしれなかったからだ。

「で、彼女はそれからどうしたの？」

「船橋のGホテルにいるっていうから私、夕方そのホテルまで行って彼女と会って話したんです」

「ね、仕事を終えたあと、会って話をすることできないか？」詳しく訊きたかったので彼女にそう頼んだ。十一時に「スワン」で会うことになった。

倉本さんは三十分遅れてきた。雨になったらしい。すぼめた赤い傘が濡れていた。彼女は紺色のハーフコートを脱ぐと僕の前に腰かけ、オレンジジュースをオーダーした。

「早速なんだけど、玲央の話を訊いていいかい」と僕は促した。

玲央はこころここにあらずといった顔をしていた。いまお金がないので貸してほしいと頼まれたので一万円用立てた。玲央の話しぶりは一貫性がなく、話があちこちに飛んで話の全貌が理解しにくかった。理解できたのは、彼女は芝居の役作りのために外に出てきたということ。玲央が再び僕の電話番号を知りたいと言ったので、知らせないのは意地悪からでなく規則だから許してほしいと断ると、「あなたは私と彼を会わせたくないのでしょう」と責めた。「だったら教えてもいいけど、このことを知ったら高島さんは喜ぶかしら？　いま玲央さんがいなくなって彼が一番困っているんじゃないでしょうか？」と言うと、黙り込んでしまったという。

「私、玲央さんにいま、舞台に出てアリスを演じることが病気を治すことになるのかって訊いたんです」

「それはどういう意味？」と僕は興味深く訊いた。

「舞台に立つということはますます迷路に踏み込んでしまい、アリスを逃してしまうのではと言いました」

「で、玲央はどう答えたの？」

「アリスは私を振り向いて早く私を捕まえてって言っているっていうの」倉本さんはジュースをストローで吸いながら肩を小さくすくめた。「だから私は玲央さんに言ったんです。あなたはアリスを演じようとして、どんどん不自由になっている。かえって病気を呼び込んでいる。私にはそう思えます。いま玲央さんがこうして病院を抜け出たら演劇活動そのものの存在を問われるんじゃないでしょうか」と言いました。

「そしたら?」

「私や高島がやろうとしている芝居の意義がわかっていないって。アリスを解放させたい。だから私はアリスをやろうとしているんだって」

「アリスを解放させたいってどういう意味なのって訊くと、玲央さんはそれには答えなくてじっと私を睨んでいるんです」

「アリスを解放させたい……」僕がその言葉を繰り返すと倉本さんは小さくうなずいた。

それから高島の家に連れてってほしいと言うので、自分も彼の家に行ったことがないからわからないと答えると、玲央が「もういい」っていきなり席を立って出ていった。慌てて追いかけても玲央はどんどん行ってしまい、とうとう姿を見失ってしまったという。

「ごめんなさい。役に立たなくって。私、玲央さんと会う前に病院のほうに連絡をしようかどうか迷ったんだけど、私の立場からいって、なんだかそういうことをするのもおかしい気がして、連絡しなかったんです」

「仕方ないよ、それは」と僕はうなずいた。「でも、玲央はそれからどこへ行ったんだろう?」

「私、高島さんのアパートを知っているのに教えなかったんです。それでよかったんでしょうか。アパートを教えたほうがよかったのかもしれない……玲央さんは高島さんを必要としていたのに……」

「すまない。かえって君にいろいろと気遣いをさせてしまって。彼女は自分の家にも帰っていないらしい」

「私の基本的な対応がまずかったんです。ほんとう言うと玲央さんの言っていることがあちこち飛んでわからなかったの。やはり甘いんです、私。ごめんなさい」

「君が謝ることなんて、なんにもないよ。僕は君に感謝している」

「そんな……」彼女は俯いて、ボロボロと流れる涙をハンカチで拭きながら言った。「ダメですね。私、涙が似合うような乙女じゃないのに、泣くなんて」

「そんなことないよ。十分に涙が似合う乙女ですよ」

「私を笑わせようとしているんですか？　アハハハ」と言ってまた泣いた。

「僕はほんとうに君に感謝している。ありがとう。だからもう泣かないで。な」

「ああ、恥ずかしい」彼女はそう言ってハンカチで鼻水をかんだ。そしてニコッと僕を見て笑った。

「君に報告することがあるよ」ここで話すことを一瞬ためらったが話すことにした。「玲央の代役は愛さんがやってくれることになったよ」とその経緯を伝えた。

「朝倉先生が愛さんを説得してくれたんだ。その話が彼女の気持ちをどんなふうに変えさせたのかよくわからないけど、とにかく彼女は稽古を始めることになった」

そう伝えると彼女は喜びの笑顔をみせた。「で、どう？　うまくいきそうですか？」身を乗り出して訊いた。

「まだ粗削りだけどね、なんとも言えないいいものがあるよ」

「よかったあ」と彼女は大きな声を発した。「ほんとうによかったです。よかったです」彼女は繰り返した。

「いろいろありがとう」僕は倉本さんに頭を下げた。

「そんな……」彼女の目から大粒の涙がまた頬を伝ってきた。彼女の人の好さを感じた。

「帰ろうか」僕がそう言うと彼女は「よし！　帰るべえ」と大きくうなずいた。店のドアを開け、通りに通じる階段を下りると、夜の商店街はクリスマス用のイルミネーションで輝いていた。雨粒がライトの中を小魚のように踊っていた。濡れないように彼女の肩をくるんで歩いた。

「そうだ、もしまた連絡があったら、僕の電話を教えてやってほしいんだ」

構内に入る石段で足を止め、傘をすぼめてそう言った
倉本さんは僕の目をじっと見つめてから「わかりました」と小声で言った。

「改札口まで送るよ。これ」傘を彼女に手渡そうとした。

「持っていってください。私、船橋からタクシーを使いますから」

「わかった。じゃあな。いろいろありがとうな」

「私としたことが泣いてしまった」改札口を抜けた倉本さんが振り向き、ささやくように言った。

「泣かせてしまったな。ごめんな」僕は笑って手を小さく掲げた。彼女はホームに通じる階段の上がり口で、再び振り返り小さく手を振った。

＊

玲央が病院に戻ってきた。正確に言えば連れ戻された。失踪してから二日たっていた。

玲央は病院から行方を消した翌日、まったく見も知らない人の家に上がり込み、警察に通報され保護された。玲央が他人の家に入り込んだのはやはり舞台のストーリーを地でいったからなのだろうか。

玲央が保護されたとき、自分をこんな状態にしたのは倉本まゆ子が裏で操作しているからだと主治医に口にしたらしい。鎮静剤の注射から目が醒め、玲央の興奮が収まった頃、主治医の診察の後、僕も玲央の病室のベッドの傍にある椅子に腰かけて彼女の話を訊いた。

彼女はまだ夢の中にいるような不規則で切羽詰まった息づかいをしていた。そして、その夢の中に置き忘れてきたものを思い出そうとするかのような話し方をした。だが、話はどこまでが事実であり、どこまでが妄想なのか判然としなかった。そして話の文脈が突然変わったり、横滑りしたり、意味がまったく理解できなくなることもしばしばあり、僕は森の中に見え隠れする蝶の行方を見失わないように彼女の話を追いかけていくしかなかった。

僕が拾った言葉は断片であり、脈絡のないものだった。

バイクに乗った坂本君が椿さんのところにアリスはいると言った。

椿さんが玲央に出会って、また絵が描けるようになった。ずっと自分と一緒に暮らしてほしいと。

私が青い舟に乗ったら、一生、ウサギの穴から出られなくなってしまう。私は怒って逃げた。自分が観覧車に乗っていた。海の向こうからコブのあるヘリコプターが電波を発信してきた。舞台に出なければアリスの居所を教えると……観覧車を降りると、自分の母親とアリスが歩いているのを目にした。

椿さんが絵を再開したいので、一緒に館山に行こうと言う。もし断ったら、演劇の公演を実現できなくすると脅されたが、それはできないと再び逃げた。母とアリスが家に入ったので、私もその家のドアを開けて入った。

明らかに艶のない髪、生気のない青白い顔、地割れしたような唇が玲央の疲れ具合を示していた。玲央は焦点の定まらないぼんやりとした目で、ベッドの端に腰かけ窓から見える空を見ていた。青みがかった灰色の雲がコマ落としの映像のように切れ目なく北の方へ走っていく。窓ガラスに雨がぽつぽつとあたってきた。

「とにかく無事に帰れてよかった。疲れているだろうから、なにも考えずに休もうな……」

「ママと歩いていたあのアリスは私だったのかしら……私は誰かしら……」

玲央はそうつぶやくとベットに横たわって目を瞑った。

第十章　それは敵前逃亡だ

本番が間近に迫ってきた。

体育館には僕が赤坂の劇団で付き合っていた美術と衣装を引きうけてくれる天野恵子さん、舞台照明の辻川さん、それと舞台を映像で記録するスタッフが稽古を観にくるようになった。もちろん映像で記録することは病院と団員の了解を得ていた。

みんなは外部の人たちを意識してか、いつもより緊張した面持ちで稽古に臨んでいた。

愛さんが出る最終場面の稽古が終わったときだった。

中堂さんの様子がやはりおかしい。最近、彼女は体育館にいてもなにか気がかりのあるような感じで、稽古にもいまひとつ乗り切れていなかった。

昨年の経験から言うと、彼女にはそれなりに期待していた。しかし彼女の演技にいろいろ注文を出しても自分自身を刺激する視点を見失っているように思えた。いや放棄しているようにも見えた。当初あれだけ劇場でやってみたいと言っていた彼女だが、どうしてなのだろうか。台本に問題があるのか、彼女自身の舞台への向き方なのか、その辺りをはっきりさせたいと思っていた矢先のことだった。

稽古が終わり、みんなが僕のダメ出しを聞くために舞台から下りてきたが、中堂さんひとりが舞台から下りないで、じっとうずくまっていた。

誰もがどうしたのかと思うぐらい彼女は同じ姿勢で、ずっと動かなかったのだ。やがてみんなが気づき、ざわめきは静かになった。

「中堂さん、どうかしたの？」

僕が舞台上の中堂さんに声をかけると、彼女はおもむろに顔を上げ僕を見た。そして突然、自分の科白を大きな声で発した。

「いいかい今日集まってきた街の人たちはアリスを観にやってきた、だからおまえはアリスとして、その人たちを見つめ返してやるんだ！　じっと黙って密かに見つめ返してやるんだ。いつまでも、いつまでも、ただじっと。相手の眼差しがおまえを見ていると痛くなるまでね」

彼女は素の声に戻してこう続けた。

「私、台本の意味がずっとわからなかったんですけど、アリスに街に行くなと止めておきながら、なぜ街の人たちを呼ぶんですか？　病院は休むところじゃないんですか？　病気を治すところじゃないんですか？　そこへ街の人をなぜ呼ぶんですか。呼んでどうするんですか？」泣き声とも怒り声ともつかぬ声だった。

中堂さんは堰を切ったように、自分の中に溜め込んでいた疑問や渦巻いていた感情を奔出させた。

「病院の運動会にお客さんを呼んでおいて、なんのために見つめ返すのかわからないんです。観てもらうなら喜んでもらうべきなんじゃないですか？　どうやって私はその人たちを見たらいいんですか？　そこをちゃんと説明してくれなければ、私はやれません」

つまり彼女はアリスに傷つくから街に行くなと引き留める老婆役の科白と、自分たちが現実の街で芝居をすることが矛盾しているのではないかと指摘するのだった。そして彼女は舞台の上から現実に芝居を観にきた街のお客をどのような目で見たらいいのかと問うている。

役者として当然の疑問だろう。もしこれが一般の役者相手にならなかったら、この時期になっていまさらなにを言っている。そんなことは自分で考えろと突き放せば済むことなのだが、彼女の問いは劇団「青い舟」の役者として、担いきれない芝居のテーマを背負っている患者の声だ。突き放すわけにはいかない。彼女はこの芝居のテーマを意識しはじめて、身動きが取れなくなってきたのかもしれない。

「私は、アリスがアリスを演じるということの意味と、私たちが街で芝居をするというテーマにいままで気が付かなかったんです」中堂さんは怒るように言った。「みんなも、たぶんそのことをわかってないんじゃないですか？」

確かに僕はこのラストの場がどういう意味を持っているかといったことをことさら詳しくみんなに解説したりしなかった。椿さんが「自分たちの役は精神病患者であり、アリスがアリスをやるという宣言の科白の意味を患者にちゃんと伝えているのか」と僕を威嚇するように指摘をしたが、そのことがいま噴き出してきたのだ。

そうなのだ……僕があえてその科白の意味合いをことさら取り上げなかったのは、この芝居の成り立ちは精神病院の患者の生活の一コマを描くということを前提にしていたからだった。だからその敷衍上にラストで患者が患者の役を演じるという意味の「アリスがアリスをやる」という科白は唐突感のあるものではないし、物語の中では自然なものだった。しかしその科白がどういう意味を持つものなのかということについてはことさら触れなかった。それは患者にとって苦い自己認識を強いることでもあり、傷口に塩を塗るような行為のようなものかもしれない。だから芝居の論理は通っても、現場で説明するうえで患者を傷つけないような言葉を見つけられなかったのが本音と言ってよかった。

稽古場に来ている外部のスタッフも、役者たちも僕がどのように応えるか注意深く見つめているのがわかる。この芝居の核心をつくテーマを患者たちと口に出し、やり取りするのは初めてのことだった。

「なんて言えばいいんだろう……」僕はこの場面に相応しい表現を探した。思っている本音を隠し隔てなく言うべきか、患者の心を傷つけない遠回りの言葉でうまく説明できる言葉はないか。僕は迷った。いや、いくら思い巡らせても十分に説得する術などなかった。

「観客に対しては、いままでの自分の恨みつらみを込めて睨んだっていいし、優しい気持ちで見たってかまわない。ただ、客観的に言って、この科白は観客にとっては挑発的なニュアンスとして受け取られることは間違いないと思う」迷いを断ち切って僕は直截に言うことにした。

「だいたい『劇団青い舟』の芝居を観に来る客というのは、精神病患者がどんな芝居をするか興味津々で来る人たちだと思っていい。そういう興味を持つことはいままでの自分のことを考えても、当たり前の好奇心だと思う。だからこそ、その視線に対抗し得る言葉としてアリスがアリスを（演じる）やると宣言したものなんだ」

僕はずばりそう言い切り、みんなの反応を待った。

「なにを言ってるのか全然わからない」ハルミちゃんが不満の声を洩らし「わかる？　ねえ」と隣のススム君に聞いた。ススム君は「わからない」と頭を振った。

「キチガイがキチガイを演じるという意味だよ」面倒くさそうに二宮君がハルミちゃんに説いた。

その声を聞きまわりがざわめいた。

「ちょっと、それは無作法な言い方だな」僕は二宮君をたしなめた。

「どういうこと？」久美さんがすかさず二宮君に訊いた。

「キチガイって、誰が？」アキさんの目が尖った。

「俺たちだよ。そう思われてんだよ」二宮君が不貞腐れたように答えた。

「言っておきますけど、私はキチガイなんかじゃないわ」久美さんが怒ったように言った。

「私だってキチガイなんかじゃないわ」美紀さんが追従した。

「冗談じゃないよ。どうしてキチガイなのよ、私が！」アキさんが卓球台を拳骨で叩いた。

「でもね、世間ではそう思われているんだよ」陽ちゃんがのんびりした声で言った。「精神病院に入院した患者はキチガイと呼ばれるんだよ。ねえマスター」

「まあな。頭に来るけどな」マスターは腕組みをして難しい顔をした。

「僕はよく言われていたよ」ムーミンがニコニコして言った。「学校時代から言われていたよ。友だちにも」

「私なんか毎日、言われてましたよ。近所の人に」小泉さんがニコニコしながら足を揺すった。

「やっとわかった。だからアリスはキチガイだってことなんだ」久美さんが泣き声をあげた。「アリスがアリスを演じるというのは、キチガイがキチガイを演じるということ、そういうことを言っているんですか？　トリさん」

「違う！」と僕は大声で断言した。「アリスは精神病院に入院してきた少女だよ。少女はどういう病気かわからない。いや病気じゃないのかもしれない。そういう状態の少女をこの芝居ではアリスと名づけた。アリスがアリスを演じるということはそのような少女がアリスの役を引き受けるということ。それだけなんだ」僕は続けた。「入院患者は精神の病気で入院したとしても、それは治療が必要のないものかもしれない。人間には心があって、その心が病んで病気になることがある。この僕だってストレスが溜まって鬱病という病になるかもしれない。その状態を狂気が襲うこともあれば、深い海の貝のようにじっとしている状態のようになることもあるだろう。あるいは不安に駆られて異常な行動を取ることもある。世間ではその状態を気が触れるともいうし、その状態が長い人をキチガイということも事実だ。そもそも異常と正常という線の引き方は曖昧なものだろ。いまここにいる患者は異常かい？　いろんな心や脳の状態の人が患者なんじゃないの。だからアリスは入院患者ということだけど、それ以上のことは言っていない。芝居はそのことをテーマにした物語と言ってもいいのかもしれない」少し長めだったが、僕はそう説明した。全員にわかってもらうのは無理かもしれない。いや、たぶん思っていることの何分の一も言えていない。僕の言葉をみんながどう受け取るか、いや刺激するかもわからない。ここまで来たらただ直球を投げるしかなかった。

「ズバリ言って、精神病患者が精神病患者を演じるっていうことはどういうことかっていうことでしょ。偏見をもって僕たちを見る人に、僕らの演技はどういうふうに見えますかっていう問いかけなんだよね、トリさん、そういうことですよね」二宮君が同意を求めた。

「その通りだと思う」

二宮君は僕の本意を伝えてくれた。自分で言うよりも、他人から言ってもらえたことが好ましかった。なによりも僕が言わんとしていることを二宮君が理解してくれていることが嬉しかった。「もちろん偏見に囚われていない観客もいる。身内の人とか、医療にかかわる人とか、病気に理解ある人とかいると思う。でも多くの人が色眼鏡で見る。僕も昔はそうだった。だからその色眼鏡を外して、アリスを観てほしい。この舞台を観てほしい。そういうことなんだ。この芝居は」

みんなは黙っていた。

「そういう意味があったなんて私、わからなかったわ」久美さんが泣きそうな顔でため息をついた。

「私も……」美紀さんもつぶやいた。

「じゃあ、アリスに街に行くなって言っておいて、なぜ私たちは街に行くんですか？」

舞台の上の中堂さんが少し落ち着いたのか、いくぶん語気を和らげて質問を投げてきた。

「芝居をしに行くんだろ？」二宮君が僕の代わりに答えてから僕を見た。僕は二宮君にうなずき返し、彼の意見に付け足した。

「そう、芝居をやりに行くんだよ。だって今回は街の劇場で芝居をやりたいとみんなが言っていたんじゃないの。中堂さんも劇場で芝居をしたい。自分の思いを街の人に観てもらいたいって言っていたでしょう。一般の人に自分たちのことを表現する芝居だからじゃないの？　街に行くのは」と僕は朗らかな声で言った。

中堂さんの反応を窺った。彼女はじっとなにかを考えているようだったが、しばらくするとちょっと投げやりな感じでこう言った。

「街の人の夢を醒ましにいくんじゃないんですか？　『いいチャンスだ。アリス。街の人の夢を醒ますんだ』そう言ってるじゃないですか、台本では」

『**できない。そんなことできないわ**』

突然ムーミンがアリスの科白を歌うように言った。何人かがクスクス笑った。それに意を得たのか、ムーミンは調子に乗ってアリスに向かって言う老婆役の中堂さんの科白をつづけた。

『**できるさ！　いいかい今日集まってきた人たちはアリスを観にやってきた。その人たちをじっと黙って密かに見つめ返してやるんだ。いつまでもいつまでもただじっと。相手の眼差しがおまえを観ていると痛くなるまでね**』ムーミンが科白を語り終わると拍手がおこった。

「いよおー、大統領！」二宮君だった。ムーミンがVサインを出した。中堂さんの顔に笑みがこぼれた。

場が少し和らいだ。やれやれ、これでことが収まるかなと思った矢先だった。

「私、やめます。こういう芝居には出たくありません」元保母の吉田さんが突然、緊張した顔をして椅子から立ち上がった。

「俺もやめる」田中君がぼそっと言った。「勉強に集中したいから……」

館内がざわついた。

「私もやめる」ハルミちゃんがつぶやいた。

「僕も、やめるよ」ススム君が俯きながら小声で言った。

「オ、オ、俺は頭が悪いからこういう芝居だって、ワ、ワわからなかったなあ。劇場でやりたいと言ったけど、俺もやめるわ」佐々木さんが泣き声で言った。

前田さん、久美さん、美紀さん、アキさんたちは俯いていた。

やめると口にした連中が立ち上がり、その場を離れようとしたときだった。

「待って。みんないったいどうしたというの！」清ちゃんが力のこもった声を放った。「あなたたち、そういうのを敵前逃亡っていうのよ」

「敵前逃亡って？」ススム君が小さな声で訊いた。

「難しかった？　ゴメンね」清ちゃんが優しい笑顔になって言った。「軍隊ではね、戦いの場で自分の命が惜しくなって逃げ出すことを敵前逃亡っていうの。自分はね、病気で自衛隊をやめたけど、逃げ出したわけじゃない。病気に勝てなかったの。悔しかったわ。自分は自衛隊をやめたくなかったの。自分は第一空挺団の一曹をしていた。仕事が好きだったの。たとえ自衛隊はごくつぶしだとか税金泥棒だとかとののしられても、自分の仕事が日本の防衛に役に立つって誇りに思っていた。いざというときを想定して訓練していた」

感情が高ぶったのか涙声になった。

「自分はやめたくなかった。レンジャー空挺部隊を誇りに思っていた。自分から放棄したわけじゃない。逃亡したんじゃない！　病気でやめるしかなかったの。私は悔しかった。悔しかった。なぜ病院はすぐに病気を治せないのかって！」泣き声で続けた。「なんでこんな話をするかっていうとね、いままで戦うために練習してきたことをなんで放り投げるのかって言いたいの。自分たちレンジャーはいざというときのために激しい訓練をやっているの。同じことよ。このお芝居はね、自分との闘いでもあるのよ。たしかに自分を精神病患者だと名乗って舞台に立つのは勇気のいることだと思うの。誰も試みたことのない戦いの最前線よ。でも、アリスがアリスをやるって言っているじゃないの。それって自分が世間に負けない自分を誇ろうとする宣言じゃないの。戦うぞという表明じゃないの、意気込みじゃないの。自分は、このセリフでどれだけ、負けそうになる自分を奮い立たせられたかわからないわ。自分に負けたら終わりよ。そうでしょ。習志野第一空挺団一〇一空挺大隊、宮本小隊長は戦う。戦うぞ！」清ちゃんは声を詰まらせ続けた。「だから……自分は……最後まで一緒に……トリさんと戦って……ほしいの、みんなで一緒になって」言葉が続かず清ちゃんは大声で泣いた。僕は胸が熱くなった。

「ありがとう。清ちゃん。ありがとう」僕も涙が込み上げてきた。

ずっと俯いていた金ちゃんが突然顔を上げて声をあげた。

「この芝居は患者が自分を精神病患者だと名乗ってやるわけだけど、それは自分にとってなんの意味があるんだってある人たちに言われました。病院やトリさんに利用されているだけだと。だけど、俺は、いまはきっぱりと言えます。この芝居は自分のためにあるんだって」

「もう、酒飲むなよ」陽ちゃんが冷やかした。金ちゃんが頭を掻いた。

「私はやるよ。清ちゃん、私やるから」アキさんが二人の男の励ましに影響されたのか涙を拭きながら毅然とした表情で言った。

「私もやる」久美さん、美紀さん、前田さんが次々に表明した。

「小泉さんもやるだろう?」マスターが訊いた。

「当然ですよ。やりますよ」小泉さんはすまして言った。

「ハルミちゃん、どうする? もう少し頑張ろうよ」久美さんが小首を傾げ誘った。ハルミちゃんはこっくりとうなずいた。

吉田さん、田中君もいつの間にか何事もなかったように継続組の仲間入りをしたような顔になっていた。

「質問していいですか?」美紀さんが不安そうな顔で訊いた。「アリスって結局、夢から醒めなかったんですか?」

「醒めたんだよ。自分のベッドで醒めたわけじゃないけど、自分が入院していることを認識したんだよ。それが夢から醒めたことなんだよ」と二宮君が僕の替わりに答えてくれた。

「ね、トリさん?」「うん」僕はうなずいた。

「アリスの旅はまだまだつづく。そういうことよね」清ちゃんがハルミちゃんの肩を優しくたたいた。

ことはこれでようやく解決したと思った矢先、中堂さんの一声で場の雰囲気がまた揺らいでしまった。

「清ちゃんの言っていることはわかります。だけど、私はもう少し考えさせてください。こんなことを言っていいのかどうかわかりませんけど、トリさんは私たちみんなを信用していなかったんじゃないですか。私たちを観客の前で精神病患者だということを名乗らせることに不安だったんじゃないですか？

もしトリさんがこの場面をみんなの気持ちを確かめ、説明をしていたらみんなは絶対やめてしまうと判断したからなんじゃないですか」中堂さんは舞台の上から正座をして僕に言った。中堂さんの指摘は胸に刺さった。しかし僕は反論するしかなかった。

「たしかに僕がこの科白の意味はこうこうですよって説明してこなかったのは事実だ。でもよく考えてみて。そもそもこの演劇を一般の劇場でやりたいと言ったのは中堂さん、君たちなんだよ。そういうところからこの芝居つくりは出発したんじゃないのかな」僕はつづけた。「そういうことがあって、精神病院で過ごす自分たちの日常を表現するというテーマの中で僕はこの『アリス』を考えたんだよ。甘っちょろいヒューマンな芝居では街に出られないと思ったからね」

僕の弁明は間違ってはいないがやさしくなかったのかもしれない。確かに中堂さんの言うように僕は舞台の完成を目指した以上、公演を目指して障碍になるものを避けようとしていた。もっともアリスがアリスを演じる（やる）という表明はあざとすぎやしないかと思ったのも事実だ。そのことを自分の中で消化できずにその迷いを自分の奥座敷にしまってしまったのかもしれない。

「そうかもしれませんけど。だけど……なにか違うような気がします。清ちゃんはこの舞台は自分との戦いだって言いましたが、私は演劇するしないにかかわらず日々戦ってます。だからなにも自分の戦いを観客に示す必要があるとも思いません」と中堂さんは自分の中に渦巻く怒りの断片をそんなふうに表現した。

「ちょっと待って」と清ちゃんが居たたまれないように椅子から立ち上がった。「たしかにそれはそうかも……でも考えてみて。いい？　いかに個人で病気と戦っていようとも、それはあくまでも個人のことだわ。私だって、ここにいるみんなだって病気とは戦っています。そのうえで私たちは演劇をやろうとしているんでしょ。親の因果が子に報い、哀れな精神病患者の舞台でござぁーい。どうか観てやってくださあいといった情けない姿で公演を私たちは打とうとしているわけじゃないでしょ。それともそんなことを望んでいるの？　そんな芝居ならわざわざやる必要もないわ。自分たちが目指しているのはしゃきっとした骨のあるものなんです。これは公の戦いですよ。精神病患者を代表する患者の戦いですよ。自分はそう思う」

清ちゃんはこの日、見学にきている外部の人たちをも意識して話している感があった。

「ナ、ナ、なにを言っているのか俺はよくわからなくなった。どうしたらいいのかわからない」と佐々木さんが頭を抱えた。

「僕もよくわからない」とススム君もぼそっとつぶやいた。

「私も全然わからない……」ハルミちゃんも泣き声で言った。

「もうやめてよ！　せっかく頑張ってやろうとしたのに！　もういい！　もうやだあ！」アキさんが大声をあげ切れてしまった。「私、もうやめた！」アキさんはそう喚き、体育館から飛び出していった。そのあとを、久美さんと美紀さんが「アキちゃん待って！」と追っていった。

みんなは声も出さずにその場に固まってしまった。見学に来ていた外部スタッフもだれ一人声も出さずにじっとしていた。

中堂さんは舞台の上でひとりなにかを考えているようだった。彼女は自分の体と僕の紡ぎ出した観念とのギャップにたじろいでいるのかもしれなかった。その感覚は彼女ひとりのものなのか……。

「やはり考えさせてください」中堂さんが立ち上がり舞台から降りてくると卓球台の上にあった自分の台本をもって体育館から出ていった。そのあとを佐々木さんが「俺も」と言って、中堂さんの後につづいた。そのあとを前田さん、吉田さん、ススム君、ハルミちゃん、田中君が「私も」と言い、その場をそそくさと引き揚げていった。

残ったのは二宮君、マスター、金ちゃん、陽ちゃん、ムーミン、愛さん、そして清ちゃんだった。

「公演は中止かな……」マスターがそう言って大きなため息をついた。

「あーあ、情けないなあ。あともう少しだったのに」と二宮君が誰にともなく声を洩らした。

実際情けなかった。彼らを責めるつもりはない。これははじめから覚悟していたことだったのだから。しかもこれは僕自身の甘さから出てきた問題なのだ。芝居は芝居だというような「能天気な」ところでやってきたツケがまわってきたというしかない。

「どうしますか?」陽ちゃんが真剣な声で訊いた。

「とりあえず今日の稽古はこれで終わりにしよう」と僕はみんなに言った。

「トリさん、絶対諦めないでください」と清ちゃんが強い声で僕を励ました。

*

その夜、僕は「クリフォード」に寄ろうかと思ったが、アルコールが抑えていた感情をどう爆発させるかわからなかったので、おとなしくアパートに帰った。

夜遅くに倉本さんから電話があった。ケースワーカーの立原さんから連絡があったらしく公演のことを心配しての話だった。僕は詳しく報告する気も起きなかったが、彼女の思いを無視することもできなかったので、体育館での出来事をおおまかに話した。今回のことはすべて自分の甘さから起きたことで、たぶん公演は中止にするしかないだろうと話した。

「なんとかならないものなんですかあ……」と倉本さんは電話の向こうで嘆いた。

「うん、こうなったのもすべて僕の責任だ。彼らの病気をどこか甘くみていたんだろうな。またはっきりしたことがわかったら連絡するよ」そう言って受話器を置いた。


翌日、清ちゃんと約束したとおり、僕はいつもの時間に体育館に足を運んだ。やはり誰も来ていなかった。

外部スタッフには問題がはっきりしたら伝えると言ってあったので来訪者はいない。

僕はいつもの卓球台のまえにひとり腰かけて待つことにした。ずっと待ったが誰もやってこなかった。清ちゃんと金ちゃんとマスターが病棟を回って、続けてやろうと説得に当たってくれていると二宮君がやってきて教えてくれた。

最低三日間はいつも通りに来て待っていようと思った。集まらなかったら当然公演は断念するしかない。院長、副院長に報告して公演は中止しようと決心した。

二日目も同じようにひとりで待っていると前田さん、愛さん、ムーミンがやってきた。

「やはり来てないですね」と愛さんがひっそりと前田さんにつぶやいた。

「せっかく愛さんが頑張ってくれたのにゴメンな。もう一日待ってみよう。それから決断するよ」と僕は伝えた。

清ちゃんが息せき切ってやってくると「トリさん、諦めちゃ絶対ダメですよ。私は諦めません。頑張りましょうね」そう言うと彼は駆け足で体育館を出ていった。僕は彼の後姿を見て頭が下がった。

「私もみんなを説得します」と愛さんが言った。

「私も」前田さんもそう言い、二人で出ていった。

ムーミンがニコッと僕を見て微笑んだ。どういう笑みかわからなかったが、たぶん「まな板の鯉だね」っていうような意味の笑いだろう。


三日目になった。僕は重たい足を引き摺って体育館に行った。ドアを開けると驚くことに卓球台のまわりにみんなが揃っていた。

ハルミちゃんもススム君もアキさんも、佐々木さん、吉田さんも久美さんも、美紀さんの顔もあった。そして意外なことに三病棟の桜木看護士と立原さんも一緒だった。

「遅いぞ」二宮君が大声で僕を叱りつけると、みんなが笑った。

僕の胸は火を点けたように熱くなった。

「トリさん、諦めちゃダメ。もうすぐ中堂さんもやってくるわ」清ちゃんがそう言い終わらぬうちに、中堂さんが、倉本さんと一緒にやってきた。

「倉本さん！」僕は驚いて声をかけると倉本さんが僕にニヤッと笑った。

「トリさん、倉本さんが私の病棟に面会に来てくれて、いろんな話をしてくれたんです」中堂さんが興奮するような口調で話した。「倉本さんから聞きました。芝居の最後の場面をアリスが雪の降る公園で死ぬのがいいと玲央ちゃんがこだわったのを、トリさんがそこは患者の勇気のためには希望を込めてアリスがアリスをやると宣言すべきだと考えを曲げなかったことを聞き、私はトリさんの気持ちがよくわかりました。そこまで思ってくれていたことを知って、吹っ切れました。私もみんなと一緒にやらせてください」

「ありがとう中堂さん。ありがとうみんな。清ちゃんありがとう」こんなに嬉しいことはなかった。不覚にも涙が溢れてきた。「倉本さんありがとう」

清ちゃんと倉本さんも目に涙をいっぱい溜めていた。

「ああ、トリさんが泣いている。誰だ？　トリさんを泣かせたのは！」二宮君が笑った。

「よし！　また今日からみんなで本番を目指して稽古を頑張りましょう！」清ちゃんが泣き声になって号令した。みんなから拍手が起こった。

僕はなんとか首の皮一枚で繋がった。桜木さんも清ちゃんと一緒になって説得に回ってくれ、桜木さんは各病棟の看護婦さんたちに協力を頼んでいたという。それは勇気百倍というものだった。

この嬉しい気持ちを僕は玲央に伝えたくなり、閉鎖病棟に足を運び、病室の扉を開けた。玲央はベッドに横たわり、ぼんやりと天井を見つめていた。玲央は僕を柔らかな視線で見つめるとつぶやいた。

「小舟に乗っていたのはパパだったの。パパはね、ママがずっと他の男と愛し合っていたことを知って、悲しんで死んだの。パパは私のことが心配で小舟に乗ってやってきてくれた。私はパパと一緒に舟に乗って黄泉の国へ行きたかった……私も連れていってえって、パパに声をかけたの……また来てくれるかな、パパは……」玲央は僕を見てにっこり笑った。どうして突然そんなことを語り出したのかわからなかった。僕が玲央に伝えたかった僕の嬉しい気持ちは、自分本位のものにすぎないと思うしかなかった。僕はなにも声をかけられなかった。玲央の悲しみの海辺に黙って佇むしかなかった。

＊

稽古は本番と同じ夜の時間帯にした。

この公演の美術を担当してくれた天野恵子さんが拵えた舞台衣装が体育館に持ち込まれると、わあーと歓声があがった。さっそくそれぞれが自分の衣装を手に取った。

アリス用の白いブラウスに真っ赤な丈の長いスカート。まるで巫女さんのようなデザインだ。シルクハットにモーニング姿のマスターとドレス姿の小泉さんは天皇と皇后役だ。ローマ時代の聖人が着るような白い生地をまとったキリスト役の二宮君、三度笠と脇差姿の金ちゃん、白衣のムーミンと看護婦姿のハルミちゃん、ドイツの軍服を着たヒトラーの佐々木さん、ピンクの長い社交ドレスのシンデレラは清ちゃん、ポパイ姿のススム君、ピーターパンの田中君、マッチ売りの少女の吉田さん、エプロン姿のサザエさんは中堂さん、みんながわいわい声をあげ、嬉々として笑い合いながら天野さんに手伝ってもらって衣装を身に着けていった。

僕は舞台転換の段取りを説明しながら通し稽古をすることにした。もちろん衣装を身に纏ってだ。僕の隣で天野さんがカセットのスイッチを入れると音楽が流れた。

衣装というものは不思議な力を持っている。それを身に着けると、人間は日常の自分から少し異なった自分になれるのだ。みんないつもの稽古より役者になっている。一番驚いたのは愛さんがまるで僕らが知っている愛さんでなくなったことだ。服装からして彼女はいつも地味なものを着て、目立つ人ではなかったが、衣装を纏い舞台の上に立つと神秘的な巫女さんに早変わりした。みんなを笑わせたのが清ちゃんだ。どうみてもりっぱなオカマだった。休憩中に清ちゃんが窓に映る自分の姿をうっとりと眺めていた。

「ねえ、正直言って、私ってどう？」清ちゃんが窓に映る自分の姿を見ながら天野さんに訊いた。

「すごくきれいよ」と微笑む天野さん。

「うれしい！　私、決心ついたわ。トリさん」清ちゃんは自分を私と呼称した。

「なにが？」

「だって美術家の天野さんが私をきれいだって言ってくれたんだもの」

「オ、オ、お世辞だよ」ヒットラー姿の佐々木さんがこともなげに言った。

「うるせ。おまえの目にはわからねえんだよ。美というものが」と清ちゃんが言い返したあと、「私、あっちの世界で生きてくわ。決めたの」と僕に微笑んで言った。

「そうか、それはよかったね。でもね、賑やかなオカマは絵になるけど、鬱のオカマは商売にならないよ」と僕は笑った。

「あら、トリさん、言ってくれるわね。私だって気をつけるわよ。さあ十二時の鐘が鳴る前に素敵な王子様を探さなくっちゃ」

清ちゃんが胸のところで両手を小さく左右に振った。

「気持ちワリイ」アキさんが渋い顔をした。

「そういう言い方はないでしょ。アキちゃん」と清ちゃんがアキさんを可愛く睨んだ。

休憩時間が終わって、それぞれにダメだしをしようとしていたときだった。体育館の小部屋の電話がなった。二宮君が素早く走って電話を取りに行った。

受話器を受け取ると朝倉先生からだった。

「ええ！」僕は思わず大声をあげてしまった。「ほんとうですか！　椿さんが？　館山の松林で？」

信じられなかった。心臓がどきどきして、呼吸が乱れてきた。

「縊死。死後一日は経っているということらしい」と電話の向こうで朝倉先生は言った。どうして？　どうして死ななくてはならないんだ！　なんで、なんでなんだ？　あの椿さんが首を括って死んだというのだ。病院の霊安室に置かれているという。

「坂本君のバイクで館山に行ったようで、途中まで彼と一緒だったはずなんだが、いま坂本君はどこにいるのかわからない……」

館山には病院が契約している保養所があった。椿さんはその保養所にいたのかもしれない。主治医の十見先生が現地に向かっているということだった。

「坂本君は知っているんでしょうか？」

「それがわからない。それとみんなにはまだ黙っていたほうがいいと思います」

僕はうなずき、受話器を置いた。なにげない顔を作って戻ったものの、頭の中はやはり「なぜ、なぜ」という疑問がこびりついて離れなかった。

「どうしたの？　トリさん」清ちゃんが僕の動揺を見抜いたかのように訊いてきた。

「いや別になんでもないよ」と僕は平静を装い「最後の場面をもう一度、やっておこう」と指示したものの興奮は収まらなかった。「みんなが鏡を運んでくるところまでもう一度還すよ。じゃあ用意して」と僕はみんなに声をかけた。

そのときだった。小部屋近くの体育館の出入り口から男の喚くような大声が聞こえてきた。

「ふざけるんじゃねえ、トリの野郎は許せねえ。ぶっ殺してやる！」振り向くと、いつもの革ジャンを着た坂本君がバイク用のブーツを履いたまま現れた。指に鉄輪のようなものをはめている。みんな唖然として彼を見ていた。

「どうしたんだ。いきなり！」僕は進行を邪魔された怒りを含めて大声をだした。

「うるせえ！　俺はおまえが許せねえ」坂本君が僕をめがけて突進してきた。女たちが悲鳴をあげた。天野さんもおびえた顔で立ちすくんでいた。番場の忠太郎の金ちゃんとドレス姿の清ちゃんが坂本君の突進を止めようとして立ちはだかった。

「どけよ。おまえらには関係ねえんだよ。トリをぶっ殺さなければ気がすまねえ。椿さんの仇を取りに来たんだ。おまえらには関係ねえんだよ。どけといったら、どけ！」

坂本君が二人を振り払おうとしたはずみで金ちゃんを殴った。金ちゃんがよろめいて顔を押さえ床に蹲った。

「なにすんのよ。やめなさいよ！」女たちが高い声をあげた。

「なにをやってんだ！　おまえは！」清ちゃんが太い腕を振り上げて坂本君に一撃を加えた。「酔ってるな。こいつ」清ちゃんが倒れた坂本君を見て言った。「どうしたんだ？　いったい」清ちゃんはすっかり男言葉になっていた。

「うるせえ。トリが椿さんを殺したんだ。許せねえんだよ。こいつが！」坂本君が起き上がろうとしながらまた喚いた。

「椿さんが殺された？　なにそれ……」清ちゃんが狐につままれたような顔をした。

「椿さんはこいつのせいで死んだんだ！」坂本君は立ちあがると再び僕に摑みかかってきた。受け切れず一発喰らった。

「やめろと言ってるのがわからんのか！」清ちゃんが坂本君の鳩尾に突きを入れた。ウッと声を出して坂本君が床に倒れ込んだ。

「トリさん、大丈夫？」清ちゃんが再び女言葉になって声をかけてくれた。と、そのとき、窓辺にいた佐々木さんが突然叫んだ。「ワアアア。なんだ、あれ！」と悲鳴に近い声だった。「大変だ。大変だよ。トリさん！ハウスを見て！　火だ。火だよ。火が上がってるよ！」

「ええっ！」みんなが一斉に窓に駆けより、外を見た。「ひまわりハウス」のテラスが燃えていた。

「火事だ！　火事だ。大変だ！」大勢の叫びに近い声があがった。

坂本君が泣き声ともつかぬ奇声を張りあげた。

「『ひまわりハウス』は椿さんが建てたんだ。ハウスはおまえらが使うものじゃない。燃えてしまえばいいんだ。ハウスは椿さんが建てたんだ」そう叫ぶと坂本君は大声で泣きじゃくった。「燃えればいい！　燃えればいいんだ！　ああ、なんで椿さんが死んだんだよう！」

「消火器はあそこ、二つあるから持ってって！」中堂さんが体育館の隅を指さした。

僕らは消火器を持って、出入り口の階段を駆け下りた。夜の庭をひたすら走った。みんなは衣装を着たままだ。火はまだ小さい。まだ間に合う。

ガソリンの匂い。テラスにガソリンを撒いたのか、一部が燃えあがっていた。

「ひまわりハウス」のドアは閉まっていた。人の気配はない。マスターが鍵を開け、清ちゃんと金ちゃんが中に飛び込み、消火器を一台ずつ持ち出してきた。

僕らは消火器で火と格闘した。病棟全体が騒がしくなってきた。奇声罵声があちこちから聞こえる。管理棟から医師たちが消火器を持って飛び出してきた。劇団の女たちもバケツに水を汲み、ハウスの建物に火が移らないように懸命に壁面に水をかけている。建物のほうにはまだ燃え移っていなかった。

見つけるのが早かったせいか小火で済んだようだ。火との格闘が済んだ頃、消防車がサイレンを鳴らして駆けつけてきた。病棟の各ホールに灯りが点き　ざわめきが広がっていた。女たちが「燃えなくてよかった。燃えなくてよかった」と大声で泣いている。男たちは虚脱したように芝生にしゃがんでいた。

「これだけで済んでよかった……」ほとんど崩れかけたテラスを見て、僕はそう思った。みんなも同じだったにちがいない。僕らは消防士が焼け跡を検証するのを黙って見つめていた。

閉鎖病棟のホールにも灯りが点いていた。玲央はどうしているのだろう……。睡眠剤で眠らされていなければこの騒ぎを見ているはずだ。どんなふうに思っているのだろうか、むしろ知らなければいいが。

僕は事務局に来るように呼ばれた。美術の天野さんに先に帰ってほしいと伝えると、「公演はやれるんでしょうか?」と心配そうな声で僕に訊いてきた。

「こんなことに巻き込んでしまい申し訳ない。しかし、ここまで来たら絶対やるしかないよ」と断言して彼女に頭を下げた。

消防署の署員に、そして医師たちに、僕が見た、ありのままを話した。坂本君が体育館に興奮して現れたことだけ話したが、確証のないことなので彼の行動が火事と繋がるような話はしなかった。もちろん彼は捜査線上にリストアップされるだろうが、彼の自己責任が問われることなので僕にはどう仕様もないことだった。

それにしても、なぜ坂本君は僕を殺したいと考えたのだろうか。椿さんが僕のことをなんと言ったのだろうか。きっと彼の言葉に影響を受けて坂本君は激情に駆られたにちがいない。そう考えるしか、ことの在り様を理解できなかった。考えてみれば坂本君は哀れな男の子の気がした。彼の切ない気持ちや悲しみや怒りがない交ぜになって、ああいう行動にならざるを得なかったにちがいない。小さい頃からきっと僕には理解できないような愛情不足がずっと続いていたにちがいない。そんな子どもの心情は憤懣やるかたないものだっただろう。自分がそのような環境で育ったとしたらと彼と同じような青年になったのかもしれない。椿さんはきっと坂本君のことを全面的にうけいれてくれたんだろう。

とはいえ椿さんの死は坂本君が言うように僕に責任があるのだろうか。僕にはそう思えない。逆に僕は椿さんにほんとうに死ぬ必要があったのかと詰め寄りたかった。

玲央の肖像画はあのように未完のままなのか、それともすでに描き上げたのか……自死はなんに対してのものだったのか……

まさか女に振られたことで死んだとは思いたくもないが、死ぬときはどんな些細なことでもきっかけになるのかもしれない。

でも確実に言えることは彼は精神病の症状で死んだのではない。複雑な気持ちを残しながら、それだけは確信した。しかし、玲央に対する気持ちが僕より勝っていたとしても、なぜ死で決着をつけることになるのだろう。わからなかった。

夜空には冬の星座が賑やかに煌めいていた。

チカチカチカチカチカお喋りしている……。

＊

僕はケースワーカーの立原さんから玲央の様子を耳にしていた。玲央は日がな一日病室でぼんやりとしているという。演劇の話が玲央の口から出ていないのが不思議だと立原さんは言っていた。顔を見せなければと思いながら気が重く、なかなか病室を訪れることができなかった。それでも玲央が僕に会いたいと言っていると立原さんから聞いた以上、足を運ばないわけにはいかなかった。

病室に入ると玲央はベッドで横たわり眠っていた。

「玲央……」と小声で呼びかけた。

縮れた天然パーマのような茶色な髪、目の下と鼻の横にそばかすが星のように散らばっている。あどけない顔だ。閉じている瞼に眼球が動いている。レム睡眠なのだろう。夢を見ているにちがいない。

「玲央」とそっと呼んだが目は閉じたままだった。

しばらく傍の椅子に腰かけて彼女を見守っていたが、腰を上げ、帰ろうと思ったとき、玲央が目を開けた。一瞬訝しげに侵入者の正体を探る目をしたが、僕だと知ると顔が緩み「来てくれたの？」と弱々しい声でつぶやいた。僕はうなずいた。

「薬が強くてあまり動けないの……」泣き顔になった。

「いいんだよ。疲れているんだよ、君は。もっとゆっくりと眠らないとな」

「夢を見ていた……」

「どんな？」

「青い舟が海に浮かんでいた……大きな木の舟。みんなが乗って、衣装を着て。あなたが望遠鏡を覗いて、〈港が見えるぞー〉と言った。みんなが上陸だ、上陸だって、騒いでいるの。あなたが私を呼んでくれた。そこで目が覚めたの」

「青い舟か」

「私はそこにいなかった……」

「夢を見ている人は、夢の中に姿を見せないものだよ」

「私、あの舟にいたのかな」玲央は天井の一点をじっと見つめ、独り言のようにつぶやいた。

「アリスはどこに行ってしまったのかしら……」

「それは夢の話？　それとも」言いかけて話を呑み込んだ。芝居の話を蒸し返させるきっかけを作ってしまうのは避けたかったからだ。

「自分じゃないみたい」自分の掌をじっと見つめながら言った。

「前にもそんなふうに言っていたね。まだそんな感じがしているのかな」

「ロボットになってしまった。困ったなあ……」

「病院を出ていってからのことはすべてそういう感じなの？」僕がそう訊いても反応はなかった。

「伝わらない……ずっとこのまま……」

玲央の目尻から涙がこめかみに伝わっていった。僕は思わず玲央の手を両手で握り、僕の頬に寄せた。玲央への愛しさが溢れてきた。

「ごめんな」とにかく玲央をこんな状態にしたのは自分だと思った。

「アリスになれなかったアリス……」

玲央は話している途中に眠たくなったのか、瞼を閉じながらくぐもった声でつぶやいて眠りの海にまた沈んでいった。

しばらく玲央の寝顔を見つめていた。そっと目を閉じている玲央の額にキスをして椅子から腰をあげたとき、玲央がまた目を開けた。

「また来るからね」僕はそう言って部屋をあとにしようとした。

「椿さん死んだの?」胸を刺す言葉だった。思わず振り返った。彼女は天井を向いたままだった。

「ねえ、死んだの?」もう一度訊いてきた。

「うん、残念だけど……」僕はベッドの傍に戻った。こういうことは黙っていても必ず耳に入るものだと知った。

「そう……やっぱり死んだの」玲央は体をゆっくりと起こすと、ベッドの端に腰かけようとした。

「やっぱりって?」僕は彼女の体を支えながら訊いた。

「絵が描けなかったの、あの人。自分がいやになったのね。私のせいなの……」

僕は玲央の前に回り、両肩を抑え「そんなことないよ」と頭を左右に振った。

「なぜ悲しくないのかしら……悲しいはずなのに、なぜ?」

気持ちのことなのか、症状のことなのかわからなかった。

「椿さん、アリスを描けなかった……私もアリスを演じられなかった」

僕はなにも言えなかった。

「わかったの」

「なにが？」

「わかったの……」

玲央が僕をじっと見つめた。「アリスは夢から醒めたの………でも、そこがまた夢だった……台本どおりだった」

芝居のラストで少女が自分の部屋に戻り、眠っているはずの自分の布団を捲くるとそこにいた老婆がアリスに向かって言う科白のことだった。

「いや、あのアリスは夢から醒めたんだよ」

「そうだったね。でも、それは舞台の上の夢の話……」玲央は肩をすくめると静かにほほ笑んだ。

「ねえ、抱きしめて。お願い。私を抱きしめて」

僕は言われたように彼女の体を抱きしめた。

「感じない……あなたを感じられない。どうしたらいいの？　私の言葉がわかる？　意味がわかる？　伝わらない」

「玲央」と体を揺すって呼びかけた。「大丈夫だよ。君の言っていることはわかるよ。もう少しの辛抱だよ」

「公演が終わったら君といろいろと話そう。だから休んで待っていてほしい」

僕は玲央の体をベッドにまた横たえさせた。

「どうしたらいいの」幼い子どもが途方にくれたような顔になっていた。

「さあ、もう一度休もう」

「なにがいけなかったんだろう……私がいない。いないの、私が……」

玲央の顔に微かな笑みが浮かんだ。そして目を閉じた。

僕は踵を返し、部屋を出た。陽の差さない深い森の中を彷徨っているような気持ちだった。

*

その日はやってきた。

前日、劇場の雰囲気に慣れるため午後からみんなで，病院が仕立てたマイクロバスで市民ホールの舞台の下見に出かけた。

僕を病院に紹介してくれた島崎、そして彼の学生仲間が作ってくれた「もうひとりのアリス」という大きな立看板がホールの正面入り口に取り付けてあった。それを見て、陰ながら応援してくれる人たちを思って胸が熱くなった。そう思えば思うほど、舞台への不安は増した。その日、会場での稽古の時間はとれず、当日の公演は、本番どおりのゲネプロを一回だけのぶっつけ本番ということになった。

しかも科白をうろ覚えの人もいたし，小泉さんとマスターの絡みは相変わらず小泉さん次第で、舞台の流れがどうなるかわからない。

唯一安心だったのは、舞台の裏方を、昔の劇団仲間が引き受けてくれることだった。それにしても一回のリハーサル兼ゲネプロで、役者の出入りの絡みも含めて段取りすべてを覚えてもらわなくてはならない。舞台の出来は運を天に任せるしかなかった。

しかし舞台以外に関してはまったく心配することはなかった。お昼や夕食の弁当の手配や受付は、立原さんらケースワーカーの女性陣が引き受けてくれたし、患者のケアは朝倉先生と総婦長が朝から僕らと同行するので、心配はいらない。もちろん、もしものことを考慮して、患者それぞれに緊急用の処方も準備されていた。病院全体で協力体制を取ってくれたのだった。もちろん院長も副院長もやってくる。

前売り券は三百五十枚くらいは捌けていた。二十人くらいの入院患者が看護婦さんの引率で観にきてくれることになっている。会場のキャパは四百席ほどだから、よく入ったほうだ。とにかくここまで来たら、なるようにしかならないと開き直るしかなかった。

＊

小雪が降った。朝の冷たい空気に吐く息が白く混じった。

駐車場になっている病院の入り口の広場に水盤のような浅い池がある。その水面に朝日が当たり光が騒いでいた。出演者全員で記念写真の撮影をしたあと、劇場に向かう小型のバスに乗り込んだ。まるで遠足に出かけるみたいにみんなははしゃいでいた。

「さあ時間です。出発しましょうか」

バスの助手席から浅倉先生が僕に向けて言った。

「忘れ物はないね」僕が車内に声をかけると「大丈夫」とみんなの声が返った。そのときだった。

「あっ！　玲央ちゃんだ！」ハルミちゃんが窓の外を指さした。

「ほら、そうでしょ。玲央ちゃんよ」

病棟から管理棟に通じる渡り廊下を立原さんと一緒にジャージ姿の玲央が姿を見せた。立原さんが手を振って、二人でバスのほうに歩を速めてやってきた。僕はバスから降りて二人を迎えた。

「すみません。玲央さんがみんなを見送りたいと言ったものですから」と立原さんが僕に気遣うように言った。

バスからみんなが降りようとしたのを朝倉先生がドアのところで「もうすぐ出ますから降りないでください」と止めた。

「玲央、行ってくるよ。帰ったら報告をするよ」僕はそう言い玲央の手を握った。

彼女はじっと僕を見つめたまま黙っている。「じゃあな」バスに戻ろうとすると、玲央は僕の手を離そうとせず「私も連れてって」とつぶやいた。

「私も青い舟に乗りたい……」

「玲央さん、私との約束を守って。みんなを見送りたいと言うから来たんでしょ？」

立原さんが玲央の顔を見て優しく諭した。

「玲央ちゃーん」みんなが窓を開け、一斉に手を振った。

「さよならアリス」ムーミンが玲央に窓から呼びかけた。

玲央は寂しそうな笑顔で小さく手を振った。

「じゃあ行ってくるよ」強く握っている玲央の手を離し、僕はバスに乗った。

「では行きましょう」朝倉先生が僕に声をかけた。

「玲央さん、悲しそう……」清ちゃんが涙を拭きながらつぶやいた。

玲央の肩に手をかけながら立原さんが「行ってらっしゃあーい」と手を振ったが、玲央は黙って僕をじっと見つめていた。胸が詰まった。


冬の青い空から朝の光がバスのフロントガラス越しに差し込んでいる。病院の入り口近くの銀杏の樹々が黄色く燃えていた。

バスは発車した。玲央は身動きもせず僕らを見つめていた。バスが病院の門を抜けて通りに出たときだった。

「玲央ちゃんが追いかけてきたあ！」美紀ちゃんが後部の席から声をあげた。

みんなが後ろを振り返った。玲央がなにか叫びながら走ってきていた。その後を立原さんが追いかけている。玲央が転んだ。バスの中で小さな悲鳴が起こった。

「バスを止めて！」清ちゃんが声をあげ、バスが止まった。玲央が膝をついたままこちらを見ている。僕と目が合った。じっと僕を見つめながらなにかを言っている。

「トリさん、玲央ちゃんのところに行ってきて」と清ちゃんが僕に耳打ちした。

僕はその声を振り切って言った。

「バスを出してください！」

玲央は身動きもせず、転んだままの姿勢で僕を見ていた。バスが動き、玲央の姿が小さくなり、僕の視界から消えた。


その日、夜の六時三十分、「もうひとりのアリス」の幕が上がった。

＊

静かな音楽の中、闇の底を這う薄靄。遠く三人の少女たち（久美さん、美紀さん、アキさん）が地を這うように現れる。少女たちは仮装のリハーサルを準備するところから芝居は始まった。

観客席の最後方の隅から僕は心臓が破裂するのではないかというくらいにドキドキしながら見つめていた（本番前に楽屋で集団的ヒステリーが起きたと聞く。自暴自棄的な態度を見せた人もいた。それだけ彼らは緊張していたということだ。それを看護者やケースワーカーの人たちが懸命に平常な気持ちに持っていってくれたことでなんとか乗り越えた）。

それぞれのテーマ曲をバックに仮装の人々が現れる。

観客席で病院から観に来た患者の奇声のような笑い声がときどき起きたが、その笑い声がまるで芝居の演出効果のように響き、舞台に不思議なアクセントを与えた。

四人のアリスたちはしっかりとストーリを運んでくれた。

トップバッターの前田さんは最初のアリスとしてここは夢の中だと言い切り、夜の闇へ姿を消すのだが、その演技は稽古を裏切らない出来だった。

夢の中を彷徨う二番手の美紀さんはピーターパンにカクレンボをせがまれ、その困った姿が愛らしく、闇に隠れ「もういいよー」と繰り返す声も演技とは思えないほど彼女の健気さが表現されていた。

隠れてじっとしている三番手の久美さんに声をかけてきたのはこうもり傘を持っている陽ちゃん。彼は「オカエリナサイ」と言ってほしいと懇願する。二人のオカエリナサイごっこがユーモラスで二人の人柄が伝わってきた。会場も笑い声があちこち起こっていた。久美さんが目をつぶってお家が見えるとつぶやく姿は胸を打った。

家に辿り着き「タダイマ」と声をかけたのは四番手の愛さん。

一番心配していた天皇姿のマスターの父と皇后姿の小泉さんの母とのかけあい。ナントか乗り切ってくれと祈る思いだった。科白を飛ばしはしたがなんとか踏ん張れた。自分の部屋に飛び込んで寝ている自分を見て安心しようとした愛さんのアリス。捲られた布団から「オカエリ」と待っていたのは中堂さん。彼女の演じる老婆は安心して観ることができた。

朝を迎えたアリスの嘆き。老婆が夢のからくりを諭す。二人の演技はこの芝居のテーマを伝える重要なシーンだ。僕の台本の未熟さを感じた。

仮装の人たちが大きな鏡を運んできてアリスを囲む。朝の光が差し込んでくる。アリスを見ている会場が明るくなり鏡に観客が映る。

アリスの決意。「アリスがアリスをやる（演じる）」と宣言。

そして「アリスがアリスをやる！」と全員の合唱。

『マイムマイム』の音楽の中、幕が下りる。

「ブラボー！　ブラボー！」突如ひとりの男が立ち上がった。あの声は友人の島崎だ。

会場から大きな拍手が起こった。僕はみんなを抱きしめたかった。

「ガンバレエ、アリス！」異なった甲高い声が続く。拍手が鳴りやまない。

カーテンコール。幕が上がり、役者たちが笑顔で勢ぞろいで立ち並ぶ。

二人の女性が花束を抱えて壇上に上がった。誰だろう……ひとりは倉本さんだ。もうひとりは……

僕は息を呑んだ。

「ブラボー。ブラボー」

会場のあちこちから声がかかった。拍手は鳴りやまない。

エピローグ

雪の舞う中、玲央は死んだ。

公演の翌日の夜勤時だった。事務局から知らせがあり、僕は医師たちと病院近くの公園に駆けつけた。

玲央はジャンパー、ジャージとズックという軽装で、以前から溜め込んでいた睡眠薬を大量に飲み公園の水銀灯の傍のベンチで、眠りの底に横たわっていた。

その日の遅めの午後、「ひまわりハウス」の営業が終わったあと、公演の慰労会を兼ねた忘年会ということでみんなが「ひまわりハウス」に集まっていた。そのとき玲央も参加の許可が下りていたので、みんなと一緒にいた。玲央はまるで人が違ったように会話も少なく、静かな微笑みを絶えず湛えていた。もちろん僕はその日の朝、彼女の病室を訪れていた。

玲央に「昨夜は舞台を観たんだね」と話すと、「立原さんが連れていってくれた」と応えた。そのときは玲央の様子がまったく以前の雰囲気と異なっていることを感じたが、またあとでゆっくりと話をしようと言い、病室をあとにしたのだった。

慰労会の席で、玲央の姿が見えないことに気づいたのはお開きになったときだった。みんなもあれ？　という感じで玲央がいないことにはじめて気づいた。「トイレに行ったのは知っていたんだけど……」と立原さんが不安そうにつぶやいた。

みんなが玲央の名前を呼び、姿を捜しはじめた。が、見つけることはできなかった。

日が暮れ、夜の帳が降り、雪が降り出しても玲央は現れなかった。


水銀灯の明かりの中を細かい雪が舞うように降っていた。

玲央の栗毛色の髪にも、睫毛にも雪が薄く積もっていた。

玲央の顔は微笑んでいるようだった。


彼女は閉鎖病棟に通じる渡り廊下で、あの夜演じたように、アリスの物語を自分で完結させたのだろうか。

「ああ、神様。私はなんのために生まれてきたのですか。私が生まれてきて、いまこうして苦しみ悩んでいることを誰も知らないんです。私は病気だと言われています。しかしなんの病気かはわからないのだそうです。何年後、何十年後、地上に生きる人たちは私がこうしてひとりぼっちで空を眺めていたなんてことを誰も知らないんです。私は誰にも愛されなかった。私は黙って死んでいく。雪が降っています。私の体にも雪が積もってきています。私は凍えてきています。私はもうやるべきことがありません。私を眠らせてください。静かに永遠に……」

それともこんなふうに思ったのだろうか。「雪の精がアリスを白い闇に包んでしまうの。アリスはもう怯えることはないのよ。もうこころの闇は白い雪で見えなくなるの」とつぶやきながら自分の姿を闇の中に小さく消していったのだろうか。

いずれにしろ玲央は僕を待っていてはくれなかった。

「私を捕まえて」と訴えていた玲央を捕まえておくことができなかった。僕は自分の演劇を求めるあまり、玲央を失ってしまった。

玲央を殺したのはおまえだと死んだ椿さんが僕を罵っている。

おまえは玲央を守るより、公演の成功を手にしたかったのだ……椿さんの言う通りだった。返す言葉がない。

玲央……降る雪の中、僕は呆然と彼女の亡骸を見つめつづけた。

僕はなにごともなかったように仕事をした。「青い舟」の仲間たちも顔を合わせても玲央のことは口にしなかった。しかし清ちゃんは僕の夜勤を見計らって勤務室に訪ねてくると、無言のうちに手を取り合って涙を流し、大泣きに泣いた。

夜勤のない日は市川の居酒屋でひとり酒を飲んだ。酩酊した頭でやはり玲央のことばかり考えてしまった。倉本さんの顔を見るのも辛く「クリフォード」には寄っていなかった。

「アリスにとって死は救いなの」と玲央は言っていたが、それでも心の片隅に一縷の望みをなにかに託していたにちがいなかった。

これは仕方がなかったことだと自分に言いきかせたが、そう思えば思うほど彼女を喪ったことへの悔いが募った。玲央の不在感がひどく切なかった。

玲央がバスを追いかけて転んだとき僕に叫んだ言葉は「私も連れてって」でもなく「裏切り者」でもなければ「嘘つき」でもなかった。僕にだけはわかった。僕を見つめて玲央は言ったのだ。「私を捕まえて」と。


「玲央さんが死んだのは高鳥さんのせいではありません。私たち医師の敗北なんです。いやそう言うと傲慢かもしれない。人間が生きていく上で、その人その人に課せられた仏教でいえば業のようなものに彼女は掬われたんじゃないでしょうか。あまり自分を責めないでください」

浅倉先生はまた椿さんの死についてもこう語った。

「彼は自分の芸術的才能を断念して社会的に自己実現を託し『ひまわりハウス』を建設した。しかし高鳥さんの芸術に対する姿を目にしてまた自分の才能に挑戦したくなった。しかし、無念ながら描けなかった。高鳥さんの舞台の光に対する羨望が彼を狂わせ死に向かわせた。彼は芸術的に自己に絶望したのだと思う。彼は絵に対し真摯そのものだったんです」

津田沼のレストランで、そんなふうに語り、僕を慰めてくれた。そして公演を振り返って言った。

「ほんとうにこの公演は大きな祭りでした。患者にとっては、あの行為は愛を求める冒険だったんです。精神病患者が患者であることを名乗って舞台に立ったんですから。それを冒険と言わないで、なんと言えばいいんでしょう。彼らは一瞬とはいえ花を咲かすことができたんです。もう二度と行えないような演劇をやったんですから」

僕らが香港フラワーではない本物の花を咲かそうと思ったのは確かだった。

不器用だったが「青い舟」の仲間はその花を求めて、清ちゃんが言ったように病と戦い、狂気と戦い、自分と戦い、そして舞台に立ったのだ。

玲央の死もその結果だった。虚構と現実の境界を彷徨い、彼岸に咲く花を手にしたくなったのだ。そう思うしかない。

僕も花を手にした。しかし、もう二度と舞台を思うことはないだろう。

僕は公演のあと、三か月ほどして病院を辞めた。

夕暮れだった。「ひまわりハウス」で劇団のみんなと別れを惜しんだあと、病院からバス停へゆっくり向かった。

僕は見納めのような気持ちで振り返り病院のほうへ目をやった。清ちゃんが門のところで手を大きく振ってくれた。僕も手を振り返した。そして頭を下げた。涙が溢れてきた。止めどもなく溢れてきた。

バスがやってきて僕は乗車した。清ちゃんは僕に敬礼をしてくれた。

暮れなずむ空から桜の花びらが時折の風に舞っていた。

遠い、遠い昔のこと……

（完）

あとがき

僕は演劇から遠のいて、ずいぶんと経つが、あの頃のことはとても懐かしく、あるいは苦い思い出として胸のなかに沈んでいる。僕はときどきその遠い記憶を手繰り寄せ、なにかのかたちで描いておきたいと思っていた。正直何度も試みたが、うまくいかず、しばらくほっぽり投げておいたのだが、当時のことをなんとしてでも僕がボケないうちに（実はだいぶボケてきてはいるのだが）小説作品として残したいという気持ちに強く駆られていた。

とにかくなんとか出来上がった。これはとても言いにくいことなのだが、もしこの作品に注目すべきことがあるとしたら、なにしろ五十年近く前に、「精神病院」の患者たちと一緒に街で芝居を公演したという前代未聞のできごとを描いたということではないだろうか。そんなことをなぜ思ったかというと、少し前にＮＨＫの番組で、八王子のある精神科病院の現状を記録していた映像を見たことにある。驚いた。あまりにもその昔ながらの劣悪な医療環境に愕然としたのだった。

まるで五十年前に僕らが問題にした「精神病院」の風景そのものがこの令和の時代に厳然として存在していたからだ。

僕は数年前、以前勤めていた病院を訪れて、新しい院内を案内してもらったことがあったが、それなりの病院施設の前向きな改良とスタッフの動きを見て、少しずつ理想的な精神科の病院に近づこうと努力しているように感じられた。当然、世の中の多くの精神科病院も牧畜産業的なあり方から脱皮しつつあるのかと思っていた。

街にも精神科クリニックなど、たくさん見受けられるようになったし、書店には気軽に読める精神病に関する書籍も増えていて、精神病もカジュアルになったものだと首を傾げながらも、まあ、納得していたのだった。しかし、あの記録映像を見て、旧態依然な日本の精神医療の現実にショックを受けたのだった。

なんでも日本の精神科のベッド数は五十年前とあまり変わらない約三十五万床もあるという(その数は世界一だという)。入院期間は短期化されているらしいが、この現状をどう思うかだ。無責任な言い方になるが、あの劣悪病院は引き受け手のない日本の精神医療の暗部を経済的実利を担保に引き受けているに過ぎないのだろう。つまり他の病院はその現状を知りながら頬かむりをしているにちがいない。致し方のない棄民ということなのだろうか。

とはいえ街の病院の治療の現場で奮闘している病院の医師や看護師そしてケースワーカーたちの苦労を僕は知っている。だから僕はいまの現状に拳を振り上げて、わかったようなことは言うつもりはない。ただ思いだすのだ。芝居は民衆の前でやるものだと、嘯いて、五十年近く前、「精神病院」の患者たちが作った劇団が現実の街の劇場で芝居を公演したことを……。時代に活気があったのか。医療人が若かったのか。聞くところによればあんなイベントは世界でも稀有なことだったという。あのような奇想を実行しようとする人たちも、応援してくれる医師たち、医療人も現代ではいないだろう。

いま思えばリスキーなことをよくやったものだと肩をすくませたくなるほどだ。しかし気持ちのどこかで鉄格子を取っ払うという理想にも憧れていたのは事実だ。

そう、僕の中で、あの時間をなんとかみんなに知ってもらいたいという欲求が生じてきたのだ。その思い出は本来なら小説ではなく、記録としてルポできたら、よかったのかもしれない。しかし、残念ながら、そのための資料も記録も持ち合わせていない。あの芝居の稽古は小説の内容と異なり、現実には言葉になりにくい行為を重ねていったにすぎない。それでは物語として単調すぎて読んでもらえそうもないので、少しは工夫を凝らしたものにした。

人はだれでも一生のうちに一作くらいは小説めいたものは描けるという話だ。この小説はそう先のない僕にとってはきっとその一編になるだろう。

いまでもあの病院の景色が浮かんでくる。体育館でみんながわいわいやっている姿だ。主人公の玲央は本当にいたような気さえする。僕の夢のなかで「青い舟」はゆらりゆらりと航海している。僕らを乗せ、行き先のない航海をしているのかもしれない。そして玲央がその甲板で Alice in Dreams を謳っているような……

この小説を書きあげるまでに友人の元小学館の平山隆さんに原稿が真っ赤になるような校正をしてもらうにつけ、つくづく自分の文章つくりの拙さと教養の無さを自覚したものだ。あとは作品の後押しをしてくれた記録映像作家の千秋健さんにとてもお世話になりました（彼は僕らの舞台の作品を映像で記録している）。表紙画は僕の小学校以来の友人の山谷正昭さんにお願いしました。ともに感謝いたします。

高野達也（たかの　たつや）
一九四八年、新潟県長岡市生まれ。早稲田大学中退後、太田省吾主宰の「転形劇場」に入団。友人の紹介で芝居をやりながら同和会千葉病院で看護助手のアルバイトを三年ほど勤める。退団後（株）オールドパー・日本スコットランド協会の会報誌編集に携わったあと、防衛庁広報誌『セキュリタリアン』の編集顧問。その後フリー編集・ライターとしてさまざまなPR誌に携わりながら一九九〇年、株式会社「健康ジャーナル社」を設立。二〇一八年に会社を譲渡し、現在にいたる。
著書に『自衛隊のススメ・現代二等兵物語』（メディアワークス）がある。

ALICE in DREAMS《アリス イン ドリームズ》
二〇二三年八月二十日　第一版第一刷発行
著　者　高野達也
発行者　菊地泰博
発行所　株式会社現代書館
東京都千代田区飯田橋三―二―五
郵便番号　102-0072
電　話　03（3221）1321
FAX　03（3262）5906
振　替　00120-3-83725
組　版　具羅夢
印刷所　平河工業社（本文）
東光印刷所（カバー・帯・表紙・扉）
製本所　積信堂
カバー装画　山谷正昭
装　幀　大森裕二

校正協力・高梨恵一
 ISBN978-4-7684-5945-4
定価はカバーに表示してあります。乱丁・落丁本はおとりかえいたします。
http://www.gendaishokan.co.jp/

活字で利用できない方のための
テキストデータ請求券
『ALICE in DREAMS』

現代書館の本

北野 慶 著

亡 国 記

原発事故に巻き込まれた親子が難民化してゆく過程を描写！
2017 年春、なし崩し的に原発再稼働が進む日本列島を東海大地震が襲う。原発の破損、放射能漏れにより、日本は壊滅状態となる。京都で暮らしていた父娘は日本を脱出し、韓国から中国、欧米諸国へ…。普通の人々が国を失う姿をリアルに描写。

四六判上製 360ページ 1700円＋税

城山三郎賞受賞

四六判上製 384ページ 2200円＋税

森 達也 著

千代田区一番一号のラビリンス

皇室を巡るタブーに一石を投じる「問題小説」。主人公のドキュメンタリストは、天皇の生の言葉を引き出したいという熱情に突き動かされ、象徴天皇制の本質に迫る番組企画を立ち上げた。そして、ついに企画実現の突破口を探り出す！ 平成の世。天皇ご夫妻の日常生活をドキュメンタリー作品として記録したい。

ある映画監督の宿願をこの物語に託す！

孫崎 享 著

小説 外務省
――尖閣問題の正体

『戦後史の正体』の著者が書いた、日本外交の真実。事実は闇に葬られ、隠蔽される〈つくられた国境紛争〉と危機を煽る権力者。外務省元官僚による驚愕のノンフィクション・ノベル。

尖閣問題での日中の争いの正体の本質を日米中の政府高官を実名で登場させ、小説仕立てで詳細に描き出している。

四六判上製 288ページ 1600円＋税

四六判上製 360ページ 1700円＋税

坪田譲治文学賞受賞

上原正三　著

キジムナー kids

出会い、友情、冒険、好奇心、別れ……そして、希望。少年期特有の感性をノスタルジックに綴る感涙の自伝小説。「命（ぬち）どぅ宝」沖縄の犠牲、痛みをのりこえた“キジムナー kids”を、ウルトラマンのシナリオライターがみずみずしく描く。

沖縄版『はだしのゲン』『スタンド・バイ・ミー』